诗集二　词集

蘇東坡全集

二

曾枣庄　舒大刚　主编

中华书局

第二册目录

詩集
二

诗集卷三十一

次韵刘贡父春日赐幡胜

宽诏随春出内朝，三军喜气挟狐貂。镂银错落翻斜月，剪彩缤纷舞庆霄。腊雪强飞才到地，自注：前一日微雪。晓风偷转不惊条。脱冠径醉应归卧，便腹从人笑老韶。自注：是日幕次赐酒。

再和

与君流落偶还朝，过眼纷纶七叶貂。莫笑华颠羞采胜，几人黄壤隔青霄。行吟未许穷骚雅，坐啸犹能出教条。记取明年江上郡，五更春枕梦春韶。

叶公秉王仲至见和次韵答之

袗绤方暑亦堪朝，岁晚凄风忆皂貂。共喜鹓鸾归禁籞，心知日月在重霄。君如老骥初遭络，我似枯桑不受条。强镊霜须簪彩胜，苍颜得酒尚能韶。

再和

衰迟何幸得同朝,温劲如君合珥貂。谁惜异才蒙径寸,自惭枯梌借凌霄。光风泛泛初浮水,红糁离离欲缀条。后日一尊何处共,奉常端冕作咸韶。

和王晋卿送梅花次韵

东坡先生未归时,自种来禽与青李。五年不踏江头路,梦逐东风泛蘋芷。江梅山杏为谁容,独笑依依临野水。此间风物君未识,花浪翻天雪相激。明年我复在江湖,知君对花三叹息。

次韵王晋卿惠花栽,栽所寓张退傅第中

坐来念念失前人,共向空中寓一尘。若问此花谁是主,天教闲客管青春。

次韵王晋卿上元侍宴端门

月上九门开,星河绕露台。君方枕中梦,我亦化人来。光动仙毬绽,香余步辇回。相从穿万马,衰病若为陪。

王郑州挽词

羡君华发起琳宫,右辅初还鼓角雄。千里农桑歌子产,一时

冠盖慕萧嵩。那知聚散春粮外，便有悲欢过隙中。京兆同僚几人在，犹思对案笔生风。_{自注：予为开封府幕，与子难同厅。}

书王定国所藏王晋卿画著色山二首

其一

白发四老人，何曾在商颜。烦君纸上影，照我胸中山。山中亦何有，木老土石顽。正赖天日光，涧谷纷斓斑。我心空无物，斯文何足关。君看古井水，万象自往还。

其二

君归岭北初逢雪，我亦江南五见春。寄语风流王武子，三人俱是识山人。

呈定国

旧病应逢医口药，新妆渐画入时眉。信知诗是穷人物，近觉王郎不作诗。

寄傲轩

先生英妙年，一扫千兔秃。仕进固有余，不肯践场屋。通阛何所傲，傲名非傲俗。定知轩冕中，享荣不偿辱。岂无自安计，得失犹转毂。先生独扬扬，忧患莫能渎。得如虎挟乙，失若龟藏六。茅檐聊寄寓，俯仰亦自足。东坡无边春，方寸尽藏蓄。醉哦旁若无，独侑一尊醁。床头车马道,残月挂疏木。朝客纷扰时,先生睡方熟。

送吕昌朝知嘉州

不羡三刀梦蜀都,聊将八咏继东吴。卧看古佛凌云阁,敕赐诗人明月湖。得句会应缘竹鹤,思归宁复为莼鲈。横空好在修眉色,头白犹堪乞左符。

次韵黄鲁直寄题郭明父府推颍州西斋二首

其一

树头啄木常疑客,客去而嗔定不然。脱辖已应生井沫,解衣聊复起庖烟。平生诗酒真相污,此去文书恐独贤。早晚西湖映华发,小舟翻动水中天。

其二

寂寞东京月旦州,德星无复缀珠旒。莫嗟平舆空神物,尚有西斋接胜流。春梦屡寻湖十顷,家书新报橘千头。雪堂亦有思归曲,为谢平生马少游。

次韵秦少章和钱蒙仲

碧畦黄陇稻如京,岁美人和易得情。鉴里移舟天外思,地中鸣角古来声。山围故国城空在,潮打西陵意未平。二子有如双白鹭,隔江相照雪衣明。

次韵钱越州

髯尹超然定逸群,南游端为访云门。谪仙归侍玉皇案,老鹤来乘刺史辖。已觉簿书哀老子,故知笾豆有司存。年来齿颊生荆棘,习气因君又一言。

同秦仲二子雨中游宝山

平明已报百吏散,半日来陪二子闲。立鹊低昂烟雨里,行人出没树林间。

去杭州十五年,复游西湖,用欧阳察判韵

我识南屏金鲫鱼,重来拊槛散斋余。还从旧社得心印,似省前生觅手书。蓻合平湖久芜没,人经丰岁尚凋疏。谁怜寂寞高常侍,老去狂歌忆孟诸。

与莫同年雨中饮湖上

到处相逢是偶然,梦中相对各华颠。还来一醉西湖雨,不见跳珠十五年。

送子由使契丹

云海相望寄此身,那因远适更沾巾。不辞驿骑凌风雪,要使

天骄识凤麟。沙漠回看清禁月,湖山应梦武林春。单于若问君家
世,莫道中朝第一人。

次韵答刘景文左藏 自注:有美堂燕集,景文有诗。

我老诗坛仆鼓旗,借君佳句发良时。但空贺监杯中物,莫示
孙郎帐下儿。夜烛催诗金烬落,秋芳压帽露华滋。故应好语如爬
痒,有味难名只自知。

坐上复借韵送岢岚军通判叶朝奉

云间踏白看缠旗,莫忘西湖把酒时。梦里吴山连越峤,尊前
羌妇杂胡儿。夕烽过后人初醉,春雁来时雪未滋。为问从军真乐
不,书来粗遣故人知。

始于文登海上得白石数升,如芡实,可作枕,闻梅丈嗜石,故以遗其子子明学士。子明有诗,次其韵

海隅荒怪有谁珍,零落珊瑚泣季伦。法供坐令微物重,自注:
轼旧有《怪石供》。色难归致孝心纯。只疑薏苡来交趾,未信蛛珠出
泗滨。愿子聚为江夏枕,不劳挥扇自宁亲。

次韵钱越州见寄

莫将牛弩射羊群,卧治何妨昼掩门。稍喜使君无疾病,时因送客见车辖。搔头白发秋无数,闭眼丹田夜自存。欲息波澜须引去,吾侪岂独坐多言。

文登蓬莱阁下,石壁千丈,为海浪所战,时有碎裂,淘洒岁久,皆圆熟可爱。土人谓此弹子涡也。取数百枚以养石菖蒲,且作诗,遗垂慈堂老人

蓬莱海上峰,玉立色不改。孤根捍滔天,云骨有破碎。阳侯杀廉角,阴火发光彩。累累弹丸间,琐细成珠琲。阎浮一沤耳,真妄果安在?我持此石归,袖中有东海。垂慈老人眼,俯仰了大块。置之盆盎中,日与山海对。明年菖蒲根,连络不可解。倘有蟠桃生,旦暮犹可待。

次韵毛滂法曹感雨

江南佳公子,遗我锦绣端。揽之温如春,公子焉得寒。兴雨自有时,肤寸便濛霭。敛藏以自润,牛斗何足干。空庭月与影,强结三友欢。我岂不足钦,要此清团团。欲欢在一醉,常恐尊中干。舍酒尚可乐,明珠如弹丸。但恐千仞雀,匆匆发虚弹。迨子闲暇时,种子田中丹。一朝涉世故,空腹容欺谩。我顷在东坡,秋菊为夕餐。永愧坡间人,布褐为我完。雪堂初覆瓦,上簟无下莞。时时

亦设客,每醉筒辄弹。一笑便倾倒,五年得轻安。公子岂我徒,衣
钵传一箪。定非郊与岛,笔势江河宽。悲吟古寺中,穿帷雪漫漫。
他年记此味,芋火对懒残。

送邓宗古还乡

广汉有姜子,孝弟行里间。赤眉虽豺虎,弛兵过其墟。至今
空清泉,无复双鲤鱼。南郑有李郃,妙得甘公书。夜坐指流星,惊
倒两使车。抱关不肯仕,布褐蒙璠玙。西南固多士,君得二子余。
凛凛忠文公,搜士及樵渔。涧溪有幽讨,蘋茝真嘉蔬。岁晚终不
食,心恻当何如。

参寥上人初得智果院,会者十六人,分韵赋诗,轼得心字

涨水返旧壑,飞云思故岑。念君忘家客,亦有怀归心。三间
得幽寂,数步藏清深。攒金卢橘坞,散火杨梅林。茶笋尽禅味,松
杉真法音。云崖有浅井,玉醴常半寻。遂名参寥泉,可濯幽人襟。
相携横岭上,未觉衰年侵。一眼吞江湖,万象涵古今。愿君更小
筑,岁晚解我簪。

哭王子立次儿子迨韵三首

其一

彭城初识子,照眼白而长。异梦成先兆,自注:余为密州,子立未

尝相识。忽告同舍生曰:"吾梦为密州婿,何也?"已而果以子由之子妻之。

清言得未尝。岂惟知礼意,遂欲补诗亡。<small>自注:子立能诗而有礼学。</small>

咄咄真相逼,诸生敢雁行。

其二

非无伯鸾志,独有子云悲。恨子非天合,犹能使我思。儿曹莫凄恻,老眼欲枯萎。会哭皆豪杰,<small>自注:子立与黄鲁直、张文潜、晁无咎、秦少游、陈无己皆友善。</small>谁为感旧诗。

其三

龙困尝鱼服,羊儇或虎蒙。匆匆成鬼录,愦愦到天公。偶落藩墙上,同游羿彀中。回看十年事,黄叶卷秋风。

异鹊

熙宁中,柯侯仲常通守漳州,以救饥得民。有二鹊栖其厅事,讫侯之去,鹊亦送之,漳人异焉,为赋此诗。

昔我先君子,仁孝行于家。家有五亩园,么凤集桐花。是时乌与鹊,巢彀可俯拏。忆我与诸儿,饲食观群呀。里人惊瑞异,野老笑而嗟。云此方乳哺,甚畏鸢与蛇。手足之所及,二物不敢加。主人若可信,众鸟不我遮。故知中孚化,可及鱼与豭。柯侯古循吏,恫㤞真无华。临漳所全活,数等江干沙。仁心格异族,两鹊栖其衙。但恨不能言,相对空楂楂。善恶以类应,古语良非夸。君看彼酷吏,所至号鬼车。

次韵詹适宣德小饮巽亭

君方梦谪仙，<small>自注：来诗记李白郎官湖事。</small>我亦吊文园。江上同三黜，天涯共一尊。涛雷殷白昼，梅雪耿黄昏。归去多情雨，应随御史轩。<small>自注：詹为御史台主簿。</small>

东川清丝寄鲁冀州戏赠

鹅溪清丝清如冰，上有千岁交枝藤。藤生谷底饱风雪，岁晚忽作龙蛇升。嗟我虽为老侍从，骨寒只受布与缯。床头锦衾未还客，坐觉芒刺在背膺。岂如鲜卿晚乃贵，福禄正似川方增。醉中倒著紫绮裘，下有半臂出缥绫。封题不敢妄裁剪，刀尺自有佳人能。遥知千骑出清晓，积雪未放浮尘兴。白须红带柳丝下，老弱空巷人相登。但放奇纹出领袖，吾鲜虽老无人憎。

怡然以垂云新茶见饷，报以大龙团，仍戏作小诗

妙供来香积，珍烹具大官。拣芽分雀舌，赐茗出龙团。晓日云庵暖，春风浴殿寒。聊将试道眼，莫作两般看。

次韵王忠玉游虎丘绝句三首

其一

当年大白此相浮，老守娱宾得二丘。<small>自注：郡人有闾丘公，太守王规父尝云："不谒虎丘，即谒闾丘。"规父，忠玉伯父也。</small>白发重来故人尽，

空余丛桂小山幽。

其二

青盖红旗映玉山,新诗小草落玄泉。风流使者人争看,知有真娘立道边。自注:虎丘中路有真娘墓。

其三

舞衫歌扇转头空,只有青山杳霭中。若共吴王斗百草,使君未敢借惊鸿。

寄蔡子华

故人送我东来时,手栽荔子待我归。荔子已丹吾发白,犹作江南未归客。江南春尽水如天,肠断西湖春水船。想见青衣江畔路,白鱼紫笋不论钱。霜髯三老如霜桧,旧交零落今谁辈。莫从唐举问封侯,但遣麻姑更爬背。

和钱四寄其弟龢

再见涛头涌玉轮,烦君久驻浙江春。年来总作维摩病,堪笑东西二老人。

老来日月似车轮,此去知逢几个春。昨夜冰花犹作柱,晓来梅子已生人。

故周茂叔先生濂溪 自注:溪在庐山下。

世俗眩名实,至人疑有无。怒移水中蟹,爱及屋上乌。坐令此溪水,名与先生俱。先生本全德,廉退乃一隅。因抛彭泽米,偶似西山夫。遂即世所知,以为溪之呼。先生岂我辈,造物乃其徒。应同柳州柳,聊使愚溪愚。

次周焘韵

周焘游天竺观激水,作诗云:"奉石耆婆色两青,竹龙驱水转山鸣。夜深不见跳珠碎,疑是檐间滴雨声。"东坡和之。

道眼转丹青,常于寂处鸣。早知雨是水,不作两般声。

送南屏谦师

南屏谦师妙于茶事,自云:"得之于心,应之于手,非可以言传学到者。"十二月二十七日,闻轼游落星,远来设茶,作此诗赠之。

道人晓出南屏山,来试点茶三昧手。忽惊午盏兔毛斑,打作春瓮鹅儿酒。天台乳花世不见,玉川风腋今安有。先生有意续《茶经》,会使老谦名不朽。

次韵子由使契丹至涿州见寄四首

其一

老人痴钝已逃寒,子复辞行理亦难。自注:余昔年辞免使北。要到卢龙看古塞,投文易水吊燕丹。

其二

胡羊代马得安眠,穷发之南共一天。又见子卿持汉节,遥知遗老泣山前。

其三

毡毳年来亦甚都,时时鴂舌问三苏。<small>自注:余与子由入京时,北使已问所在。后余馆伴,北使屡诵三苏文。</small>那知老病浑无用,欲向君王乞镜湖。

其四

始忆庚寅降屈原,旋看蜡凤戏僧虔。随翁万里心如铁,<small>自注:时犹子迟侍行。</small>此子何劳为买田。

诗集卷三十二 古今体诗七十二首

卧病弥月,闻垂云花开,顺阇黎以诗见招,次韵答之

道人心似水,不碍照花妍。宴坐春强半,清音月屡迁。平生无起灭,一念有陈鲜。袅袅风枝举,离离日萼蔫。病吟终少味,老醉不成颠。何必邀头出,湖中有散仙。

雪后便欲与同僚寻春,一病弥月,杂花都尽,独牡丹在尔。刘景文左藏和顺阇黎诗见赠,次韵答之

残花怨久病,剩雨泣余妍。不见双旌出,空令九陌迁。自注:开园时市井皆入。知君苦寂寞,妙语嚼芳鲜。浅紫从争发,浮红任蚤蔫。天葩尚青萼,国色待华颠。载酒邀诗将,癯儒不是仙。

病后醉中

病为兀兀安身物,酒作逢逢入脑声。堪笑钱塘十万户,官家付与老书生。

次韵刘景文、周次元寒食同游西湖

絮飞春减不成年，老境同乘下濑船。蓝尾忽惊新火后，遨头要及浣花前。自注：成都太守自正月二日出游，谓之遨头。至四月十九日浣花乃止。山西老将诗无敌，洛下书生语更妍。共向北山寻二士，画桡鼍鼓聒清眠。

连日与王忠玉、张金翁游西湖，访北山清顺、道潜二诗僧。登垂云亭，饮参寥泉。最后过唐州陈使君，夜饮。忠玉有诗，次韵答之

北山非自高，千仞付我足。西湖亦何有，万象生我目。云深人在坞，风静响应谷。与君皆无心，信步行看竹。竹间逢诗鸣，眼色夺湖渌。百篇成俯仰，二老相追逐。故应千顷池，养此一双鹄。山高路已断，亭小膝更促。夜寻三尺井，渴饮半瓯玉。明朝闹丝管，寒食杂歌哭。使君坐无聊，狂客来不速。载酒有鸱夷，扣门非啄木。浮蛆湔金碗，翠羽出华屋。须臾便陈迹，觉梦那可续。及君未渡江，过我勤秉烛。一笑换人爵，百年终鬼录。

谢曹子方惠新茶

陈植文华斗石高，景宗诗句复称豪。数奇不得封龙雏，禄仕何妨似马曹。囊简久藏科斗字，剑锋新莹鹧鸪膏。南州山水能为助，更有英辞胜《广骚》。

新茶送签判程朝奉，以馈其母，有诗相谢，次韵答之

缝衣付与溧阳尉，舍肉怀归颍谷封。闻道平反供一笑，会须难老待千钟。火前试焙分新胯，雪里头纲辍赐龙。从此升堂是兄弟，一瓯林下记相逢。

次韵送张山人归彭城

羡君飘荡一虚舟，来作钱塘十日游。水洗禅心都眼净，山供诗笔总眉愁。雪中乘兴真聊尔，春尽思归却罢休。何日五湖从范蠡，种鱼万尾橘千头。

次韵林子中王彦祖唱酬

蚤知身寄一沤中，晚节尤惊落木风。自注：近闻莘老、公择皆逝，故有此句。昨梦已论三世事，岁寒犹喜五人同。自注：轼与子中、彦祖、子敦、完夫同试举人景德寺，今皆健。雨余北固山围座，春尽西湖水映空。差胜四明狂监在，更将老眼犯尘红。

寿星院寒碧轩

清风肃肃摇窗扉，窗前修竹一尺围。纷纷苍雪落夏簟，冉冉绿雾沾人衣。日高山蝉抱叶响，人静翠羽穿林飞。道人绝粒对寒碧，为问鹤骨何缘肥。

书刘景文左藏所藏王子敬帖

家鸡野鹜同登俎,春蚓秋蛇总入奁。君家两行十二字,气压邺侯三万签。

书刘景文所藏宗少文一笔画

宛转回文锦,萦盈连理花。何须郭忠恕,匹素画缫车。

真觉院有洛花,花时不暇往。四月十八日,与刘景文同往赏枇杷

绿暗初迎夏,红残不及春。魏花非老伴,卢橘是乡人。井落依山尽,岩崖发兴新。岁寒君记取,松雪看苍鳞。

又和刘景文韵

牡丹松桧一时栽,付与春风自在开。试问壁间题字客,几人不为看花来。

西湖寿星院此君轩

卧听谡谡碎龙鳞,俯看苍苍立玉身。一舸鸱夷江海去,尚余君子六千人。

此君轩

云幢烟节十洲人，犀甲檀枪百万军。翳荟丛生何足道，此君真是此君君。

观台

三界无所住，一台聊自宁。尘劳付白骨，寂照起《黄庭》。残磬风中裛，孤灯雪后青。须防童子戏，投瓦犯清泠。

游中峰杯泉

石眼杯泉举世无，要知杯渡是凡夫。可怜狡狯维摩老，戏取江湖入钵盂。

仲天贶、王元直自眉山来见余钱塘，留半岁，既行，作绝句五首送之

其一

仲君岂弟多学，王子清修寡言。病后空惊鹤瘦，时来或作鹏骞。

其二

海角烦君远访，江源与我同来。剩作数诗相送，莫教万里空回。

其三

三人一旦同行,<small>自注:二子与秦少章同寓高斋,复同舟北行。</small>留下高斋月明。遥想扁舟京口,尚余孤枕潮声。

其四

更欲留君久住,念君去国弥年。空使犀颅玉颊,长怀髯叟凄然。

其五

为余远致殷勤,瑞草桥边老人。<small>自注:老人,王庆源也。</small>红带雅宜华发,白醪光泛新春。

赠善相程杰

心传异学不谋身,自要清时阅搢绅。火色上腾虽有数,急流勇退岂无人。书中苦觅原非诀,醉里微言却近真。我似乐天君记取,华颠赏遍洛阳春。

参寥惠杨梅

新居未换一根椽,只有杨梅不直钱。莫共金家斗甘苦,参寥不是老婆禅。

次韵林子中蒜山亭见寄

奇逸多闻老敬通,何人慷慨解怜翁。十年簿领催衰白,一笑江山发醉红。闻道赋诗临北固,未应举扇向西风。叩头莫唤无家客,归扫岷峨一亩宫。

再和并答杨次公

毗卢海上妙高峰,二老遥知说此翁。聊复舣舟寻紫翠,不妨持节散陈红。高怀却有云门兴,好句真传雪窦风。唱我三人无谱曲,冯夷亦合舞幽宫。

次韵刘景文送钱蒙仲三首

其一

谁识天闲老骥,不争日暮长途。送尽青云九子,归去扁舟五湖。

其二

寄语竹林社友,同书桂籍天伦。王郎独为鬼录,世间无此玉人。

其三

五字古原春草,千金汉殿长门。经纬尚余三策,典型留与诸孙。

菩提寺南漪堂杜鹃花

南漪杜鹃天下无,披香殿上红氍毹。鹤林兵火真一梦,不归阆苑归西湖。

寒具　自注：乃捻头，出刘禹锡《嘉话》。

纤手搓来玉数寻，碧油轻蘸嫩黄深。夜来春睡浓如酒，压褊佳人缠臂金。

题杨次公春兰

春兰如美人，不采羞自献。时闻风露香，蓬艾深不见。丹青写真色，欲补《离骚》传。对之如灵均，冠佩不敢燕。

题杨次公蕙

蕙本兰之族，依然臭味同。曾为水仙佩，相识《楚辞》中。幻色虽非实，真香亦竟空。云何起微馥，鼻观已先通。

次韵曹辅寄壑源试焙新芽

仙山灵雨湿行云，洗遍香肌粉未匀。明月来投玉川子，清风吹破武林春。要知冰雪心肠好，不是膏油首面新。戏作小诗君勿笑，从来佳茗似佳人。

次韵袁公济谢芎椒

燥吻时时著酒濡，要令卧疾致文殊。河鱼溃腹空号楚，汗水流骸始信吴。自注：《吴真君服椒法》云：半年脚心汗如水。自笑方求三岁艾,不如长作独眠夫。羡君清瘦真仙骨,更助飘飘鹤背躯。

次韵杨次公惠径山龙井水 自注:龙井水洗

病眼有效。

漏尽鸡号厌夜行,年来小器溢瓶罂。弃官纵未归东海,罢郡犹堪作水衡。幻色将空眼先暗,胜游无碍脚殊轻。空烦远致龙渊水,宁复临池似伯英。

次韵刘景文登介亭

泽国梅雨余,衰年困蒸溽。高堂磨新砖,颇觉利腰足。松根百尺井,两绠飞净渌。流觞聚儿童,一笑为捧腹。清风信可御,刚气在岩麓。始知共此世,物外无三伏。长歌入云去,不待弦管逐。西湖真西子,烟树点眉目。涛江少酝藉,高浪翻雪屋。俯仰拊四海,百世飞鸟速。远追钱氏余,近吊祖侯躅。吾生如寄耳,寸晷轻尺玉。谁似刘将军,逸韵谢边幅。千言一挥手,五车不再读。春岩彩鸡舞,月峡哀猿哭。朝先啼鴂起,暮与寒蛩续。我老废吟哦,赖君时击触。从今事远览,发轫此幽谷。清游得三昧,至乐谢五欲。莫作狂道士,气压刘师服。

袁公济和刘景文登介亭诗,复次韵答之

昏昏堕醉梦,奈此六月溽。君诗如清风,吹我朝睡足。登临得佳句,江白照湖渌。袖手独不言,默稿已在腹。是时风雨过,霭

霭云归麓。疏星带微月，金火争见伏。惜哉此清景，变灭不可逐。归来读君诗，耿耿犹在目。却思少年日，声价争场屋。文如翻水成，赋作叉手速。秋风起鸿雁，我亦继华躅。那知君蹭蹬，独泣荆山玉。相见南新道，青衫垂破幅。蚤知事大谬，恨不十年读。莫嫌冯唐老，终胜贾谊哭。今年复为僚，旧好许重续。升沉何足道，等是蛮与触。共为湖山主，出入穷涧谷。众驰君不争，人弃我所欲。何时神武门，相约挂冠服。

介亭饯杨杰次公

篮舆西出登山门，嘉与我友寻仙村。丹青明灭风篁岭，环佩空响桃花源。自注：郡人谓介亭山下为桃源路。前朝欲上已蜡屐，黑云白雨如倾盆。今晨积雾卷千里，岂畏触热生病根。在家头陀无为子，久与青山为弟昆。孤峰尽处亦何有，西湖镜天江抹坤。临高挥手谢好住，清风万壑传其言。风回响答君听取，我亦到处随君轩。

次京师韵送表弟程懿叔赴夔州运判

与子甥舅氏，摧颓各苍颜。并为东诸侯，长此佳江山。寒松无时花，安得插髻鬟。惟将老不死，一笑荣枯间。我甚似乐天，但无素与蛮。挂冠及未耄，当获一纪闲。子亦拙进取，才高命坚顽。譬如万斛舟，行此九折湾。仲氏新得道，一沤目尘寰。自注：君之兄德孺自云：近于佛法有得。岁晚家乡路，莫遣生榛菅。

叶教授和潩字韵诗,复次韵为戏,记龙井之游

先生鲁诸儒,饮食清不潩。空肠出秀句,吟嚼五味足。华堂闹丝管,眸子涨春渌。先生疾走避,面冷毒在腹。归来煮瓠叶,弟子歌旱麓。声淫及灵台,中有麏鹿伏。功名一走兔,何用千人逐。故应容我辈,清坐时闭目。高亭石排衙,木杪挂飞屋。我来无时节,客亦不待速。似闻雪髯叟,西岭访遗躅。朝阳入潭洞,金碧涵水玉。泉扉夜不扃,云袂本无幅。慈皇付宝偈,神侣得幽读。讷庵有老人,宴坐天魔哭。时来献璎珞,法供灯相续。吾侪诗酒污,欲往无乃触。斋厨费晨炊,车骑满山谷。愿闻第一义,钵饭非所欲。便投切云冠,予幼好奇服。

次韵林子中见寄

飘零洛社数遗民,诗酒当年困恶宾。元亮本无适俗韵,孝章要是有名人。蒜山小隐虽为客,江水西来亦带岷。卷却西湖千顷葑,笑看鱼尾更莘莘。

安州老人食蜜歌　自注:赠僧仲殊。

安州老人心似铁,老人心肝小儿舌。不食五谷惟食蜜,笑指蜜蜂作檀越。蜜中有诗人不知,千花百草争含姿。老人咀嚼时一吐,还引世间痴小儿。小儿得诗如得蜜,蜜中有药治百疾。正当狂走捉风时,一笑看诗百忧失。东坡先生取人廉,几人相欢几人嫌。恰似饮茶甘苦杂,不如食蜜中边甜。自注:佛云吾言譬如食蜜,中边皆

甜。因君寄与双龙饼,镜空一照双龙影。三吴六月水如汤,老人心似双龙井。

次韵钱穆父紫薇花二首

其一

虚白堂前合抱花,秋风落日照横斜。阅人此地知多少,物化无涯生有涯。<small>自注:虚白堂前紫薇两株,俗云乐天所种。</small>

其二

折得芳蕤两眼花,题诗相报字倾斜。箧中尚有丝纶句,坐觉天光照海涯。<small>自注:乐天诗云:"丝纶阁下文章静,钟鼓楼中刻漏长。独坐黄昏谁是伴,紫薇花对紫薇郎。"上尝书此以赐轼。</small>

送张嘉州

少年不愿万户侯,亦不愿识韩荆州。颇愿身为汉嘉守,载酒时作凌云游。虚名无用今白首,梦中却到龙泓口。浮云轩冕何足言,惟有江山难入手。峨眉山月半轮秋,影入平羌江水流。谪仙此语谁解道,请君见月时登楼。笑谈万事真何有,一时付与东岩酒。<small>自注:佛峡人家白酒旧有名。</small>归来还受一大钱,好意莫违黄发叟。

绝句

春来濯濯江边柳,秋后离离湖上花。不羡千金买歌舞,一篇珠玉是生涯。

次韵苏伯固主簿重九

云间朱袖拂云和,知是长松挂女萝。鬓重不嫌黄菊满,手香新喜绿橙搓。墨翻衫袖吾方醉,纸落云烟子患多。只有黄鸡与白日,玲珑应识使君歌。

九日袁公济有诗,次其韵

古来静治得清闲,我愧真长也一斑。举酒东荣挹江海,回尊落日劝湖山。平生倾盖悲欢里,蚤晚抽身簿领间。笑指西南是归路,倦飞弱羽久知还。

和公济饮湖上

昨夜醉归还独寝,晓来宿雨鸣孤枕。扁舟小棹截湖来,正见青山驳云锦。须知老人兴不浅,莫学公荣不共饮。与君歌鼓乐丰年,唤取千夫食陈廪。

次韵刘景文山堂听筝三首

其一

忽忆韩公二妙姝,琵琶筝韵落空无。犹胜江左狂灵运,空斗东昏百草须。

其二

马上胡琴塞上姝,郑中丞后有人无。诗成画烛飘金烬,八尺英公欲燎须。

其三

荻花枫叶忆秦姝,切切么弦细欲无。莫把胡琴挑醉客,回看霜戟褚公须。

秋晚客兴

草满池塘霜送梅,疏林野色近楼台。天围故越侵云尽,潮上孤城带月回。客梦冷随枫叶断,愁心低逐雁行来。流年又喜经重九,可意黄花是处开。

秋兴三首

其一

野鸟游鱼信往还,此身同寄水云间。谁家晚吹残红叶,一夜归心满旧山。可慰摧颓仍健食,此身通脱屡酡颜。年华岂是催人老,双鬓无端只自斑。

其二

故里依然一梦前,相携重上钓鱼船。尝陪大幕全陈迹,谬忝承明愧昔年。报国无成空白首,退耕何处有名田。黄鸡白酒云山约,此计当时已浩然。

其三

浴凤池边星斗光，宴余香满上书囊。楼前夜月低韦曲，云里车声出未央。去国何年双鬓雪，黄花重见一枝霜。伤心无限厌厌梦，长似秋霄一倍长。

赠刘景文

荷尽已无擎雨盖，菊残犹有傲霜枝。一年好景君须记，正是橙黄橘绿时。

送李陶通直赴清溪

忠文文正二大老，_{自注：司马温公、范蜀公，君之师友。}苏李广平三舍人。_{自注：苏子容、宋次道与先公才元丈，熙宁中封还李定词头，天下谓之三舍人。}喜见通家贤子弟，自言得邑少风尘。从来世利关心薄，此去溪山琢句新。肯向西湖留数月，钱塘初识小麒麟。

辩才老师退居龙井，不复出入。余往见之，尝出至风篁岭，左右惊曰："远公复过虎溪矣。"辩才笑曰："杜子美不云乎，'与子成二老，来往亦风流'。"因作亭岭上，名曰过溪，亦曰二老。谨次辩才韵

日月转双毂，今古同一丘。惟此鹤骨老，凛然不知秋。去住两无碍，人天争挽留。去如龙出山，雷雨卷潭湫。来如珠还浦，鱼

鳌争骈头。此生暂寄寓,常恐名实浮。我比陶令愧,师为远公优。送我还过溪,溪水当逆流。聊使此山人,永记二老游。大千在掌握,宁有离别忧。

问渊明　自注:或曰东坡此诗与渊明反,此非知言也。盖亦相引以造意,言者未始相非也。元祐五年十月日。

子知神非形,何复异人天。岂惟三才中,所在靡不然。我引而高之,则为星斗悬。我散而卑之,宁非山与川。三皇虽云没,至今在我前。八百要有终,彭祖非永年。皇皇谋一醉,发此露槿妍。有酒不辞醉,无酒斯饮泉。立善求我誉,饥人食馋涎。委运忧伤生,忧去生亦还。纵浪大化中,正为化所缠。应尽便须尽,宁复事此言。

偶于龙井辩才处得歙砚,甚奇,作小诗

罗细无纹角浪平,半丸犀璧涌云泓。午窗睡起人初静,时听西风拉瑟声。

书辩才白云堂壁

不辞清晓扣松扉,却值支公久不归。山鸟不鸣天欲雪,卷帘惟见白云飞。

送程之邵签判赴阙

夜光不自献，天骥良难知。从来一狐腋，或出五羖皮。贤哉江东守，收此幕中奇。无华岂易识，既得不自随。留君望此府，助我怜其衰。二年促膝语，一旦长揖辞。林深伏猛在，岸改潜珍移。去此当安从，失君徒自悲。念君瑚琏质，当今台阁宜。去矣会有合，岂当怀其私。

寄题梅宣义园亭

仙人子真后，还隐吴市门。不惜十年力，治此五亩园。初期橘为奴，渐见桐有孙。清池压丘虎，异石来湖鼋。敲门无贵贱，遂性各琴尊。我本放浪人，家寄西南坤。敝庐虽尚在，小圃谁当樊。羡君欲归去，奈此未报恩。爱子幸僚友，久要疑弟昆。明年过君西，饮我空瓶盆。

观湖二首

其一

乘槎远引神仙客，万里清风上海涛。回首不知沙界小，飘衣犹觉色尘高。须弥有顶低垂日，兜率无根下戴鳌。释梵茫然齐劫火，飞云不觉醉陶陶。

其二

朝阳照水红光开，玉涛银浪相徘徊。山分宿雾尽宽远，云驾高风驰送来。升霞影色敜残火,及物气焰明纤埃。可怜极大不知已,浮生野马悠悠哉。

醉题信夫方丈

鹤作精神松作筋,阶庭兰玉一时春。愿君且住三千岁,长与东坡作主人。

元祐五年十二月十二日,同景文、义伯、圣途、次元、伯固、仲蒙游七宝寺,题竹上

结根岂殊众,修柯独出林。孤高不可恃,岁晚霜风侵。

熙宁中,轼通守此郡,除夜,直都厅,囚系皆满,日暮不得返舍。因题一诗于壁。今二十年矣。衰病之余,复忝郡寄。再经除夜,庭事萧然,三圄皆空。盖同僚之力,非拙朽所致。因和前篇,呈公济、子侔二通守

前诗

除日当早归,官事乃见留。执笔对之泣,哀此系中囚。小人营糇粮,堕网不知羞。我亦恋薄禄,因循失归休。不须论贤愚,均是为食谋。谁能暂纵遣,闵默愧前修。

今诗

山川不改旧,岁月逝不留。百年一俯仰,五胜更王囚。同僚比岑范,德业前人羞。坐令老钝守,啸诺获少休。却思二十年,出处非人谋。齿发付天公,缺坏不可修。

诗集卷三十三 古今体诗六十四首

次韵杨公济奉议梅花十首

其一

梅梢春色弄微和,作意南枝剪刻多。月黑林间逢缟袂,霸陵醉尉误谁何。

其二

相逢月下是瑶台,藉草清尊连夜开。明日酒醒应满地,空令饥鹤啄莓苔。

其三

绿发寻春湖畔回,万松岭上一枝开。而今纵老霜根在,得见刘郎又独来。

其四

月地云阶漫一尊,玉儿终不负东昏。临春结绮荒荆棘,谁信幽香是返魂。

其五

日出冰澌散水花,野梅官柳是攲斜。西郊欲就诗人饮,黄四娘东子美家。

其六

君知早落坐先开,莫著新诗句句催。岭北霜枝最多思,忍寒留待使君来。

其七

冰盘未荐含酸子,雪岭先看耐冻枝。应笑春风木芍药,丰肌弱骨要人医。

其八

寒雀喧喧冻不飞,绕林空啅未开枝。多情好与风流伴,不到双双燕子时。

其九

鲛绡剪碎玉簪轻,檀晕妆成雪月明。肯伴老人春一醉,悬知欲落更多情。

其十

缟裙练帨玉川家,肝胆清新冷不邪。秾李争春犹办此,更教踏雪看梅花。

谢关景仁送红梅栽二首

其一

年年芳信负红梅,江畔垂垂又欲开。珍重多情关令尹,直和根拨送春来。

其二

为君栽向南堂下，记取他年著子时。酸酽不堪调众口，使君风味好攒眉。

次韵刘景文路分上元

华灯闹艰岁，冷月挂空府。三吴重时节，九陌自歌舞。云从月几望，遂至一百五。嘉辰可屈指，乐事相继武。今宵扫云阵，极目净天宇。嬉游各忘归，阗咽顷未睹。飞毬互明灭，激水相吞吐。老去反儿童，归来尚铙鼓。新年消暗雪，旧岁添丝缕。何时九江城，相对两渔父。自注：予旧欲卜居庐山，景文近买宅江州。

游宝云寺，得唐彦猷为杭州日送客舟中手书一绝句，云："山雨霏微不满空，画船来往疾轻鸿。谁知独卧朱帘里，一榻无尘四面风。"明日，送彦猷之子坰赴鄂州，舟中遇微雨，感叹前事，因和其韵。作两首送之，且归其书唐氏

其一

二妙凋零笔法空，忽惊云海戏群鸿。清诗不敢私囊箧，人道黄门有父风。自注：黄门，卫恒也。

其二

出处荣枯一笑空,十年社燕与秋鸿。谁知白首长河路,还卧当时送客风。

送江公著知吉州

三吴行尽千山水,犹道桐庐更清美。岂惟浊世隐狂奴,时平亦出佳公子。初冠惠文读城旦,晚入奉常陪剑履。方将华省起弹冠,忽忆钓台归洗耳。未应良木弃大匠,要使名驹试千里。奉亲官舍当有择,得郡江南差可喜。白粲连樯一万艘,红妆执乐三千指。簿书期会得余闲,亦念人生行乐耳。自注:二"耳"义不同,故得重用。

闻钱道士与越守钱穆父饮酒,送二壶

龙根为脯玉为浆,下界寒醅亦漫尝。一纸鹅经逸少醉,他年《鹏赋》谪仙狂。金丹自足留衰鬓,苦泪何须点别肠。吴郡旧邦遗泽在,定应符竹付诸郎。

再和杨公济梅花十绝

其一

一枝风物便清和,看尽千林未觉多。结习已空从著袂,不须天女问云何。

其二

天教桃李作舆台,故遣寒梅第一开。凭仗幽人收艾纳,国香和雨入青苔。

其三

白发思家万里回,小轩临水为花开。故应剩作诗千首,知是多情得得来。

其四

人去残英满酒尊,不堪细雨湿黄昏。夜寒那得穿花蝶,知是风流楚客魂。

其五

春入西湖到处花,裙腰芳草抱山斜。盈盈解佩临烟浦,脉脉当垆傍酒家。

其六

莫向霜晨怨未开,白头朝夕自相催。斩新一朵含风露,恰似西厢待月来。

其七

洗尽铅华见雪肌,要将真色斗生枝。檀心已作龙涎吐,玉颊何烦獭髓医。

其八

湖面初惊片片飞,尊前吹折最繁枝。何人会得春风意,怕见梅黄雨细时。

其九

长恨漫天柳絮轻，只将飞舞占清明。寒梅似与春相避，未解无私造物情。

其十

北客南来岂是家，醉看参月半横斜。他年欲识吴姬面，秉烛三更对此花。

次韵曹子方运判雪中同游西湖

词源滟滟波头展，清唱一声岩谷满。未容雪积句先高，岂独湖开心自远。云山已作歌眉浅，山下积流清似眼。尊前侑酒只新诗，何异书鱼餐蠹简。

次韵仲殊雪中游西湖二首

其一

夜半幽梦觉，稍闻竹苇声。起续冻折弦，为鼓一再行。曲终天自明，玉楼已峥嵘。有怀二三子，落笔先飞霙。共为竹林会，身与孤鸿轻。秀语出寒饿，身穷诗乃亨。禅老复何为，笑指孤烟生。我独念粲者，谁与子目成。

其二

宝云楼阁闹千门，林静初无一鸟喧。闭户莫教风扫地，卷帘疑有月临轩。水光潋滟犹浮碧，山色空濛已敛昏。乞得汤休奇绝句,始知盐絮是陈言。

次韵参寥同前

朝来处处白毡铺,楼阁山川尽一如。总是烂银并白玉,不知奇货有谁居。

与叶淳老、侯敦夫、张秉道同相视新河,秉道有诗,次韵二首

其一

君不见元帅府前罗万戟,涛头未顺千弩射。至今凤皇山下路,长借一箭开两翼。我凿西湖还旧观,一眼已尽西南碧。又将回夺浮山险,千艘夜下无南北。坐陈三策本人谋,惟留一诺待我画。老病思归真暂寓,功名如幻终何得。从来自笑画蛇足,此事何殊食鸡肋。怜君嗜好更迂阔,得我新诗喜折屐。江湖粗了我径归,余事后来当润色。一庵闲卧洞霄宫,井有丹砂水长赤。

其二

荆溪父老愁三害,下斩长蛟本无赖。平生倔强韩退之,文字犹为鳄鱼戒。石门之役万金耳,首鼠不为吾已隘。江湖开塞古有数,两鹄飞来告成坏。劝农使者非常人,一言已破黎民骇。上饶使君更超轶,坐睨浮山如累块。犟张乃我结袜生,诗酒淋漓出狂怪。我作水衡君作丞,他日归朝同此拜。

棕笋

　　棕笋状如鱼,剖之得鱼子,味如苦笋而加甘芳,蜀人以馔佛僧,甚贵之,而南方不知也。笋生肤罢中,盖花之方孕者,正二月间可剥取,过此苦涩不可食矣。取之无害于木,而宜于饮食。法当蒸熟,所施略与笋同。蜜煮酢浸,可致千里外,今以饷殊长老。

　　赠君木鱼三百尾,中有鹅黄子鱼子。夜叉剖瘿欲分甘,箨龙藏头敢言美。愿随蔬果得自用,勿使山林空老死。问君何事食木鱼,烹不能鸣固其理。

次韵曹子方龙山真觉院瑞香花

　　幽香结浅紫,来自孤云岑。骨香不自知,色浅意殊深。移栽青莲宇,遂冠蒨蒨林。纫为楚臣佩,散落天女襟。君持风霜节,耳冷歌笑音。一逢兰蕙质,稍回铁石心。置酒要妍暖,养花须晏阴。及此阴晴间,恐致悭啬霖。彩云知易散,鹎鵊忧先吟。明朝便陈迹,试著丹青临。

送小本禅师赴法云

　　寓形天宇内,出处会有役。澹然都无营,百年何由毕。山林等忧患,轩冕亦戏剧。我未即归休,师宁要安逸。王城满豪杰,议论分黑白。圣谛第一义,对面谁不识。师来亦何事,孤月挂空碧。是身如浮云,安得限南北。出岫本无心,既雨归亦得。珠泉有旧约,何年挂瓶锡。

书浑令公燕鱼朝恩图

咸宁英气似汾阳,夜饮军容出红妆。不须缠头万匹锦,知君未办作吕强。

庞公

襄阳庞公少检束,白发不髻亦不俗。世所奔趋我独弃,我已有余彼不足。鹿门有月树下行,虎溪无风舟上宿。不识当时捕鱼客,但爱长康画金粟。杜口如今不复言,庞公为人不曲局。东西有人问老翁,为道明灯照华屋。

戏书

五言七言正儿戏,三行两行亦偶尔。我性不饮只解醉,正如春风弄群卉。四十年来同幻事,老去何须别愚智。古人不住亦不灭,我今不作亦不止。寄语悠悠世上人,浪生浪死一埃尘。洗墨无池笔无冢,聊尔作戏悦我神。

次韵刘景文西湖席上

二老长身屹两峰,常撞大吕应黄钟。将辞邺下刘公幹,却见云间陆士龙。白发怜君略相似,青山许我定相从。我今官已六百石,惭愧当年邴曼容。

次韵答马忠玉

坡陀巨麓起连峰,积累当年庆自钟。灵运子孙俱得凤,慈明兄弟孰非龙。河梁会作看云别,诗酒何妨载酒从。只有西湖似西子,故应宛转为君容。

三萼牡丹

风雨何年别,留真向此邦。至今遗恨在,巧过不成双。

予去杭十六年而复来,留二年而去。平日自觉出处老少,粗似乐天。虽才名相远,而安分寡求,亦庶几焉。三月六日,来别南北山诸道人,而下天竺惠净师以丑石赠行,作三绝句

其一
当年衫鬓两青青,强说重临慰别情。衰发只今无可白,故应相对话来生。

其二
出处依稀似乐天,敢将衰老较前贤。便从洛社休官去,犹有闲居二十年。

其三
在郡依前六百日,山中不记几回来。还将天竺一峰去,欲把

云根到处栽。

和林子中待制

两翁留滞各幡然，人笑迂疏老更坚。共把鹅儿一尊酒，相逢卵色五湖天。江边遗爱啼斑白，海上先声入管弦。早晚渊明赋归去，浩歌长啸老斜川。

次韵答黄安中兼简林子中

老去心灰不复然，一麾江海意方坚。那堪黄散付子度，空羡苏杭养乐天。病肺一春难白酒，别肠三夜绕朱弦。群仙正欲吾归去，共把清风借玉川。

留别蹇道士拱辰

黑月在浊水，何曾不清明。寸田满荆棘，梨枣无从生。何时返吾真，岁月今峥嵘。屡接方外士，早知俗缘轻。庚桑托鸡鹄，未肯化南荣。晚识此道师，似有宿世情。笑指北山云，诃我不归耕。仙人汉阴马，微服方地行。咫尺不往见，烦子通姓名。愿持空手去，独控横江鲸。

次韵子由书王晋卿画山水一首，而晋卿和二首

其一

误点故教同子敬，杂篇真欲拟汤休。陇云寄我山中信，雪月

追君溪上舟。会看飞仙虎头箧,却来颠倒拾遗裘。自注:子美诗云:"天吴与紫凤,颠倒在裋褐。"王孙办作玄真子,细雨斜风不湿鸥。

其二

此境眼前聊妄想,几人林下是真休。我今心似一潭月,君已身如万斛舟。看画题诗双鹤鬓,归田送老一羊裘。明年兼与士龙去,万顷沧波没两鸥。

次韵子由书王晋卿画山水二首

其一

老去君空见画,梦中我亦曾游。桃花纵落谁见,水到人间伏流。

其二

山人昔与云俱出,俗驾今随水不回。赖我胸中有佳处,一樽时对画图开。

又书王晋卿画四首

山阴陈迹

当年不识此清真,强把先生拟季伦。等是人间一陈迹,聚蚊金谷本何人。

雪溪乘兴

溪山雪月两佳哉,宾主谈锋夜转雷。犹言不见戴安道,为问适从何处来。

四明狂客

毫端偶集一微尘,何处溪山非此身。狂客思归便归去,更求敕赐枉天真。

西塞风雨

斜风细雨到来时,我本无家何处归。仰看云天真箬笠,旋收江海入蓑衣。

破琴诗

旧说,房琯开元中尝宰卢氏,与道士邢和璞出游,过夏口村,入废佛寺,坐古松下。和璞使人凿地,得瓮中所藏娄师德与永禅师书,笑谓琯曰:"颇忆此耶?"琯因怅然,悟前生之为永师也。故人柳子玉宝此画,云是唐本,宋复古所临者。元祐六年三月十九日,予自杭州还朝,宿吴淞江,梦长老仲殊挟琴过余,弹之有异声,就视,琴颇损,而有十三弦。予方叹息不已,殊曰:"虽损,尚可修。"曰:"奈十三弦何?"殊不答,诵诗云:"度数形名本偶然,破琴今有十三弦。此生若遇邢和璞,方信秦筝是响泉。"予梦中了然识其所谓,既觉而忘之。明日昼寝,复梦殊来理前语,再诵其诗。方惊觉而殊适至,意其非梦也。问之殊,盖不知。是岁六月,见子玉之子子文京师,求得其画,乃作诗并书所梦其上。子玉名瑾,善作诗及行草书。复古名迪,画山水草木盖妙绝一时。仲殊本书生,弃家学佛,通脱无所著,皆奇士也。

破琴虽未修,中有琴意足。谁云十三弦,音节如佩玉。新琴空高张,丝声不附木。宛然七弦筝,动与世好逐。陋矣房次律,因循堕流俗。悬知董庭兰,不识无弦曲。

书《破琴诗》后

余作《破琴诗》,求得宋复古画邢和璞于柳仲远,仲远以此本托王晋卿临写为短轴,名为《邢房悟前生图》,作诗题其上。

此身何物不堪为,逆旅浮云自不知。偶见一张闲故纸,便疑身是永禅师。

题王晋卿画后

丑石半蹲山下虎,长松倒卧水中龙。试君眼力看多少,数到云峰第几重。

听武道士弹贺若

清风终日自开帘,凉月今宵肯挂檐。琴里若能知贺若,诗中定合爱陶潜。

元祐六年六月,自杭州召还,汶公馆我于东堂,阅旧诗卷,次诸公韵三首

其一

半熟黄粱日未斜,玉堂阴合手栽花。却思三十年前味,未饭

钟时已饭茶。

其二

梦觉还惊屡响廊，故人来炷影前香。鬓须白尽成何事，一帖空存老遂良。自注：法帖中有褚遂良书云：即日，遂良须鬓尽白。

其三

尺一东来唤我归，衰年已迫故山期。文章曹植今堪笑，却卷波澜入小诗。

感旧诗

嘉祐中，予与子由同举制策，寓居怀远驿，时年二十六，而子由二十三耳。一日秋风起，雨作，中夜翛然，有感慨离合之意。自尔宦游四方，不相见者十尝七八。每夏秋之交，风雨作，木落草衰，辄凄然有此感，盖三十年矣。元丰中，谪居黄冈，而子由亦贬筠州，尝作诗以纪其事。元祐六年，予自杭州召还，寓居子由东府，数月复出，领汝阴。时予年五十六矣，乃作诗，留别子由而去。

床头枕驰道，双阙夜未央。车毂鸣枕中，客梦安得长。新秋入梧叶，风雨惊洞房。独行残月影，怅焉感初凉。筮仕记怀远，谪居念黄冈。一往三十年，此怀未始忘。扣门呼阿同，自注：子由，一字同叔。安寝已太康。青山映华发，归计三月粮。我欲自汝阴，径上潼江章。想见冰盘中，石蜜与柿霜。自注：予欲请东川而归，二物皆东川所出。怜子遇明主，忧患已再尝。报国何时毕，我心久已降。

诗集卷三十四 古今体诗六十七首

西湖秋涸,东池鱼窘甚,因会客,呼网师迁之西池,为一笑之乐。夜归,被酒不能寐,戏作放鱼一首

东池浮萍半黏块,裂碧跳青出鱼背。西池秋水尚涵空,舞阔摇深吹荇带。吾僚有意为迁居,老守纵馋那忍脍。纵横争看银刀出,灂瀄初惊玉花碎。但愁数罟损鳞鬣,未信长堤隔涛濑。泼泼发发须臾间,圉圉洋洋寻丈外。安知中无蛟龙种,或恐尚有风云会。明年春水涨西湖,好去相逢渺淮海。

复次放鱼韵答赵承议、陈教授

扰扰万生同大地,抢榆不羡培风背。青丘已登云梦芥,黄河复缭天门带。长讥韩子隘且陋,一饱鲸鲵何足脍。东坡也是可怜人,披抉泥沙收细碎。逝将归休八节滩,又欲往钓七里濑。正似此鱼逃网中,未与造物游数外。且将新句调二子,湖上秋高风月会。为君更唤木肠儿,脚扣两舷歌小海。

九月十五日,观月听琴西湖,示坐客

白露下众草,碧空卷微云。孤光为谁来,似为我与君。水天

浮四座,河汉落酒尊。使我冰雪肠,不受曲糵醺。尚恨琴有弦,出鱼乱湖纹。哀弹本旧曲,妙耳非昔闻。良时失俯仰,此见宁朝昏。悬知一生中,道眼无由浑。

复次韵谢赵景贶、陈履常见和,兼简欧阳叔弼兄弟

能诗李长吉,识字扬子云。端能望此府,坐啸获两君。逝将江湖去,浮我五石尊。眷焉复少留,尚为世所醺。或劝莫作诗,儿辈工织纹。朱弦寄三叹,未害俗耳闻。共寻两欧阳,伐薪照黄昏。是家有甘井,汲多终不浑。

送欧阳主簿赴官韦城四首

其一

凤雏骥子日相高,白发苍颜笑我曹。读遍牙签三万轴,却来小邑试牛刀。

其二

出处年来恨不齐,一尊临水记分携。江湖咫尺吾将老,汝颍东流子却西。

其三

白马津头春水来,白鱼犹喜似江淮。使君已复冰堂酒,更望重新画舫斋。

其四

道旁垂白定沾巾，正似当年绿发新。故国依然乔木在，典刑复见老成人。

美哉一首送韦城主簿欧阳君

美哉水，洋洋乎，我怀先生，送之子于城隅。洋洋乎，美哉水，我送之子，至于新渡。念彼嵩雒，眷焉西顾。之子于迈，至于白马。白马旧邦，其构维新。邦人流涕，画舫之孙。相其口齿，尚克似之。先生遗民，之子往字。

泛颍

我性喜临水，得颍意甚奇。到官十日来，九日河之湄。吏民笑相语，使君老而痴。使君实不痴，流水有令姿。绕郡十余里，不驶亦不迟。上流直而清，下流曲而漪。画船俯明镜，笑问汝为谁。忽然生鳞甲，乱我须与眉。散为百东坡，顷刻复在兹。此岂水薄相，与我相娱嬉。声色与臭味，颠倒眩小儿。等是儿戏物，水中少磷缁。赵陈两欧阳，同参天人师。观妙各有得，共赋泛颍诗。

六观堂老人草书　自注：六观，取《金刚经》梦幻等六物也。老人僧了性，精于医而善草书，下笔有远韵，而人莫知贵，故作此诗。

物生有象象乃滋，梦幻无根成斯须。方其梦时了非无，泡影一失俯仰殊。清露未晞电已徂，此灭灭尽乃真吾。云如死灰实不枯，逢场作戏三昧俱。化身为医忘其躯，草书非学聊自娱。落笔已唤周越奴，苍鼠奋髯饮松腴。剡藤玉版开雪肤，游龙天飞万人呼，莫作羞涩羊氏姝。

次韵刘景文见寄

淮上东来双鲤鱼，巧将诗信渡江湖。细看落墨皆松瘦，想见掀髯正鹤孤。烈士家风安用此，书生习气未能无。莫因老骥思千里，醉后哀歌缺唾壶。

赠朱逊之

元祐六年九月，与朱逊之会议于颍。或言洛人善接花，岁出新枝，而菊品尤多。逊之曰："菊当以黄为正，余可鄙也。"昔叔向闻鬷蔑一言，知其为人。予于逊之亦云。

黄花候秋节，远自《夏小正》。坤裳有正色，鞠衣亦令名。一从人伪胜，遂与天力争。易姓寓非族，改颜随所令。新奇既易售，粹驳宜相倾。疾恶逢伯厚，识真似渊明。君言我所印，世论谁敢评。愿君为霜风，一扫紫与赪。

次韵赵景贶督两欧阳诗，破陈酒戒

商也哀未忘，岁月忽已秋。祥琴虽未调，余悲不敢留。矧此乃韵语，未入金石流。羲之生五子，总角出银钩。吾家有二许，下笔两不休。君言不能诗,此语人信不。千钟斯为尧,百榼斯为丘。陋矣陶士衡,当以大白浮。酒中那有失,醉则不惊鸥。明当罚二子,已洗两玉舟。

叔弼云履常不饮,故不作诗,劝履常饮

我本畏酒人,临觞未尝诉。平生坐诗穷,得句忍不吐。吐酒茹好诗,肝胃生滓污。用此较得丧,天岂不足付。吾侪非二物,岁月谁与度。悄然得长愁,为计已大误。二欧非无诗,恨子不饮故。强为釂一酌,将非作愁具。成言如皎日,援笔当自赋。他年五君咏,山王一时数。

臂痛谒告作三绝句示四君子

其一

公退清闲如致仕,酒余欢适似还乡。不妨更有安心病,卧看萦帘一炷香。

其二

心有何求遣病安,年来古井不生澜。只愁戏瓦闲童子,却作泠泠一水看。

其三

小阁低窗卧宴温,了然非默亦非言。维摩示病吾真病,谁识东坡不二门。

到颍未几,公帑已竭,斋厨索然,戏作

我昔在东武,吏方谨新书。斋空不知春,客至先愁予。采杞聊自诳,食菊不敢余。岁月今几何,齿发日向疏。幸此一郡老,依然十年初。梦饮本来空,真饱竟亦虚。尚有赤脚婢,能烹颊尾鱼。心知皆梦耳,慎勿歌归欤。

景贶、履常屡有诗,督叔弼、季默倡和,已许诺矣,复以此句挑之

君家文律冠西京,旋筑诗坛按酒兵。袖手莫轻真将种,致师须得老门生。明朝郑伯降谁受,昨夜条侯壁已惊。从此醉翁天下乐,还应一举百觥倾。自注:文忠公赠苏梅诗云:"我亦愿助勇,鼓旗噪其旁。快哉天下乐,一醻宜百觥。"

赠月长老

天形倚一笠,地水转两轮。五帝之所运,毫端栖一尘。功名半幅纸,儿女浪苦辛。子有折足铛,中容五合陈。十年此中过,却是英特人。延我地炉坐,语软意甚真。白灰如积雪,中有红麒麟。勿触红麒麟,作灰维那嗔。拱手但默坐,墙壁徒谆谆。今宵恨客多,污子白氎巾。后夜当独来,不须主与宾。蒲团坐纸帐,自要观我身。

次韵答钱穆父,穆父以仆得汝阴,用杭、越酬唱韵,作诗见寄

大耿疲劳已离群,小冯慈爱且当门。自注:轼本以舍弟亲嫌请郡。玉堂不著扶犁手,霜鬓偏宜画鹿辐。豪杰虽无两王继,自注:谓子直、深父。风流犹有二欧存。自注:谓叔弼、季默。清诗已入新歌舞,要使邦人识雅言。

韩退之《孟郊墓铭》云"以昌其诗",举此问王定国:"当昌其身耶? 抑昌其诗也?"来诗下语未契,作此答之

昌身如饱腹,饱尽还当饥。昌诗如膏面,为人作容姿。不如昌其气,郁郁老不衰。虽云老不衰,劫坏安所之。不如昌其志,志壹气自随。养之塞天地,孟轲不吾欺。人言魏勃勇,股栗向小儿。何如鲁连子,谈笑却秦师。慎勿怨谤讪,乃我得道资。淤泥生莲花,粪壤出菌芝。赖此善知识,使我枯生黄。吾言岂须多,冷暖子自知。

送欧阳推官赴华州监酒

我观文忠公,四子皆超越。仲也珠径寸,照夜光如月。好诗真脱兔,下笔先落鹘。知音如周郎,议论亦英发。文章乃余事,学道探玄窟。死为长白主,名字书绛阙。自注:熙宁之末,仲纯父见仆于京城之东,曰:"吾梦道士持告身授吾,曰上帝命汝为长白山主,此何祥也?"明年,仲纯父殁。伤心清颍尾,已伴白鸥没。喜见三少年,俱有千里骨。

千里不难到,莫遣历块蹶。临分出苦语,愿子书之笏。

十月十四日以病在告,独酌

翠柏不知秋,空庭失摇落。幽人得嘉荫,露坐方独酌。月华稍澄穆,雾气尤清薄。小儿亦何知,相语翁正乐。铜炉烧柏子,石鼎煮山药。一杯赏月露,万象分酬酢。此生独何幸,风缆欣初泊。誓逃颜跖网,行赴松乔约。莫嫌风有待,漫欲戏寥廓。泠然心境空,仿佛来笙鹤。

独酌试药玉滑盏,有怀诸君子。明日望夜,月庭佳景不可失,作诗招之

镕铅煮白石,作玉真自欺。琢削为酒杯,规摹定州瓷。荷心虽浅狭,镜面良渺弥。持此寿佳客,到手不容辞。曹侯天下平,定国岂其师。一饮至数石,温克颇似之。风流越王孙,诗酒屡出奇。喜我有此客,玉杯不徒施。请君诘欧陈,问疾来何迟。呼儿扫月榭,扶病良及时。

欧阳季默以油烟墨二丸见饷,各长寸许,戏作小诗

书窗拾轻煤,佛帐扫余馥。辛勤破千夜,收此一寸玉。痴人畏老死,腐朽同草木。欲将东山松,涅尽南山竹。墨坚人苦脆,未用叹不足。且当注虫鱼,莫草三千牍。

明日复以大鱼为馈,重二十斤,且求诗,故复戏之

汉廷九尺人,谁似老方朔。那将一寸金,令足三冬学。饷鱼欲自洗,鳞尾光卓荦。我是骑鲸手,聊堪充鹿角。

和赵景贶栽桧

汝阴多老桧,处处屯苍云。地连丹砂井,物化青牛君。时有再生枝,自注:颍之灵坛观有再生桧。还作左纽纹。王孙有古意,书室延清芬。应怜四孺子,不堕凡木群。体备松柏姿,气含芝术薰。初扶鹤立骨,未出龙缠筋。巢根白蚁乱,网叶秋虫纷。乃知蔽芾初,甚要封殖勤。他年皮三寸,狐鼠了不闻。

叶待制求先坟永慕亭诗

灵区有异产,化国无潜珍。承平百年间,簪缨半齐民。建溪富奇伟,叶氏初隐沦。森然见乔木,其下维德人。佳哉郁葱葱,气若凤与麟。联翩出儒将,岂惟十朱轮。新松无鹿触,旧柏有乌驯。待公归上冢,泪叶乃肯春。

与赵陈同过欧阳叔弼新治小斋戏作

江湖渺故国,风雨倾旧庐。东来三十年,愧此一束书。尺椽亦何有,而我常客居。羡君开此室,容膝真有余。拊床琴动摇,弄

笔窗明虚。后夜龙作雨,天明雪填渠。自注:时方祷雨龙祠,作此句。时星斗灿然,四更风雨大至,明日乃雪。梦回闻剥啄,谁乎赵陈予。添丁走沽酒,通德起挽蔬。主孟当啖我,玉鳞金尾鱼。一醉忘其家,此身自蓬蔯。

聚星堂雪

　　元祐六年十一月一日,祷雨张龙公,得小雪,与客会饮聚星堂。忽忆欧阳文忠公作守时,雪中约客赋诗,禁体物语,于艰难中特出奇丽。尔来四十余年,莫有继者。仆以老门生继公后,虽不足追配先生,而宾客之美,殆不减当时。公之二子又适在郡,故辄举前令,各赋一篇。

　　窗前暗响鸣枯叶,龙公试手行初雪。映空先集疑有无,作态斜飞正愁绝。众宾起舞风竹乱,老守先醉霜松折。恨无翠袖点横斜,只有微灯照明灭。归来尚喜更鼓永,晨起不待铃索掣。未嫌长夜作衣棱,却怕初阳生眼缬。欲浮大白追余赏,幸有回飙惊落屑。模糊桧顶独多时,历乱瓦沟裁一瞥。汝南先贤有故事,醉翁诗话谁续说。当时号令君听取,白战不许持寸铁。

欧阳叔弼见访,诵陶渊明事,叹其绝识。既去,感慨不已,而赋此诗

　　渊明求县令,本缘食不足。束带向督邮,小屈未为辱。翻然赋《归去》,岂不念穷独。重以五斗米,折腰营口腹。云何元相国,万钟不满欲。胡椒铢两多,安用八百斛。以此杀其身,何啻鹊抵

玉。往者不可悔，吾其反自烛。

喜刘景文至

天明小儿更传呼，髯刘已到城南隅。尺书真是髯手迹，起坐熨眼知有无。今人不作古人事，今世有此古丈夫。我闻其来喜欲舞，病自能起不用扶。江淮旱久尘土恶，朝来清雨濯鬓须。相看握手了无事，千里一笑毋乃迂。平生所乐在吴会，老死欲葬杭与苏。过江西来二百日，冷落山水愁吴姝。新堤旧井各无恙，参寥六一岂念吾。别后新诗巧摹写，袖中知有钱塘湖。

祷雨张龙公既应刘景文有诗次韵

张公晚为龙，抑自龙中来。伊昔风云会，咄嗟潭洞开。精诚苟可贯，宾主真相陪。洞箫振羽舞，白酒浮云罍。言从关州妃，远去焦氏台。倾倒瓶中雨，一洗麦上埃。破旱不论功，乘云却空回。嗟龙与我辈，用意岂远哉。使君今子义，英气冠东莱。笑说龙为友，幽明莫相猜。

刘景文家藏乐天《身心问答》三首，戏书一绝其后

渊明形神自我，乐天身心相物。而今月下三人，他日当成几佛。

西湖戏作

一士千金未易偿，我从陈赵两欧阳。举鞭拍手笑山简，只有并州一葛强。

送欧阳季默赴阙

先生岂止一怀祖，郎君不减王文度。膝上几日今白须，今我眼中见此父。汝南相从三晦朔，君去苦早我来暮。霜风凄紧正脱木，颍水清浅可立鹭。莫辞白酒泻香泉，已觉扁舟掠新渡。坐看士衡执别手，更遣梦得出奇句。郎君可是管库人，乃使骐骥随塞步。置之行矣无足道，贤愚岂在遇不遇。

用前韵作雪诗留景文

万松岭上黄千叶，载酒年年踏松雪。刘郎去后谁复来，花下有人心断绝。东斋夜坐搜雪句，两手龟拆霜须折。无情岂亦畏嘲弄，穿帘入户吹灯灭。纷纷儿女争所似，碧海长鲸君未掣。朝来云汉接天流，顾我小诗如点缀。欧阳赵陈在户外，急扫中庭铺木屑。交游虽似雪柏坚，聚散行作风花瞥。晴光融作一尺泥，归有何事真无说。泥干路稳放君去，莫倚马蹄如踏铁。

和刘景文见赠

元龙本志陋曹吴，豪气峥嵘老不除。失路今为唅等伍，作诗

犹似建安初。西来为我风鬗面,独卧无人雪缟庐。留子非为十日
饮,要令安世诵亡书。

和刘景文雪

占雨又得雪,龟宁欺我哉。似知吾辈喜,故及醉中来。童子
愁冰砚,佳人苦胶杯。那堪李常侍,入蔡夜衔枚。

次前韵送刘景文

白云在天不可呼,明月岂肯留庭隅。怪君西行八百里,清坐
十日一事无。路人不识呼尚书,但见凛凛雄千夫。自注:君一马两
仆,率然相访。逆旅多呼尚书,意谓君都头也。岂知入骨爱诗酒,醉倒正
欲蛾眉扶。一篇向人写肝肺,四海知我霜鬓须。自注:君前有诗见寄
云:四海共知霜鬓满,重阳曾插菊花无。欧阳赵陈皆我有,岂谓夫子驾复
迁。尔来又见三黜柳,共此暖热餐毡苏。酒肴酸薄红粉暗,只有颍
水清而姝。一朝寂寞风雨散,对影谁念月与吾。自注:郡中日与欧阳
叔弼、赵景贶、陈履常相从,而景文复至。不数日,柳戒之亦见过。宾客之盛,
顷所未有。然不数日,叔弼、景文、戒之皆去矣。何时归帆溯江水,春酒一
变甘棠湖。自注:景文近卜居九江,近甘棠湖。

以屏山赠欧阳叔弼

漫郎天骨清,生与世俗异。学道新有得,为贫聊复仕。每于
红尘中,尝起青霞志。屏山辍赠子,莫遣污簪珥。寓目紫翠间,安

眠本非睡。梦中化为鹤,飞入长松寺。

新渡寺席上次赵景贶、陈履常韵,送欧阳叔弼。比来诸君唱和,叔弼但袖手旁睨而已。临别,忽出一篇,颇有渊明风致,坐皆惊叹

神屠不目全,妙额惟妆半。更刀乃族庖,倚市必丑悍。平生魏公筹,忽斫郢人堨。诗书亦何用,适道须此馆。多言虽数穷,微中或排难。子诗如清风,寥寥发将旦。胡为久闭匿,绮语真自患。许时笑我痴,隔屋相咏叹。竟识彦道不,绝叫呼百万。清朝固多士,人门子皆冠。莫言清颍水,从此隔河汉。异时我独来,得鱼杨柳贯。持归不忍食,尺素解凄断。中有清圆句,铜丸飞柘弹。春愁结凌澌,正待一笑泮。百篇傥寄我,呻吟郑人缓。

次韵赵景贶春思且怀吴越山水

岁华来无穷,老眼久已静。春风如系马,未动意先骋。西湖忽破碎,鸟落鱼动镜。萦城理枯渎,放闸起胶艇。愿君营此乐,官事何时竟。自注:清河西湖三闸,督君成之。思吴信偶然,出处付前定。飘然不系舟,乘此无尽兴。醉翁行乐处,草木皆可敬。明朝游北渚,急扫黄叶径。白酒真到齐,红裙已放郑。自注:酒尚有香泉一壶,为乐全先生服,不作乐也。

次韵陈履常张公龙潭

明经宣城宰,家此百尺澜。郑公不量力,敢以非意干。玄黄杂两战,绛青表双蟠。自注:事见龙公碑。烈气毙强敌,仁心恻饥寒。精诚祷必赴,苟简求亦难。萧条麦苹枯,浩荡日月宽。念子无吏责,十日勤征鞍。春蔬得雨雪,少助先生槃。龙不惮往来,而我独宴安。闭阁默自责,神交清夜阑。

小饮西湖,怀欧阳叔弼兄弟,赠赵景贶、陈履常

岁暮自急景,我闲方缓觞。欢饮西湖晚,步转北渚长。地坐略少长,意行无涧冈。久知荠麦青,稍喜榆柳黄。盎盎春欲动,激激夜未央。水天鸥鹭静,月露松桧香。抚景方晼晚,怀人重凄凉。岂无一老兵,坐念两欧阳。我意正麋鹿,君材亦圭璋。此会不可再,此欢不可忘。

蜡梅一首赠赵景贶

天工点酥作梅花,此有蜡梅禅老家。蜜蜂采花作黄蜡,取蜡为花亦其物。天工变化谁得知,我亦儿戏作小诗。君不见万松岭上黄千叶,玉蕊檀心两奇绝。醉中不觉度千山,夜闻梅香失醉眠。归来却梦寻花去,梦里花仙觅奇句。此间风物属诗人,我老不饮当付君。君行适吴我适越,笑指西湖作衣钵。

送王竦朝散赴阙

我家衡山公，自注：伯父为衡山日，与君相知，有送行诗。清而畏人知。臧否不出口，默识如蓍龟。擢子拱把中，云有骥骤姿。胡为三十载，尚作穷苦词。丈人不妄语，未效此何疑。揭来清颍上，泪湿中郎诗。怪我一年长，而作十年衰。同时几人在，岂敢怨白髭。愿君指松柏，永与霜雪期。

次韵致政张朝奉仍招晚饮

扫白非黄精，轻身岂胡麻。怪君仁而寿，未觉生有涯。曾经丹化米，亲授枣如瓜。云蒸作雾楷，火灭噀雨巴。自此养铅鼎，无穷走河车。至今许玉斧，犹事萼绿华。自注：君曾见何仙姑，得药饵之人，疑其以此寿也。故有丹化米、萼绿华之句，皆女仙事。我本三生人，畴昔一念差。前生或草圣，习气余惊蛇。儒臞谢赤松，佛缚惭丹霞。时时一篇出，扰扰四座哗。清诗得可惊，信美辞多夸。回车入官府，治具随贫家。萍虀与豆粥，亦可成咄嗟。

阎立本《职贡图》

贞观之德来万邦，浩如沧海吞河江。音容伧狞服奇庞，横绝岭海逾涛泷。珍禽瑰产争牵扛，名王解辫却盖幢。粉本遗墨开明窗，我喟而作心未降，魏徵封伦恨不双。

次韵王滁州见寄

斯人何似似春雨,歌舞农夫怨行路。君看永叔与元之,坎轲一生遭口语。两翁当年鬓未丝,玉堂挥翰手如飞。教得滁人解吟咏,至今里巷嘲轻肥。君家联翩尽卿相,独来坐啸溪山上。笑捐浮利一鸡肋,多取清名几熊掌。丈夫自重贵难售,两翁今与青山久。后来太守更风流,要伴前人作诗瘦。我倦承明苦求出,到处遗踪寻六一。凭君试与问琅邪,许我来游莫难色。

赵景贶以诗求东斋榜铭,昨日闻都下寄酒来,戏和其韵,求分一壶作润笔也

王孙天麒麟,眸子奥而澈。囊空学逾富,屋陋人更杰。我老书益放,笔落座惊掣。欲求东斋铭,要饮西湖雪。长瓶分未到,小砚干欲裂。不似淳于髡,一石要烛灭。

洞庭春色

安定郡王以黄甘酿酒,谓之"洞庭春色"。色香味三绝,以饷其犹子德麟。德麟以饮余,为作此诗,醉后信笔,颇有沓拖风气。

二年洞庭秋,香雾长噀手。今年洞庭春,玉色疑非酒。贤王文字饮,醉笔蛟蛇走。既醉念君醒,远饷为我寿。瓶开香浮座,盏凸光照牖。方倾安仁醨,自注:潘岳《笙赋》云:"披黄苞以受柑,倾缥瓷以酌醨"。莫追公远嗅。自注:明皇食柑凡千余枚,皆阙一瓣,问进柑使者,云:"中途尝有道士嗅之。"盖罗公远也。要当立名字,未用问升斗。应

呼钓诗钩,亦号扫愁帚。君知葡萄恶,正是嫫母黝。须君滟海杯,
浇我谈天口。

送路都曹

乖崖公在蜀,有录曹参军老病废事,公责之曰:"胡不归?"明
日参军求去,且以诗留别。其略曰:"秋光都似宦情薄,山色不如归
意浓。"公惊谢之曰:"吾过矣,同僚有诗人,而我不知。"因留而慰
荐之。予幼时闻父老言,恨不问其姓名。今都曹路公以小疾求致
仕,予诵此诗留之,不可,乃采前人意作诗送之,并邀赵德麟、陈履
常同赋一篇。

积雪困桃李,春心谁为容。淮光酿山色,先作归意浓。我亦
倦游者,君恩系疏慵。欲留耿介士,伴我衰迟踪。吏课升斗积,崎
岖等铅舂。那将露电身,坐待收千钟。结发空百战,市人看先封。
谁能搔白首,抱关望夕烽。子意谅已成,我言宁复从。恨非乖崖
老,一洗芥蒂胸。我田荆溪上,伏腊亦粗供。怀哉江南路,会作林
下逢。

次韵陈履常雪中

可怜扰扰雪中人,饥饱终同寓一尘。老桧作花真强项,冻鸢
储肉巧谋身。忍寒吟咏君堪笑,得暖欢呼我未贫。坐听屐声知有
路,拥裘来看玉梅春。

二鲜于君以诗文见寄,作诗为谢

我怀元祐初,圭璋满清班。维时南隆老,奉使独未还。迁叟向我言,青齐岁方艰。斯人乃德星,遣出虚危间。自注:司马温公谓轼曰:"子骏,福星也。京东人困甚,且令彼往。"召用既晚矣,天命良复悭。一朝失老骥,寂寞空帝闲。至今清夜梦,枕襟有余潸。喜闻二三子,结发师闵颜。高论邈河汉,清诗鸣佩环。遥知三日雪,积玉埋崧山。谁念此幽桂,坐蒙榛与菅。故人在颍尾,投诗清泠湾。

次韵赵德麟雪中惜梅且饷柑酒三首

其一

千花未分出梅余,遣雪摧残计已疏。卧闻点滴如秋雨,知是东风为扫除。

其二

阆苑千葩映玉宸,人间只有此花新。飞霙要欲先桃李,散作千林火迫春。

其三

蹀躞娇黄不受靰,东风暗与色香归。偶逢白堕争春手,遣入黄孙玉斝飞。

和陈传道雪中观灯

新年乐事叹何曾,闭阁烧香一病僧。未忍便倾浇别酒,且来同看照愁灯。颍鱼跃处新亭近,湖雪消时画舫升。只恐尊前无此客,清诗还有士龙能。

阅世堂诗赠任仲微

任公镇西南,尝赠绕朝策。当时若尽用,善阵无赫赫。凄凉十八年,邪正久已白。却留封德彝,天意眇难测。象贤真骥种,号诉甘百谪。岂云报私仇,祸福指络脉。高才食旧德,但恐门里窄。伤心千骑归,赠印黄壤隔。惟有庭前桧,阅世不改色。千年与井在,记此王粲宅。

新渡寺送任仲微

春阴欲落雪,野气方升云。我游清颍尾,想见翠被君。古来聚散地,与子复言分。倦游安税驾,瘦田失归耘。独宿古寺中,荒鸡乱鸣群。送子以晓角,幽幽醒时闻。

送运判朱朝奉入蜀

霭霭青城云,娟娟峨眉月。随我西北来,照我光不灭。我在尘土中,白云呼我归。我游江湖上,明月湿我衣。岷峨天一方,云月在我侧。谓是山中人,相望了不隔。梦寻西南路,默数长短亭。似闻嘉陵江,跳波吹枕屏。送君无一物,清江饮君马。路穿慈竹林,父老拜马下。不用惊走藏,使者我友生。听讼如家人,细说为汝评。若逢山中友,问我归何日。为话腰脚轻,犹堪踏泉石。

病中夜读朱博士诗

病眼乱灯火,细书数尘沙。君诗如秋露,净我空中花。古语多妙寄,可识不可夸。巧笑在颦颊,哀音余掺挝。曾坑一掬春,紫饼供千家。悬知贵公子,醉眼无真茶。崎岖烂石上,得此一寸芽。缄封勿浪出,汤老客未嘉。

赵德麟钱饮湖上,舟中对月

老守惜春意,主人留客情。官余闲日月,湖上好清明。新火发茶乳,温风散粥饧。酒阑红杏暗,日落大堤平。清夜除灯坐,孤舟擘岸撑。逮君帧未堕,对此月犹横。

和赵德麟送陈传道

二陈既妙士,两欧惟德人。王孙乃龙种,世有笯云麟。五君从我游,倾写出怪珍。俗物败人意,兹游实清醇。那知有聚散,佳梦失欠伸。我舟下清淮,沙水吹玉尘。君行踏晓月,疏木挂寸银。尚寄别后诗,剪刻淮南春。

诗集卷三十五 古今体诗五十三首

上巳日,与二子迨、过游涂山、荆山,记所见

此生终安归,还轸天下半。朅来乘槔庙,复作微禹叹。自注:昔自南河赴杭州过此,盖二十年矣。从祀及彼呱,自注:有启庙。像设偶此粲。自注:谓涂山氏。秦祖当侑坐,自注:谓柏翳。夏郊亦荐裸,自注:有鲧庙。可怜淮海人,尚记弧矢旦。自注:淮南人相传,禹以六月六日生。是日,数万人会山上,虽传记不载,然相传如此。荆山碧相照,楚水清可乱。刵人有余坑,美石肖温瓒。自注:荆山下有卞氏,采玉坑,石色如玉,不受镂刻。取出山下,辄变色,不复温莹。龟泉木杪出,牛乳石池漫。自注:龟泉在荆山下,色白而甘,真陆羽所谓石池漫流者。有石记云:唐贞元中,随白龟流出。小儿强好古,侍史笑流汗。归时蝙蝠飞,炬火记远岸。

淮上早发

澹月倾云晓角哀,小风吹水碧鳞开。此生定向江湖老,默数淮中十往来。

次韵徐仲车 自注:仲车耳聋。

恶衣恶食诗愈好,恰是霜松转春鸟。苍蝇莫乱远鸡声,世上

谁如公觉早。八年看我走三州，_{自注：元丰八年，予赴登州；元祐四年，赴}
_{杭州；今赴扬州，皆见仲车。}月自当空水自流。人间扰扰真蝼蚁，应笑
人呼作斗牛。

次韵林子中春日新堤书事见寄

东都寄食似浮云，襆被真成一宿宾。收得玉堂挥翰手，却为
淮月弄舟人。羡君湖上斋摇碧，笑我花时甑有尘。为报年来杀风
景，连江梦雨不知春。_{自注：来诗有"芍药春"之句，扬州近岁率为此会，}
_{用花十万余枝，吏缘为奸，民极病之，故罢此会。}

送陈伯修察院赴阙

裕陵固天纵，笔有云汉姿。尝重连山象，不数秋风辞。龙腾
与虎变，狸豹复何施。我穷真有数，文字乃见知。闻君射策日，妙
语发畴咨。一日喧万口，惊倒同舍儿。岂知二十年，道路犹迟迟。
苦言如药石，瞑眩终见思。屈伸反覆手，独于君可疑。四门方穆
穆，行矣及此时。

送张嘉父长官

都城昔倾盖，骏马初服辀。再见江湖间，秋鹰已离韝。于今
三会合，每进不少留。豫章既可识，瑚琏谁当收。微官有民社，妙
割无鸡牛。归来我益敬，器博用自周。百年子初筵，我已迫旅酬。
但当寄苦语，高节贯白头。

轼在颍州,与赵德麟同治西湖,未成,改扬州。三月十六日,湖成,德麟有诗见怀,次其韵

太山秋毫两无穷,巨细本出相形中。大千起灭一尘里,未觉杭颍谁雌雄。<small>自注:来诗云与杭争雄。</small>我在钱塘拓湖渌,大堤士女争昌丰。六桥横绝天汉上,北山始与南屏通。忽惊二十五万丈,老蚌席卷苍云空。朅来颍尾弄秋色,一水萦带昭灵宫。坐思吴越不可到,借君月斧修朣胧。二十四桥亦何有,换此十顷玻璃风。雷塘水干禾黍满,宝钗耕出余鸾龙。明年诗客来吊古,伴我霜夜号秋虫。<small>自注:德麟见约来扬寄居,亦有意求扬倅。</small>

次韵德麟西湖新成见怀绝句

壶中春色饮中仙,<small>自注:谓洞庭春色也。</small>骑鹤东来独惘然。犹有赵陈同李郭,不妨同泛过湖船。

再次韵德麟新开西湖

使君不用山鞠穷,饥民自逃泥水中。欲将百渎起凶岁,<small>自注:去岁,颍州灾伤,予奏乞罢黄河夫万人,开本州沟,从之。以余力作三闸,通焦陂水,浚西湖。</small>免使甔石愁扬雄。西湖虽小亦西子,萦流作态清而丰。千夫余力起三闸,焦陂下与长淮通。十年憔悴尘土窟,清澜一洗啼痕空。王孙本自有仙骨,平生宿卫明光宫。一行作吏人不识,正似云月初朦胧。时临此水作冰雪,莫遣白发生秋风。定须却致

两黄鹄，新与上帝开濯龙。湖成君归侍帝侧，灯花已缀钗头虫。

到官病倦，未尝会客。毛正仲惠茶，乃以
端午小集石塔，戏作一诗为谢

我生亦何须，一饱万想灭。胡为设方丈，养此肤寸舌。尔来又衰病，过午食辄噎。缪为淮海帅，每愧厨传阙。爨无欲清人，奉使免内热。空烦赤泥印，远致紫玉玦。为君伐羔豚，歌舞菰黍节。禅窗丽午景，蜀井出冰雪。坐客皆可人，鼎器手自洁。金钗候汤眼，鱼蟹亦应诀。遂令色香味，一日备三绝。报君不虚受，知我非轻啜。

双石

至扬州，获二石。其一绿色，冈峦迤逦，有穴达于背。其一正白可鉴，渍以盆水，置几案间。忽忆在颍州日，梦人请住一官府，榜曰仇池。觉而诵杜子美诗曰："万古仇池穴，潜通小有天。"乃戏作小诗，为僚友一笑。

梦时良是觉时非，汲井埋盆故自痴。但见玉峰横太白，便从鸟道绝峨眉。秋风与作烟云意，晓日令涵草木姿。一点空明是何处，老人真欲住仇池。

和陶《饮酒》二十首

吾饮酒至少，常以把盏为乐，往往颓然坐睡。人见其醉而吾中了然，盖莫能名其为醉为醒也。在扬州时，饮酒过午辄罢，客去，

解衣盘礴终日，欢不足而适有余。因和渊明《饮酒》二十首，庶以仿佛其不可名者，示舍弟子由、晁无咎学士。

其一

我不如陶生，世事缠绵之。云何得一适，亦有如生时。寸田无荆棘，佳处正在兹。纵心与事往，所遇无复疑。偶得酒中趣，空杯亦常持。

其二

二豪诋醉客，气涌胸中山。灌然似冰释，亦复在一言。啬气实其腹，云当享长年。少饮得径醉，此秘君勿传。

其三

道丧士失己，出语辄不情。江左风流人，醉中亦求名。渊明独清真，谈笑得此生。身如受风竹，掩冉众叶惊。俯仰各有态，得酒诗自成。

其四

蠢蠕食叶虫，仰空慕高飞。一朝傅两翅，乃得黏网悲。啁啾同巢雀，沮泽疑可依。赴水生两壳，遭闭何时归。二虫竟谁是，一笑百念衰。幸此未化间，有酒君莫违。

其五

小舟真一叶，下有暗浪喧。夜棹醉中发，不知枕几偏。天明问前路，已度千重山。嗟我亦何为，此道常往还。未来宁早计，既往复何言。

其六

百年六十化,念念竟非是。是身如虚空,谁受誉与毁。得酒未举杯,丧我固忘尔。倒床自甘寝,不择菅与绮。

其七

顷者大雪年,海波翻玉英。有士常痛饮,饥寒见真情。床头有败榼,孤坐时一倾。未能平体粟,且复浇肠鸣。脱衣裹冻酒,每醉念此生。

其八

我坐华堂上,不改麋鹿姿。时来蜀冈头,喜见霜松枝。心知百尺底,已结千岁奇。煌煌凌霄花,缠绕复何为。举觞酹其根,无事莫相羁。

其九

芙蓉在秋水,时节自阖开。清风亦何意,入我芝兰怀。一随采折去,永与江湖乖。断丝不复续,斗水何足栖。不如玉井莲,结根天池泥。感此每自慰,吾事幸不谐。醉中有归路,了了初不迷。乘流且复逝,抵曲吾当回。

其十

篮舆兀醉守,路转古城隅。酒力如过雨,清风消半途。前山正可数,后骑且勿驱。我缘在东南,往寄白发余。遥知万松岭,下有三亩居。

其十一

民劳吏无德,岁美天有道。暑雨避麦秋,温风送蚕老。三咽初有闻,一溉未濡槁。诏书宽积欠,父老颜色好。再拜贺吾君,获此不贪宝。颓然笑阮籍,醉几书谢表。

其十二

我梦入小学,自谓总角时。不记有白发,犹诵《论语》辞。人间本儿戏,颠倒略似兹。惟有醉时真,空洞了无疑。坠车终无伤,庄叟不吾欺。呼儿具纸笔,醉语辄录之。

其十三

醉中虽可乐,犹是生灭境。云何得此身,不醉亦不醒。痴如景升牛,莫保尻与领。黠如东郭㕙,束缚作毛颖。乃知嵇叔夜,非坐虎文炳。

其十四

我家小冯君,天性颇醇至。清坐不饮酒,而能容我醉。归休要相依,谢病当以次。岂知山林士,肮脏乃尔贵。乞身当念早,过是恐少味。

其十五

去乡三十年,风雨荒旧宅。惟存一束书,寄食无定迹。每用愧渊明,尚取禾三百。颀然六男子,粗可传清白。于吾岂不多,何事复叹息。

其十六

晓晓六男子，弦诵各一经。复生五丈夫，戢戢丁欲成。归田了门户，与国充践更。普儿初学语，玉骨开天庭。淮老如鹤雏，破壳已长鸣。举酒属千里，一欢愧凡情。

其十七

淮海虽故楚，无复轻扬风。斋厨圣贤杂，无事时一中。谁言大道远，正赖三杯通。使君不夕坐，衙门散刀弓。

其十八

何人筑东台，一郡坐可得。亭亭古浮图，独立表众惑。芜城阅兴废，雷塘几开塞。明年起华堂，置酒吊亡国。无令竹西路，歌吹久寂默。

其十九

晁子天麒麟，结交及未仕。高才固难及，雅志或类己。各怀伯业能，共有丘明耻。歌呼时就君，指我醉乡里。吴公门下客，贾谊独见纪。请作《鵩鸟赋》，我亦得坎止。行乐当及时，绿发不可恃。

其二十

盖公偶谈道，齐相独识真。颓然不事事，客至先饮醇。当时刘项罢，四海疮痍新。三杯洗战国，一斗消强秦。寂寥千载后，阳公嗣前尘。醉卧客怀中，言笑徒多勤。我时阅旧史，独与三人亲。未暇餐脱粟，苦心学平津。草书亦何用，醉墨淋衣巾。一挥三十幅，持去听坐人。

次韵晁无咎学士相迎

少年独识晁新城，闭门却扫卷旃旌。胸中自有谈天口，坐却秦军发墨守。有子不为谋置锥，虹霓吞吐忘寒饥。端如太史牛马走，严徐不敢连尻脽。裴回未用疑相待，枉尺知君有家戒。避人聊复去瀛洲，伴我真能老淮海。梦中仇池千仞岩，便欲揽我青霞襜。且须还家与妇计，我本归路连西南。老来饮酒无人佐，独看红药倾白堕。每到平山忆醉翁，悬知他日君思我，路旁小儿笑相逢。齐歌万事转头空。赖有风流贤别驾，犹堪十里卷春风。

次韵范淳父送秦少章

宿缘在江海，世网如予何。西来庾公尘，已濯长淮波。十年淮海人，初见一麦禾。但欣争讼少，未觉舟车多。秦郎忽过我，赋诗如《卷阿》。句法本黄子，自注：谓鲁直也。二豪与揩磨。自注：其兄少游与张文潜。嗟我久离群，逝将老西河。后生多名士，欲荐空悲歌。小范真可人，独肯勤收罗。瘦马识骏耳，枯桐得云和。近闻馆李生，自注：李廌方叔。病鹤借一柯。赠行苦说我，妙语慰蹉跎。西羌已解仇，烽火连朝那。坐筹付公等，吾将寄潜沱。

闻林夫当徙灵隐寺寓居，戏作灵隐前一首

灵隐前，天竺后，两涧春淙一灵鹫。不知水从何处来，跳波赴壑如奔雷。无情有意两莫测，肯向冷泉亭下相萦回。我在钱塘六百日，山中暂来不暖席。今君欲作灵隐居，葛衣草屦随僧蔬。能与冷泉作主一百日，不用二十四考书中书。

滕达道挽词二首

其一

先帝知公早，虚怀第一人。至今诗礼将，独数武宣臣。材大虽难用，时来亦少信。高平风烈在，威敏典刑新。自注：公少受知于范希文、孙元规。空试乘边策，宁留相汉身。凄凉旧部曲，泪湿冢前麟。

其二

云梦连江雨，樊山落木秋。公方占贾鹏，我正买龚牛。共有江湖乐，俱怀畎亩忧。荆溪欲归老，浮玉偶同游。骯脏仪刑在，惊呼岁月遒。回头杂歌哭，挽语不成讴。

次韵苏伯固游蜀冈，送李孝博奉使岭表

新苗未没鹤，老叶方翳蝉。绿渠浸麻水，白板烧松烟。笑窥有红颊，醉卧皆华颠。家家机杼鸣，树树梨枣悬。野无佩犊子，府有骑鹤仙。观风峤南使，出相山东贤。渡江吊很石，过岭酌贪泉。与君步徙倚，望彼修连娟。愿及南枝谢，早随北雁翩。归来春酒

熟,共看山樱然。

太夫人以无咎生日置酒,书壁一绝

　　寿樽余沥到朋簪,要与郎君夜语深。敢问阿婆开后阁,井中车辖任浮沉。

石塔寺

　　世传王播饭后钟诗,盖扬州石塔寺事也。相传如此,戏作此诗。

　　饥眼眩东西,诗肠忘早晏。虽知灯是火,不悟钟非饭。山僧异漂母,但可供一莞。何为二十年,记忆作此讪。斋厨养若人,无益只贻患。乃知饭后钟,阇黎盖具眼。

送晁美叔发运右司年兄赴阙

　　我年二十无朋俦,当时四海一子由。君来扣门如有求,欣然鹤骨清而修。醉翁遣我从子游,翁如退之蹈轲丘,尚欲放子出一头。自注:嘉祐初,轼与子由寓兴国浴室,美叔忽见访,云:"吾从欧阳公游久矣,公令我来与子定交,谓子必名世,老夫亦须放他出一头地。"酒醒梦断四十秋,病鹤不病骨愈虬,惟有我颜老可羞。醉翁宾客散九州,几人白发还相收。我如怀祖拙自谋,正作尚书已过优。君求会稽实良筹,自注:君近乞越州。往看万壑争交流。

王文玉挽词

才名谁似广文寒,月斧云斤琢肺肝。元晏一生多卧病,子云三世不迁官。幽兰空觉香风在,宿草何曾泪叶干。犹喜诸郎有曹植,文章还复富波澜。

山光寺送客回,次芝上人韵

闹里清游借隙光,醉时真境发天藏。梦回拾得吹来句,十里南风草木香。

送芝上人游庐山

二年阅三州,我老不自惜。团团如磨牛,步步踏陈迹。岂知世外人,长与鱼鸟逸。老芝如云月,炯炯时一出。比年三见之,常若有所适。逝将走庐阜,计阔道逾密。吾生如寄耳,出处谁能必。江南千万峰,何处访子室?

送程德林赴真州

君为县令元丰中,吏贪功利以病农。君欲言之路无从,移书谏臣以自通,自注:谏臣,蹇受之也。元丰天子为改容。我时匹马江西东,问之逆旅言颇同。老人爱君如刘宠,小儿敬君如鲁恭。尔来明目达四聪,收拾骃骏冀北空。君为赤令有古风,政声直入明光宫。天厩如海养群龙,并收其子岂不公,自注:君之子祁举制策,文学行义,为时所称。白沙何必烦此翁。

古别离送苏伯固

三度别君来,此别真迟暮。白尽老髭须,明日淮南去。酒罢月随人,泪湿花如雾。后夜逐君还,梦绕湖边路。

谷林堂

深谷下窈窕,高林合扶疏。美哉新堂成,及此秋风初。我来适过雨,物至如娱予。稚竹真可人,霜节已专车。老槐苦无赖,风花欲填渠。山鸦争呼号,溪蝉独清虚。寄怀劳生外,得句幽梦余。古今正自同,岁月何必书。

云师无著自金陵来,见予广陵,且遗予支遁《鹰马图》,将归,以诗送之,且还其画

道人自嫌三世将,弃家十年今始壮。玉骨犹寒富贵余,漆瞳已照人天上。去年相见古长干,众中矫矫如翔鸾。今年过我江西寺,病瘦已作霜松寒。朱颜不办供岁月,风中蒿火汤中雪。好问君家黄面翁,乞得摩尼照生灭。莫学王郎与支遁,臂鹰走马怜神骏。还君画图君自收,不如木人骑土牛。

予少年颇知种松,手植数万株,皆中梁柱矣。都梁山中见杜舆秀才,求学其法,戏赠二首

其一

露宿泥行草棘中,十年春雨养髯龙。如今尺五城南杜,欲问东坡学种松。

其二

君方扫雪收松子,我已开榛得茯苓。为问何如插杨柳,明年飞絮作浮萍。

行宿、泗间,见徐州张天骥,次旧韵

二年三蹑过淮舟,款段还逢马少游。无事不妨长好饮,著书自要见穷愁。孤松早偃原非病,倦鸟虽还岂是休。更欲河边几来往,只今霜雪已蒙头。

次韵刘景文赠傅羲秀才

幼眇文章宜和寡,峥嵘肝肺亦交难。未能飞瓦弹清角,肯便投泥戏泼寒。忽见秋风吹洛水,遥知霜叶满长安。诗成送与刘夫子,莫遣孙郎帐下看。

在彭城日，与定国为九日黄楼之会，今复以是日相遇于宋。凡十五年，忧乐出处，有不可胜言者。而定国学道有得，百念灰冷，而颜益壮。顾予衰病，心形俱悴，感之作诗

菊盏萸囊自古传，长房宁复是臞仙。应从汉武横汾日，数到刘公戏马年。对玉山人今老矣，见恒河性故依然。王郎九日诗千首，今赋黄楼第二篇。自注：徐州太守厅事，俗谓之霸王厅，相戒不敢坐，仆拆以盖黄楼。

九日次定国韵

朝菌无晦朔，蟪蛄疑春秋。南柯已一世，我眠未转头。仙人视吾曹，何异蜂蚁稠。不知蛮触氏，自有两国忧。我观去来今，未始一念留。奔驰竟何得，而起无穷羞。王郎误涉世，屡献久不酬。黄金散行乐，清诗出穷愁。俯仰四十年，始知此生浮。轩裳陈道路，往往儿童收。封侯起大第，或是君家驹。似闻负贩人，中有第一流。炯然径寸珠，藏此百结裘。意行无车马，倏忽略九州。邂逅独见之，天与非人谋。笑我方醉梦，衣冠戏沐猴。力尽病骐骥，伎穷老伶优。北山有云根，寸田自可糇。会当无何乡，同作逍遥游。归来城郭是，空有累累丘。

诗集卷三十六 古今体诗六十五首

召还至都门先寄子由

老身倦马河堤永,踏尽黄榆绿槐影。荒鸡号月未三更,客梦还家时一顷。归老江湖无岁月,未填沟壑犹朝请。黄门殿中奏事罢,诏许来迎先出省。已飞青盖在河梁,定饷黄封兼赐茗。远来无物可相赠,一味丰年说淮颍。

次韵定国见寄

还朝如梦中,双阙眩金碧。复穿鸳鹭行,强寄麋鹿迹。劳生苦昼短,展转不能夕。默坐数更鼓,流水夜自逆。故人为我谋,此志何由毕。越吟知听否,谁念病庄舄。自注:时方请越。

次韵蒋颖叔钱穆父从驾景灵宫二首

其一

归来病鹤记城闉,旧踏松枝雨露新。半白不羞垂领发,软红犹恋属车尘。自注:前辈戏语,有西湖风月,不如东华软红香土。雨收九陌丰登后,日丽三元下降辰。粗识君王为民意,不才何以助精禋。

其二

与君并直记初元，白首还同入禁门。玉殿齐班容小语，霜廷稽首泫微温。自注：适与穆父并拜庭中，地皆流湿，相与小语道之。病贪赐茗浮铜叶，老怯香泉瀲宝樽。回首鹓行有人杰，坐知羌虏是游魂。

忆江南寄纯如五首

其一

楚水别来十载，蜀山望断千重。毕竟拟为伧父，凭君说与吴侬。

其二

湖目也堪供眼，木奴自足为生。若话三吴胜事，不惟千里莼羹。

其三

人在画屏中住，客依明月边游。未卜柴桑旧宅，须乘五湖扁舟。

其四

生计曾无聚沫，孤踪谩有清风。治产犹嫌范蠡，携孥颇笑梁鸿。

其五

弱累已偿俗尽，老身将伴僧居。未许季鹰高洁，秋风直为鲈鱼。

轼近以月石砚屏献子功中书,公复以涵星砚献纯父侍讲,子功有诗,纯父未也。复以月石风林屏赠之,谨和子功诗,并求纯父数句

紫潭出玄云,翳我潭中星。独有潭上月,倒挂紫翠屏。我老不看书,默坐养此昏花睛。时时一开眼,见此云月眼自明。久知世界一泡影,大小真伪何足评。笑彼三子欧梅苏,无事自作雪羽争。自注:事见三人诗集。故将屏砚送两范,要使珠璧栖窗棂。大范忽长谣,语出月胁令人惊。小范当继之,说破星心如鸡鸣。床头复一月,下有风林横。急送小范家,护此涵星泓。愿从少陵博一句,山木尽与洪涛倾。

次韵范纯父涵星砚、月石风林屏诗

月次于房历三星,斗牛不神箕独灵。簸摇桑榆尽西靡,影落苏子砚与屏。天工与我两厌事,孰居无事为此形。与君持橐侍帷幄,同列温室观尧蓂。自怜太史牛马走,伎等卜祝均倡伶。欲留衣冠挂神武,便击云水归南溟。陶泓不称管城沐,醉石可助平泉醒。故持二物与夫子,欲使妙质留天庭。但令滋液到枯槁,勿遣光景生晦冥。上书挂名岂待我,独立自可当雷霆。我时醉眠风林下,夜与渔火同青荧。抚物怀人应独叹,作诗寄子谁当听。

次韵钱穆父会饮

弹冠恨不早,挂冠常苦迟。盛服每假寐,角阙时伏思。东门

未祖道,西山空拄颐。逝将江海去,安此麋鹿姿。要当谋三径,何暇择一枝。与君几合散,得酒忘醇醨。君谈似落屑,我饮如奕棋。自注:世有"作诗如奕棋,奕棋如饮酒,饮酒乃大戒"之语,仆于棋酒二事俱不能也。居官不任事,造物真见私。主人独贤劳,金谷方流驰。行人亦结束,杖杜乃归期。公卿虽少安,河流正东酾。我得会稽去,方回良不痴。

次韵穆父尚书侍祠郊丘,瞻望天光,退而相庆,引满醉吟

千章杞梓荫云天,樗散谁收老郑虔。喜气到君浮白里,丰年及我挂冠前。令严钟鼓三更月,野宿貔貅万灶烟。太息何人知帝力,归来金帛看颓肩。

郊祀庆成诗

帝出乘昌运,天心予太平。文章三代继,制作七年成。大祀乾坤合,刚辰日月明。泰坛朝埽地,魄宝夜垂精。仰御圆苍盖,环观海岳城。北流吞朔易,西极落欃枪。升燎灵光答,回銮瑞雾迎。需云遍枯槁,解雨达勾萌。可颂非天德,因箴亦下情。民言知可酌,帝谓本无声。富国由崇俭,祈年在好生。无心斯格物,克己自销兵。化国安新政,孤臣返旧耕。还将清庙什,留与野人赓。

次韵王仲至喜雪御筵

三军喜气铄飞花,睡起空惊月在沙。未集骅骝金骣衰,故残鹚

鹊玉横斜。偶还仗内身如寄,尚忆江南酒可赊。宣劝不多心自醉,强扶衰白拜君嘉。

次韵奉和钱穆父蒋颖叔王仲至诗四首

见和西湖月下听琴

谡谡松下风,霭霭陇上云。聊将窃比我,不堪持寄君。半生寓轩冕,一笑当琴尊。良辰饮文字,晤语无由醺。我有凤鸣枝,背作蛇蚹纹。月明委静照,心清得奇闻。当呼玉涧手,<small>自注:家有雷琴甚奇古,玉涧道人崔闲妙于雅声,当呼使弹。</small>一洗羯鼓昏。请歌《南风》曲,犹作《虞书》浑。

见和仇池

上穷非想亦非非,下与风轮共一痴。翠羽若知牛有角,空瓶何必井之眉。还朝暂接鹓鸾翼,谢病行收麋鹿姿。记取和诗三益友,他年弭节过仇池。

玉津园

承平苑囿杂耕桑,六圣勤民计虑长。碧水东流还旧派,<small>自注:玉津分蔡河上流,复合于下。</small>紫坛南峙表连冈。不逢迟日莺花乱,空想疏林雪月光。千亩何时躬帝籍,斜阳寂历锁云庄。

耤田

窃脂方纪瑞,布谷未催耕。鱼沫依蘋渚,蜗涎上彩楹。江湖来梦寐,蓑笠负平生。琴里思归曲,因君一再行。

顷年杨康功使高丽还,奏乞立海神庙于板桥,仆嫌其地湫隘,移书使迁之文登,因古庙而新之,杨竟不从。不知定国何从见此书,作诗称道不已。仆不能记其云何也,次韵答之

退之仙人也,游戏于斯文。谈笑出奇伟,鼓舞南海神。顷者三韩使,几为蛟鳄吞。归来筑祠宇,要使百贾奔。我欲迁其庙,下数浮空群。自注:谓登州海市。移书竟不从,信非磊落人。公胡为拳拳,系此空中云。作诗颂其美,何异刻剑痕。我今已括囊,象在六四坤。

沐浴启圣僧舍与赵德麟邂逅

南山北阙两非真,东颍西湖迹已陈。季子来归初可喜,老聃新沐定非人。酒清不醉休休暖,睡稳如禅息息匀。自笑尘劳余一念,明年同泛越溪春。

余旧在钱塘,伯固开西湖,今方请越戏,谓伯固可复来开镜湖,伯固有诗,因次韵

已分江湖送此生,会稽行复得岑成。镜湖席卷八百里,坐啸因君又得名。

仆所藏仇池石，希代之宝也。王晋卿以小诗借观，意在于夺，仆不敢不借，然以此诗先之

海石来珠宫，秀色如蛾绿。坡陀尺寸间，宛转陵峦足。连娟二华顶，空洞三茅腹。初疑仇池化，又恐瀛州蹙。殷勤峤南使，馈饷扬州牧。自注：仆在扬州，程德孺自岭南解官还，以此石见遗。得之喜无寐，与汝交不渎。盛以高丽盆，藉以文登玉。自注：仆以高丽所饷大铜盆贮之，又以登州海石如碎玉者附其足。幽光先五夜，冷气压三伏。老人生如寄，茅舍久未卜。一夫幸可致，千里常相逐。风流贵公子，窜谪武当谷。见山应已厌，何事夺所欲。欲留嗟赵弱，宁许负秦曲。传观慎勿许，间道归应速。

次天字韵答岑岩起

一声清跸雾开天，百辟心庄岂貌虔。回顾惊君珠玉侧，同升愧我秕糠前。徘徊月色留坛影，缥缈松香泛蜡烟。自注：近制以橡烛松明易糁盆。莫叹郎潜生白发，圣朝求旧鄙鸢肩。

次韵蒋颖叔二首

扈从景灵宫

道人幽梦晓初还，已觉笙箫下月坛。风伯前驱清宿雾，祝融骖乘破朝寒。英姿连璧从多士，妙句锵金和八銮。已向词臣得颇牧，自注：时颖叔新除熙河帅。路人莫作老儒看。

凝祥池

似知金马客,时梦碧鸡坊。冰雪消残腊,烟波写故乡。鸣鸾自容与,立马久回翔。乞与三韩使,新图到乐浪。自注:时高丽使在都下,每至胜景,辄图画以归。

和叔盎画马

天骥德力备,马外龙麟中。皇天不遗言,兀与图画同。驽骀饱官粟,未受一洗空。十驾均一至,何事笯云风。

王晋卿示诗欲夺海石,钱穆父、王仲至、蒋颖叔皆次韵。穆、至二公以为不可许,独颖叔不然。今日颖叔见访,亲睹此石之妙,遂悔前语。仆以为晋卿岂可终闭不予者?若能以韩幹二散马易之者,盖可许也。复次前韵

相如有家山,缥缈在眉绿。谁云千里远,寄此一蹔足。平生锦绣肠,蚤岁藜苋腹。从教四壁空,未遣两峰蹙。吾今况衰病,义不忘樵牧。逝将仇池石,归溯岷山渎。守子不贪宝,完我无瑕玉。故人诗相戒,妙语予所伏。一篇独异论,三占从两卜。君家画可数,天骥纷相逐。风鬣掠原野,电尾捎涧谷。君如许相易,是亦我所欲。今朝安西守,来听《阳关曲》。劝我留此峰,他日来不速。

轼欲以石易画,晋卿难之,穆父欲兼取二物,颖叔欲焚画碎石,乃复次前韵,并解二诗之意

春冰无真坚,霜叶失故绿。鹦疑鹏万里,蚿笑夔一足。二豪争攘袂,先生一捧腹。明镜既无台,净瓶何用蹙。自注:古蹙、蹙通。盆山不可隐,画马无由牧。聊将置庭宇,何必弃沟渎。焚宝真爱宝,碎玉未忘玉。久知公子贤,出语耆年伏。欲观转物妙,故以求马卜。维摩既复舍,天女还相逐。授之无尽灯,照此久幽谷。定心无一物,法乐胜五欲。三峨吾乡里,万马君部曲。卧云行归休,破贼见神速。自注:晋卿将种,常有此志。

生日蒙刘景文以古画松鹤为寿,且觊佳篇,次韵为谢

问予一室间,宁有千里廊。尘心洗长松,远意发孤鹤。生朝得此寿,死籍疑可落。微言在参同,妙契藏九篇。故人有奇趣,逸想寄幽壑。霜枝谢寒暑,云翮无前却。何须搆明堂,未羡巢阿阁。缅怀别时语,复作数日恶。诗脾固堪飧,字瘦还可愕。高标忽在眼,清梦了如昨。君今侩等伍,志与湛辈各。岂待相顾言,方为不朽托。子云老执戟,长孺终主爵。吾当追松乔,子亦鄙卫霍。

程德孺惠海中柏石,兼辱佳篇,辄复和谢

岚薰瘴染却敷腴,笑饮贪泉独继吴。未欲连车收薏苡,肯教

沉网取珊瑚。不知庾岭三年别,收得曹溪一滴无。但指庭前双柏石,要予临老识方壶。

次秦少游韵赠姚安世

帝城如海欲寻难,肯舍渔舟到杏坛。剥啄扣君容膝户,巍峨笑我切云冠。问羊独怪初平在,牧豕应同德曜看。肯把《参同》较同异,小窗相对为研丹。

次丹元姚先生韵二首

其一

浮生知几何,仅熟一釜羹。那于俯仰间,用此委曲情。自怜无他肠,偶亦得此生。悬知当去客,中有不亡存。但恐宿缘重,每为习气昏。似闻梅子真,近在吴市门。未能肩拍洪,但欲目击温。不敢叩门呼,恐作逾垣奔。且令绍介先,徐以方便论。

其二

不学刘更生,黄金铸上方。不学房次律,身事问颍阳。王烈亦何人,叔夜未可量。独见神山开,遽飧石髓香。至道尚听莹,粗才终蹶张。先生喜而笑,幅巾登我堂。苦誓指黄壤,要言刻青琅。蓬莱在何许,弱水空相望。且当从嵇阮,聊复数山王。达人友四海,曲士守一疆。慎勿使形谍,儿童惊夜光。

次韵秦少游王仲至元日立春三首

其一

省事天公厌两回,新年春日并相催。殷勤更下山阴雪,要与梅花作伴来。

其二

己卯嘉辰寿阿同,自注:子由一字同叔,元日己卯,渠本命也。愿渠无过亦无功。明年春日江湖上,回首觚棱一梦中。

其三

词锋虽作楚骚寒,德意还同汉诏宽。好遣秦郎供帖子,尽驱春色入毫端。自注:立春日翰林学士供诗帖子。

上元侍饮楼上三首呈同列

其一

澹月疏星绕建章,仙风吹下御炉香。侍臣鹄立通明殿,一朵红云捧玉皇。

其二

薄雪初消野未耕,卖薪买酒看升平。吾君勤俭倡优拙,自是丰年有笑声。

其三

老病行穿万马群,九衢人散月纷纷。归来一盏残灯在,犹有传柑遗细君。自注：侍饮楼上则贵戚争以黄柑遗近臣，谓之传柑，听携以归，盖故事也。

戏答王都尉传柑

侍史传柑玉座旁，人间草木尽天浆。寄与维摩三十颗，不知蒼萄是余香。自注：举轻明重，维摩犹三十枚。

送蒋颖叔帅熙河

颖叔出使临洮，轼与穆父、仲至同饯之，各赋诗一篇，以“今我来思”为韵，致遄归之意，轼得“我”字。

西方犹宿师，论将不及我。苟无深入计，缓带我亦可。承明正须君，文字粲藻火。自荐虽云数，留行终不果。正坐喜论兵，临老付边锁。新诗出谈笑，僚友困掀簸。我欲歌《杕杜》，杨柳方婀娜。边风事首虏，所得盖么麼。愿为鲁连书，一射聊城笴。阴功在不杀，结草酬魏颗。

再送二首

其一

使君九万击鹏鲲，肯为阳关一断魂。不用宽心九千里，安西都护国西门。

其二

余刃西屠横海鲲，应余诗谶是游魂。归来趁别陶弘景，看挂衣冠神武门。

次韵颖叔观灯

安西老守是禅僧，到处应然无尽灯。永夜出游从万骑，诸羌人看拥千层。便因行乐令投甲，不用防秋更打冰。振旅归来还侍宴，十分宣劝恐难胜。

次韵王晋卿奉诏押高丽宴射

北苑传呼陛楯郎，东夷初识令君香。天山自可三箭取，海国何劳一苇杭。宣劝不辞金碗侧，醉归争看玉鞭长。锦囊诗草勤收拾，莫遣鸡林得夜光。

次韵钱穆父王仲至同赏田曹梅花

寒厅不知春，独立耿玉雪。闭门愁永夜，置酒及明发。忽惊庭户晓，未受烟雨没。浮光风宛转，照影水方折。鬓霜未易扫，眉斧真自伐。惟当此花前，醉卧黄昏月。

送襄阳从事李友谅归钱塘

居杭积五岁，自意本杭人。故山归无家，欲卜西湖邻。良田不难买，静士谁当亲。髯张既超然，老潜亦绝伦。李子冰玉姿，文行两清醇。归从三人游，便足了此身。公堤不改昨，姥岭行开新。

幽梦随子去,幽花落衣巾。

次韵吴传正《枯木歌》

天公水墨自奇绝,瘦竹枯松写残月。梦回疏影在东窗,惊怪霜枝连夜发。生成变坏一弹指,乃知造物初无物。古来画师非俗士,妙想实与诗同出。龙眠居士本诗人,能使龙池飞霹雳。君虽不作丹青手,诗眼亦自工识拔。龙眠胸中有千驷,不独画肉兼画骨。但当与作少陵诗,或自与君拈秃笔。东南山水相招呼,万象入我摩尼珠。尽将书画散朋友,独与长铗归来乎。

送黄师是赴两浙宪

世久无此士,我晚得王孙。宁非叔度家,岂出次公门。白首沉下吏,绿衣有公言。哀哉吴越人,久为江湖吞。官自倒帑廪,饱不及黎元。近闻海上港,渐出水底村。愿君五裤手,招此半菽魂。一见刺史天,稍忘狱吏尊。会稽入吾手,镜湖小于盆。比我东来时,无复疮痏存。

送范中济经略侍郎,分韵赋诗,轼得先字,且赠以鱼枕杯四、马棰一,以"元戎十乘,以先启行"为韵

梁李久乐祸,自焚岂非天。两鼠斗穴中,一胜亦偶然。谋初要百虑,善后乃万全。庙堂选世将,范氏真多贤。仁风被宿麦,绿

浪摇晴川。号令耸毛羽,先声落虚弦。我家天一方,去路城西偏。投竿困障日,卖剑行归田。赠君荆鱼杯,副以蜀马鞭。一醉可以起,毋令祖生先。

书晁说之《考牧图》后

我昔在田间,但知羊与牛。川平牛背稳,如驾百斛舟。舟行无人岸自移,我卧读书牛不知。前有百尾羊,听我鞭声如鼓鼙。我鞭不妄发,视其后者而鞭之。泽中草木长,草长病牛羊。寻山跨坑谷,腾趋筋骨强。烟蓑雨笠长林下,老去而今空见画。世间马耳射东风,悔不长作多牛翁。

吕与叔学士挽词

言中谋猷行中经,关西人物数清英。欲过叔度留终日,未识鲁山空此生。议论凋零三益友,功名分付二难兄。老来尚有忧时叹,此涕无从何处倾。

丹元子示诗,飘飘然有谪仙风气,吴传正继作,复次其韵

飞仙亦偶然,脱命瞬息中。惟诗不可拟,如写天日容。梦中哦七言,玉丹已入怀。一语遭绰虐,失身堕蓬莱。蓬莱至今空,护短不养才。上界足官府,谪仙应退休。可怜吴与苏,肮脏雪满头。雪满头,终当却与丹元子,笑指东海乘桴浮。

次韵王定国书丹元子宁极斋

仙人与吾辈,寓迹同一尘。何曾五浆馈,但有争席人。宁极无常居,此斋自随身。人那识郗鉴,天不留封伦。误落世网中,俗物愁我神。先生忽扣户,夜呼祁孔宾。便欲随子去,著书未绝麟。愿挂神虎冠,往卜饮马邻。王郎濯纨绮,意与陋巷亲。南游苦不蚤,悦及莼鲈新。

王仲至侍郎见惠稚栝,种之礼曹北垣下。今百余日矣,蔚然有生意,喜而作诗

翠栝东南美,近生神岳阴。惜哉不可致,霜根络云岑。仙风振高标,香实陨平林。偶随樗栎生,不为樵牧侵。忽惊黄茅岭,稍出青玉针。好事虽力取,王城少知音。岂无换鹅手,但知觅来禽。高怀独夫子,一见捐橐金。得之喜不寐,赠我意殊深。公堂开后阁,凡木愧华簪。栽培一寸根,寄子百年心。常恐樊笼中,摧我鸾鹤襟。谁知积雨后,寒芒晓森森。恨我迫归老,不见汝十寻。苍皮护玉骨,旦暮视古今。何人风雨夜,卧听饥龙吟。

次韵钱穆父马上寄蒋颖叔二首

其一

玉关不用一丸泥,自有长城鸟鼠西。剩与故人寻土物,腊糟红曲寄驼蹄。

其二

多买黄封作洗泥,使君来自陇山西。高才得兔人人羡,争欲寻踪觅旧蹄。

表弟程德孺生日

仗下千官散紫庭,微闻偶语说苏程。长身自昔传甥舅,寿骨遥知是弟兄。自注:予与君皆寿骨贯耳,班列中多指予二人,不问而知其为中表也。曾活万人宁望报,自注:君在楚州,予在杭州,皆遇饥岁,活数万人。只求五亩却归耕。四朝遗老凋零尽,鹤发他年几个迎。

七年九月,自广陵召还,复馆于浴室东堂。八年六月,乞会稽,将去,汶公乞诗,乃复用前韵三首

其一

乞郡三章字半斜,庙堂传笑眼昏花。上人问我迟留意,待赐头纲八饼茶。自注:尚书学士得赐头纲龙茶一斤,今年纲到最迟。

其二

梦绕吴山却月廊,白梅卢橘觉犹香。自注:杭州梵天寺有月廊数百间,寺中多白杨梅、卢橘。会稽且作须臾意,从此归田策最良。

其三

东南此去几时归,倦鸟孤云岂有期。断送一生消底物,三年

光景六篇诗。

吴子野将出家，赠以扇山枕屏

峨峨扇中山，绝壁信天剖。谁知大圆镜，衡霍入户牖。得之老月师，画者一醉叟。常疑若人胸，自有云梦薮。千岩在掌握，用舍弹指久。低昂不自知，恨寄儿女手。短屏虽曲折，高枕谢奔走。出家非今日，法水洗无垢。浮游云释峤，宴坐柳生肘。忘怀紫翠间，相与到白首。

闻潮阳吴子野出家

子昔少年日，气盖里闾侠。自言似剧孟，叩门知缓急。千金已散尽，白首空四壁。烈士叹暮年，老骥悲伏枥。妻孥真敝屣，脱弃何足惜。四大犹幻座，衣冠矧小物。一朝发无上，愿老灵山宅。世事子如何，禅心久空寂。世间出世间，此道无两得。故应入枯槁，习气要除拂。丈夫生岂易，趣舍志匪石。当为狮子吼，佛法无南北。

赠王靓

何人生得宁馨子，今夜初逢掣笔郎。莫怪围棋忘瓜葛，已能作赋继灵光。

诗集卷三十七 古今体诗五十一首

东府雨中别子由

庭下梧桐树,三年三见汝。前年适汝阴,见汝鸣秋雨。去年秋雨时,我自广陵归。今年中山去,白首归无期。客去莫叹息,主人亦是客。对床定悠悠,夜雨空萧瑟。起折梧桐枝,赠汝千里行。归来知健否,莫忘此时情。

谢运使仲适座上送王敏仲北使

冲风振河朔,飞雾失太行。相逢不相识,下马须眉黄。洗眼忽惊笑,见此玉节郎。喜有贤主人,共惜残烛光。聚散一梦中,人北雁南翔。吾生如寄耳,送老天一方。幸子遇明主,陈经入西厢。归期不可缓,倚相宜在旁。

书丹元子所示李太白真

天人几何同一沤,谪仙非谪乃其游。麾斥八极隘九州,化为两鸟鸣相酬。一鸣一止三千秋,开元有道为少留。縻之不可矧肯求,西望太白横峨岷。眼高四海空无人,大儿汾阳中令君,小儿天台坐忘身,平生不识高将军。手污吾足乃敢瞋,作诗一笑君应闻。

次韵曾仲锡承议食蜜渍生荔支

代北寒齑捣韭萍,奇苞零落似晨星。逢盐久已成枯腊,得蜜犹疑是薄刑。欲就左慈求拄杖,便随李白跨沧溟。攀条与立新名字,儿女称呼恐不经。自注:俗有十八娘荔枝。

大行太皇太后高氏挽词二首

其一

至矣吾三后,功高汉已还。复推元祐冠,盖得永昭全。自注:臣尝于经筵论奏仁宗皇帝谥曰明孝,若明而不仁则民畏而不爱,仁而不明则民爱而不畏。今大行太皇太后亦兼此二德,故天下思慕,庶几于仁宗也。有作犹非圣,无私乃是天。侍臣谈道要,家法信家传。自注:宰相以下尝于经筵论奏祖宗以来家法十余事,书于记注。

其二

却狄安诸夏,先王社稷臣。固应祠百世,何止活千人。定策天知我,忘家帝念亲。万方何以报,得疾为勤民。

再次韵曾仲锡荔支

柳花著水万浮萍,荔实周天两岁星。自注:柳至易成飞絮,落水中,经宿即为浮萍。荔支至难长,二十四五年乃实。本自玉肌非鹄浴,至今丹壳似猩刑。侍郎赋咏穷三峡,妃子烟尘动四溟。莫遣诗人说功过,且随香草附《骚经》。

次韵滕大夫三首

雪浪石

太行西来万马屯，势与岱岳争雄尊。飞狐上党天下脊，半掩落日先黄昏。削成山东二百郡，气压代北三家村。千峰右卷蠆牙帐，崩崖凿断开土门。竭来城下作飞石，一炮惊落天骄魂。承平百年烽燧冷，此物僵卧枯榆根。画师争摹雪浪势，天工不见雷斧痕。离堆四面绕江水，坐无蜀士谁与论。老翁儿戏作飞雨，把酒坐看珠跳盆。此身自幻孰非梦，故国山水聊心存。

同前

我顷三章乞越州，欲寻万壑看交流。且凭造物开山骨，已见天吴出浪头。<small>自注：石中有似海兽形状。</small>履道凿池虽可致，玉川卷地若为收。洛阳泉石今谁主，莫学痴人李与牛。

沉香石

壁立孤峰倚砚长，共疑沉水得顽苍。欲随楚客纫兰佩，谁信吴儿是木肠。山下曾逢化松石，玉中还有辟邪香。早知百和俱灰烬，未信人言弱胜刚。

石芝

予尝梦食石芝，作诗记之。今乃真得石芝于海上，子由和前诗见寄。予顷在京师，有凿井得如小儿手以献者，臂指皆具，肤理若生。予闻之隐者，此肉芝也。与子由烹而食之，追记其事，复次前韵。

土中一掌婴儿新，爪指良是肌骨匀。见之怖走谁敢食，天赐我尔不及宾。旌扬远游同一许，长史玉斧皆门户。我家韦布三百年，只有阴功不知数。跪陈八簋加六瑚，化人视之真块苏。肉芝烹熟石芝老，笑唾熊掌嚵雕胡。老蚕作茧何时脱，梦想至人空激烈。古来大药不可求，真契当如磁石铁。

鹤叹

园中有鹤驯可呼，我欲呼之立坐隅。鹤有难色侧睨予，岂欲臆对如鹏乎。我生如寄良畸孤，三尺长胫阁瘦驱。俯啄少许便有余，何至以身为子娱。驱之上堂立斯须，投以饼饵视若无。戛然长鸣乃下趋，难进易退我不如。

送曾仲锡通判如京师

边城岁暮多风雪，强压春醪与君别。玉帐夜谈霜月苦，铁骑晓出冰河裂。断蓬飞叶卷黄沙，只有千林鬖鬙花。应为王孙朝上国，珠幢玉节与排衙。左援公孝右孟博，我居其间啸且诺。仆夫为我催归来，要与北海春水争先回。

和钱穆父送别并求顿递酒

联镳接武两长身，鹓鹭行中笑语亲。九子羡君门户壮，八州怜我往来频。伫闻东府开宾阁，便乞西湖洗塞尘。更向青齐觅消息,要知从事是何人。

刘丑厮诗

刘生望都民,病羸寄空窑。有子曰丑厮,十二行操瓢。墙间得余粒,雪中拾堕樵。饥饱共生死,水火同焚漂。病翁恃一褐,度此积雪宵。哀哉二暴客,掣去如饥鸮。翁既死于寒,客亦易此韶。崎岖走亭长,不惮雪径遥。我仇祝与苑,物色同遮邀。行路为出涕,二客竟就枭。诡诡诉我庭,慷慨惊吾僚。曰此可名寄,追配郴之荛。恨我非柳子,击节为尔谣。官赐二万钱,无家可归娇。为媾他日妇,婉然初垂髫。洗沐作小史,裹头束其腰。笔砚耕学苑,弓矢战天骄。壮大随尔好,忠孝福可徼。相国有折胁,封侯或吹箫。人事岂易料,勿轻此憔侥。

题毛女真

雾鬟风鬓木叶衣,山川良是昔人非。只应闲过商颜老,独自吹箫月下归。

寄馏合刷瓶与子由

老人心事日摧颓,宿火通红手自焙。小甑短瓶良具足,稚儿娇女共燔煨。寄君东阁闲烝栗,知我空堂坐画灰。约束家童好收拾,故山梨枣待归来。

次韵子由清汶老龙珠丹

天公不解防痴龙，玉函宝方出龙宫。雷霆下索无处避，逃入先生衣袂中。先生不作金椎袖，玩世徜徉隐屠酤。夜光明月空自投，一锻何劳纬萧手。黄门寡好心易足，荆棘不生梨枣熟。玄珠白璧两无求，无胫金丹来入腹。区区分别笑乐天，那知空门不是仙。

次韵子由书清汶老所传《秦湘二女图》

春风消冰失瑶玉，我本无身安有触。羊生得妇如得风，握手一笑未为辱。先生室中无天游，佩环何处鸣风瓯。随魔未必皆魔女，但与分灯遣归去。胡为写真传世人，更要维摩一转语。丹元茅茨只三间，太极老人时往还。检点凡心早除拂，方平神鞭常使物。

紫团参寄王定国

豀谽土门口，突兀太行顶。岂惟团紫云，实自俯倒景。刚风被草木，真气入苕颖。旧闻人衔芝，生此羊肠岭。纤攕虎豹鬣，蹙缩龙蛇瘿。蚕头试小嚼，龟息变方骋。矧予明真子，已造浮玉境。清宵月挂户，半夜珠落井。灰心宁复然，汗喘已久静。东坡犹故目，北药致遗秉。欲持三桠根，往侑九转鼎。为予置齿颊，岂不贤酒茗？

次韵刘焘抚勾蜜渍荔支

时新满座闻名字，别久何人记色香。叶似杨梅蒸雾雨，花如卢橘傲风霜。每怜莼菜下盐豉,肯与葡萄压酒浆。回首惊尘卷飞雪,诗情真合与君尝。

立春日小集戏李端叔

白发已十载,青春无一堪。不惊新岁换,聊与故人谈。牛健民声喜,鸦娇雪意酣。霏微不到地,和暖要宜蚕。岁月斜川似,风流曲水惭。行吟老燕代,坐睡梦江潭。丞掾颇哀援,歌呼谁怕参。衰怀久灰槁,习气尚馋贪。白啖本河朔,红消真剑南。辛盘得青韭,腊酒是黄甘。归卧灯残帐,醒闻叶打庵。须烦李居士,重说后三三。

次韵曾仲锡元日见寄

萧索东风两鬓华,年年幡胜剪宫花。愁闻塞曲吹芦管,喜见春盘得蓼芽。吾国旧供云泽米,自注:定武斋酒用苏州米。君家新致雪坑茶。自注:近得曾坑茶。燕南异事真堪纪,三寸黄甘擘永嘉。

子由生日,以檀香观音像及新合印香银篆盘为寿一首

旃檀婆律海外芬,西山老脐柏所薰。香螺脱黡来相群,能结缥缈风中云。一灯如萤起微焚,何时度尽缪篆纹。缭绕无穷合复分,绵绵浮空散氤氲,东坡持是寿卯君。君少与我师皇坟,旁资老聃释迦文,共厄中年点蝇蚊。晚遇斯须何足云,君方论道承华勋,我亦旗鼓严中军。国恩未报敢不勤,但愿不为世所醺,尔来白发不

可耘。问君何时返乡坋,收拾散亡理放纷。此心实与香俱爇,闻思大士应已闻。

次韵李端叔送保倅翟安常赴阙,兼寄子由

中山保塞两穷边,卧治雍容已百年。顾我迂愚分竹使,与君谈笑用蒲鞭。松荒三径思元亮,草合平池忆惠连。白发归心凭说与,古来谁似两疏贤。

中山松醪寄雄州守王引进

郁郁苍髯千岁姿,肯来杯酒作儿嬉。流芳不待龟巢叶,自注:唐人以荷叶为酒杯,谓之碧筒酒。扫白聊烦鹤踏枝。醉里便成敲雪舞,醒时与作啸风辞。马军走送非无意,玉帐人闲合有诗。

次韵李端叔谢送牛戬《鸳鸯竹石图》

闻君谈西戎,废食忘早晚。王师本不陈,贼垒何足划。守边在得士,此语要而简。知君论将口,似予识画眼。笑指尘壁间,此是老牛戬。平生师卫玠,非意尝理遣。诉君定何人,未用市朝显。置之勿复道,世俗固多舛。归去亦何须,单车度骰渑。如虫得羽化,已脱安用茧。家书空万轴,凉暴困舒卷。念当扫长物,闭息默自暖。此画聊付君,幽处得小展。新诗勿纵笔,群吠惊邑犬。时来未可知,妙斫待轮扁。

次韵聪上人见寄

前身本同社,宿业独临边。一悟镜空老,始知圆泽贤。归心忘犊佩,生术寄羊鞭。不似欧阳子,空留六一泉。

次韵王雄州还朝留别

老李威名八十年,壁间精悍见遗颜。自闻出守风流似,稍觉承平气象还。但遣诗人歌《杕杜》,不妨侍女唱《阳关》。内朝接武知何日,白发羞归供奉班。

三月二十日多叶杏盛开

零露泫月蕊,温风散晴葩。春工了不睡,连夜开此花。芳心谁剪刻,天质自清华。恼客香有无,弄妆影横斜。中山古战国,杀气浮高牙。丛台余袨服,易水雄悲笳。自从此花开,玉肌洗尘沙。坐令游侠窟,化作温柔家。我老念江海,不饮空咨嗟。刘郎归何日,红桃烁残霞。明年花开时,举酒望三巴。 自注:盖欲请梓州而归也。

三月二十日开园三首

其一

雪髯霜鬓语伦㸒,淡荡园林取次行。要识将军不凡意,从来只啜小人羹。 自注:是日散父老酒食。

其二

西园牡籥夜沉沉，尚有游人卧柳阴。鹤睡觉时风露下，落花飞絮满衣襟。

其三

郁郁苍髯真道友，丝丝红萼是乡人。<small>自注：苍髯，松也。红萼，海棠也。</small>何时翠竹江村路，送我柴门月色新。

次韵王雄州送侍其泾州

威声又数中兴年，二虏行当一矢联。闻道名城得真将，故应惊羽落空弦。追锋归去雄三卫，授钺重来定十连。别酒回头便陈迹，号呶端合发初筵。

初贬英州过杞赠马梦得

万古仇池穴，归心负雪堂。殷勤竹里梦，犹自数山王。

临城道中作

予初赴中山，连日风埃，未尝了了见太行也。今将适岭表，颇以是为恨。过临城、内丘，天气忽清彻，西望太行，草木可数，冈峦北走，崖谷秀杰，忽悟叹曰："吾南迁其速返乎！退之衡山之祥也。"书以付迈，使志之。

逐客何人著眼看，太行千里送征鞍。未应愚谷能留柳，何独衡山解识韩。

过汤阴市得豌豆大麦粥示三儿子

朔野方赤地,河堧但黄尘。秋霖暗豆荚,夏旱瞿麦人。逆旅
唱晨粥,行庖得时珍。青斑照匕箸,脆响鸣牙龈。玉食谢故吏,风
餐便逐臣。漂零竟何适,浩荡寄此身。争劝加餐食,实无负吏民。
何当万里客,归及三年新。

被命南迁途中寄定武同僚

人事千头及万头,得时何喜失时忧。只知紫绶三公贵,不觉
黄粱一梦游。适见恩纶临定武,忽遭分职赴英州。南行若到江干
侧,休宿浔阳旧酒楼。

子由新修汝州龙兴寺吴画壁

丹青久衰工不艺,人物尤难到今世。每摹市井作公卿,画手
悬知是徒隶。吴生已与不传死,那复典刑留近岁。人间几处变西
方,尽作波涛翻海势。细观手面分转侧,妙算毫厘得天契。始知真
放本精微,不比狂花生客慧。似闻遗墨留汝海,古壁蜗涎可垂涕。
力捐金帛扶栋宇,错落浮云卷新霁。使君坐啸清梦余,几叠衣纹数
衿袂。他年吊古知有人,姓名聊记东坡弟。

过高邮寄孙君孚

过淮风气清,一洗尘埃容。水木渐幽茂,菰蒲杂游龙。可怜夜合花,青枝散红茸。美人游不归,一笑谁当供。故园在何处,已偃手种松。我行忽失路,归梦山千重。闻君有负郭,二顷收横纵。卷野毕秋获,殷床闻夜舂。乐哉何所忧,社酒粥面酽。宦游岂不好,毋令到千钟。

仆所至未尝出游,过长芦,闻复禅师病甚,不可不一问。既见,则有间矣。明日阻风,复留,见之。作三绝句呈闻复,并请转呈参寥子,各赋数首

其一
亦知壶子不死,敢问老聃所游。瑟瑟寒松露骨,耽耽老虎垂头。

其二
莫言西蜀万里,且到南华一游。扶病江边送客,杖挈浦口回头。

其三
老去此生一诀,兴来明日重游。卧闻三老白事,半夜南风打头。

六月七日,泊金陵,阻风,得钟山泉公书,寄诗为谢

今日江头天色恶,炮车云起风欲作。独望钟山唤宝公,林间

白塔如孤鹤。宝公骨冷唤不闻,却有老泉来唤人。电眸虎齿霹雳舌,为余吹散千峰云。南行万里亦何事,一酌曹溪知水味。他年若画蒋山图,为作泉公唤居士。

赠清凉寺和长老

代北初辞没马尘,江南来见卧云人。问禅不契前三语,施佛空留六丈身。老去山林徒梦想,雨余钟鼓更清新。会须一洗黄茅瘴,未用深藏白氎巾。

予前后守、倅余杭凡五年,秋夏之间,蒸热不可过。独中和堂东南颊,下瞰海门,洞视万里,三伏常萧然也。绍圣元年六月,舟行赴岭外,热甚,忽忆此处,而作是诗

忠孝王家千柱宫,东坡作吏五年中。中和堂上东南颊,独有人间万里风。

慈湖夹阻风五首

其一

捍索桅竿立啸空,篙师酣寝浪花中。故应菅蒯知心腹,弱缆能争万里风。

其二

此生归路转茫然,无数青山水拍天。犹有小船来卖饼,喜闻墟落在山前。

其三

我行都是退之诗,真有人家水半扉。千顷桑麻在船底,空余石发挂鱼衣。

其四

日轮亭午汗珠融,谁识南讹长养功。暴雨过云聊一快,未妨明月却当空。

其五

卧看落月横千丈,起唤清风得半帆。且并水村攲侧过,人间何处不巉岩。

诗集卷三十八 古今体诗四十四首

过庐山下

予过庐山下，云物腾涌，默有祷焉。未午，众峰凛然，故作是诗。

乱云欲霾山，势与飘风南。群阽相应和，勇往争骖骠。可怜荟蔚中，时出紫翠岚。雁没失东岭，龙腾见西龛。一时供坐笑，百态变立谈。暴雨破块圠，清飙扫浑酣。廓然归何处，陋矣安足戡。亭亭紫霄峰，窈窈白石庵。五老数松雪，双溪落天潭。虽云默祷应，顾有移文惭。

壶中九华诗

湖口人李正臣蓄异石，九峰玲珑宛转，若窗椟然。予欲以百金买之，与仇池石为偶，方南迁，未暇也。名之曰壶中九华，且以诗纪之。

清溪电转失云峰，梦里犹惊翠扫空。五岭莫愁千嶂外，九华今在一壶中。天池水落层层见，玉女窗虚处处通。念我仇池太孤绝，百金归买碧玲珑。

南康望湖亭

八月渡长湖，萧条万象疏。秋风片帆急，暮霭一山孤。许国心犹在，康时术已虚。岷峨家万里，投老得归无。

江西一首

江西山水真吾邦，白沙翠竹石底江。舟行十里磨九泷，篙声荦确相舂撞。醉卧欲醒闻淙淙，直欲一口吸老庞。何人得隽窥鱼矼，举叉绝叫尺鲤双。

秧马歌

过庐陵，见宣德郎致仕曾君安止。出所作《禾谱》，文既温雅，事亦详实，惜其有所缺，不谱农器也。予昔游武昌，见农夫皆骑秧马，以榆枣为腹，欲其滑；以楸桐为背，欲其轻；腹如小舟，昂其首尾，背如覆瓦，以便两髀。雀跃于泥中，系束藁其首以缚秧，日行千畦，较之伛偻而作者，劳佚相绝。《史记》："禹乘四载，泥行乘橇。"解者曰："橇形如箕，擿行泥上。"岂秧马之类乎？作《秧马歌》一首附于《禾谱》之末云。

春云濛濛雨凄凄，春秧欲老翠剡齐。嗟我妇子行水泥，朝分一垄暮千畦。腰如箜篌首啄鸡，筋烦骨殆声酸嘶。我有桐马手自提，头尻轩昂腹胁低。背如覆瓦去角圭，以我两足为四蹄。耸踊滑汰如凫鹥，纤纤束藁亦可赍。何用繁缨与月题，朅从畦东走畦西。山城欲闭闻鼓鼙，忽作的卢跃檀溪。归来挂壁从高栖，了无刍秣饥不啼。少壮骑汝逮老鳖，何曾蹶轶防颠跻。锦鞯公子朝金闺，笑我一生蹋牛犁，不知自有木驼骒。

八月七日初入赣过惶恐滩

七千里外二毛人，十八滩头一叶身。山忆喜欢劳远梦，<small>自注：蜀道有错喜欢铺，在大散关上。</small>地名惶恐泣孤臣。长风送客添帆腹，积雨浮舟减石鳞。便合与官充水手，此生何止略知津。

郁孤台　<small>自注：以下四首皆虔州。</small>

入境见图画，郁孤如旧游。山为翠浪涌，水作玉虹流。日丽崆峒晓，风酺章贡秋。丹青未变叶，鳞甲欲生洲。岚气昏城树，滩声入市楼。烟云侵岭路，草木半炎州。故国千峰外，高台十日留。他年三宿处，准拟系归舟。

廉泉

水性故自清，不清或挠之。君看此廉泉，五色烂摩尼。廉者为我廉，何以此名为？有廉则有贪，有慧则有痴。谁为柳宗元，孰是吴隐之？渔父足岂洁，许由耳何淄。纷然立名字，此水了不知。毁誉有时尽，不知无尽时。褰来廉泉上，将须看鬓眉。好在水中人，到处相娱嬉。

尘外亭

楚山澹无姿，赣水清可厉。散策尘外游，挥手谢此世。山高惜人力，十步辄一憩。却立浮云端，俯视万井丽。幽人宴坐处，龙虎为斩薙。马驹独何疑，岂堕山鬼计。夜垣非助我，谬敬欲其逝。戏留一转语，千载岂攘袂。

天竺寺

予年十二，先君自虔州归，为予言："近城山中天竺寺有乐天亲书诗云：'一山门作两山门，两寺原从一寺分。东涧水流西涧水，南山云起北山云。前台花发后台见，上界钟声下界闻。遥想吾师行道处，天香桂子落纷纷。'笔势奇逸，墨迹如新。"今四十七年矣。予来访之则诗巳亡，有石刻存耳。感涕不已，而作是诗。

香山居士留遗迹，天竺禅师有故家。空咏连珠吟叠壁，已亡飞鸟失惊蛇。林深野桂寒无子，雨浥山姜病有花。四十七年真一梦，天涯流落泪横斜。

过大庾岭

一念失垢污，身心洞清净。浩然天地间，惟我独也正。今日岭上行，身世永相忘。仙人拊我顶，结发受长生。

宿建封寺，晓登尽善亭，望韶石三首

其一

双阙浮光照短亭，至今猿鸟啸青荧。君王自此西巡狩，再使鱼龙舞洞庭。

其二

蜀人文赋楚人辞，尧在崇山舜九疑。圣主若非真得道，南来万里亦何为。

其三

岭海东南月窟西，功成天已锡玄圭。此方定是神仙宅，禹亦东来隐会稽。

月华寺　自注：寺邻岑水场，施者皆坑户也。百年间盖三焚矣。

天公胡为不自怜，结土融石为铜山。万人采矿富媪泣，只有金帛资豪奸。脱身献佛意可料，一瓦坐待千金还。月华三火岂天意，至今茇舍依榛菅。僧言此地本龙象，兴废反掌曾何艰。高岩夜吐金碧气，晓得异石青斓斑。坑流窟发钱涌地，莫施百镒朝千镮。此山出卖以自贼，地脉已断天应悭。我愿铜山化南亩，烂漫黍麦苏茕鳏。道人修道要底物，破铛煮饭茅三间。

南华寺

云何见祖师,要识本来面。亭亭塔中人,问我何所见。可怜明上座,万法了一电。饮水既自知,指月无复眩。我本修行人,三世积精炼。中间一念失,受此百年谴。抠衣礼真相,感动泪雨霰。借师锡端泉,洗我绮语砚。

碧落洞　　自注:在英州下十五里。

槎牙乱峰合,晃荡绝壁横。遥知紫翠间,古来仙释并。阳崖射朝日,高处连玉京。阴谷叩白月,梦中游化城。果然石门开,中有银河倾。幽鼋入窈窕,别户穿虚明。泉流下珠琲,乳滴交缦缨。我行畏人知,恐为仙者迎。小语辄响答,空山白云惊。策杖归去来,治具烦方平。

何公桥诗

天壤之间,水居其多。人之往来,如鹈在河。顺水而行,云驰鸟疾。维水之利,千里咫尺。乱流而涉,过膝则止。维水之害,咫尺千里。沔彼滥觞,蛙跳儵游。溢而怀山,神禹所忧。岂无一木,支此大坏。舞于盘涡,冰折雷解。坐使此邦,画为两州。鸡犬相闻,胡越莫救。允毅何公,甚勇于仁。始作石梁,其艰其勤。将作复止,更此百难。公心如铁,非石则坚。公以身先,民以悦使。老壮负石,如负其子。疏为玉虹,隐为金堤。直栏横槛,百贾所栖。我来与公,同载而出。欢呼填道,抱其马足。我叹而言,视此滔滔。

未见刚者,孰为此桥。愿公千岁,与桥寿考。持节复来,以慰父老。如朱仲卿,食于桐乡。我作铭诗,子孙不忘。

峡山寺 自注:《传奇》所记孙恪、袁氏事即此寺,至今有人见白猿者。

天开清远峡,地转凝碧湾。我行无迟速,摄衣步屡颜。山僧本幽独,乞食况未还。云碓水自舂,松门风为关。石泉解娱客,琴筑鸣空山。佳人剑翁孙,游戏暂人间。忽忆啸云侣,赋诗留玉环。林深不可见,雾雨霾鬌鬓。

散郎亭

法花下有散郎亭,老树荒崖如有情。欢戚已随时事去,壁间只有古人名。

柏家渡

柏家渡西日欲落,青山上下猿鸟乐。欲因新月望吴云,遥看北斗挂南岳。一梦憎憎四十秋,古人不死终未休。草舍萧条谁与语,香风吹过白蘋州。

清远舟中寄耘老

小寒初度梅花岭,万壑千岩背人境。清远聊为泛宅行,一梦分明堕乡井。觉来满眼是湖山，鸭绿波摇凤凰影。海陵居士无云梯，岁晚结庐颍水湄。山腰自悬苍玉佩，野马不受黄金羁。门前车马猎猎走，笑倚清流数鬓丝。汀洲相见春风起，白蘋吹花散烟水。万里飘蓬未得归，目断沧浪泪如洗。北雁南来遗素书，苦言大浸没我庐。清斋十日不然鼎，曲突往往巢龟鱼。今年玉粒贱如水，青铜欲买囊已虚。人生百年如寄耳，七十朱颜能有几。有子休论贤与愚，倪生枉欲带经锄。天南看取东坡叟，可是平生废读书。

舟行至清远县，见顾秀才，极谈惠州风物之美

到处聚观香案吏，此邦宜著玉堂仙。江云漠漠桂花湿，梅雨翛翛荔子然。闻道黄柑常抵鹊，不容朱橘更论钱。恰从神武来弘景，便向罗浮觅稚川。

广州蒲涧寺　自注：地产菖蒲，十二节，相传安期生之故居，始皇访之于此。

不用山僧导我前，自寻云外出山泉。千章古木临无地，百尺飞涛泻漏天。昔日菖蒲方士宅，后来薝蔔祖师禅。而今只有花含笑，笑道秦皇欲学仙。自注：山中多含笑花。

赠蒲涧信长老

优钵昙花岂有花，问师此曲唱谁家。已从子美得桃竹，自注：此山有桃竹可作杖，而土人不识，予始录子美诗遗之。不向安期觅枣瓜。燕坐

林间时有虎，高眠粥后不闻鸦。胜游自古兼支许，为采松肪寄一车。

发广州

朝市日已远，此身良自如。三杯软饱后，<small>自注：浙人谓饮酒为软饱。</small>一枕黑甜余。<small>自注：俗谓睡为黑甜。</small>蒲涧疏钟外，黄湾落木初。天涯未觉远，处处各樵渔。

浴日亭　<small>自注：在南海庙前。</small>

剑气峥嵘夜插天，瑞光明灭到黄湾。坐看旸谷浮金晕，遥想钱塘涌雪山。已觉苍凉苏病骨，更烦沆瀣洗衰颜。忽惊鸟动行人起，飞上千峰紫翠间。

游罗浮山一首示儿子过

人间有此白玉京，罗浮见日鸡一鸣。南楼未必齐日观，郁仪自欲朝朱明。<small>自注：刘梦得有诗记罗浮夜半见日事，山不甚高而夜见日，此可异也。山有二石楼，今延祥寺在南楼下，朱明洞在冲虚观后，云是蓬莱第七洞天。</small>东坡之师抱朴老，真契久已交前生。玉堂金马久流落，寸田尺宅今谁耕。道华亦尝啖一枣，<small>自注：唐永乐道士侯道华窃食邓天师仙药去。永乐有无核枣，人不可得，道华独得之。予在岐下亦尝得食一枚。</small>契虚正欲仇三彭。<small>自注：唐僧契虚遇人导游稚川仙府，真人问曰："汝绝三彭之仇乎？"契虚不能答。</small>铁桥石柱连空横，<small>自注：山有铁桥石柱，人罕至者。</small>杖藜欲趁飞猱轻。云溪夜逢暗虎伏，<small>自注：山有哑虎巡山。</small>斗坛画出铜

龙狞。自注：冲虚观后有朱真人朝斗坛，近于坛上获铜龙六、铜鱼一。小儿
少年有奇志，中宵起坐存黄庭。近者戏作凌云赋，笔势仿佛《离骚
经》。负书从我盍归去，群仙正草《新宫铭》。汝应奴隶蔡少霞，我
亦季孟山元卿。自注：唐有梦书《新宫铭》者，云紫阳真人山元卿撰，其略
曰："良常西麓，原泽东泄。新宫宏宏，崇轩辙辙。"又有蔡少霞者，梦人遣书碑，
略曰："公昔乘鱼车，今履瑞云，蹑空仰涂，绮辂轮囷。"其未题云："五云书阁吏
蔡少霞书。"还须略报老同叔，赢粮万里寻初平。自注：子由一字同叔。

十月二日初到惠州

仿佛曾游岂梦中，欣然鸡犬识新丰。吏民惊怪坐何事，父老
相携迎此翁。苏武岂知还漠北，管宁自欲老辽东。岭南万户皆春
色，自注：岭南万户酒。会有幽人客寓公。

寓居合江楼

海山葱眬气佳哉，二江合处朱楼开。蓬莱方丈应不远，肯为
苏子浮江来。江风初凉睡正美，楼上啼鸦呼我起。我今身世两相
违，西流白日东流水。楼中老人日清新，天上岂有痴仙人。三山咫
尺不归去，一杯付与罗浮春。自注：予家酿酒名罗浮春。

惠州灵惠院壁间画一仰面向天醉僧，云是蜀僧隐峦所作，题诗于其下

直视无前气吐虹，五湖三岛在胸中。相逢莫怪不相揖，只见

山僧不见公。

白水山佛迹岩 自注：罗浮之东麓也，在惠州东北二十里。

何人守蓬莱，夜半失左股。浮山若鹏蹲，忽展垂天羽。根株互连络，崖峤争吐吞。神工自炉鞲，融液相缀补。至今余隙罅，流出千斛乳。方其欲合时，天匠麾月斧。帝觞分余沥，山骨醉后土。峰峦尚开阖，涧谷犹呼舞。海风吹未凝，古佛来布武。当时汪罔氏，投足不盖拇。青莲虽不见，千古落花雨。双溪汇九折，万马腾一鼓。奔雷溅玉雪，潭洞开水府。潜鳞有饥蛟，掉尾取渴虎。我来方醉后，濯足聊戏侮。回风卷飞霭，掠面过强弩。山灵莫恶剧，微命安足赌。此山吾欲老，慎勿厌求取。溪流变春酒，与我相宾主。当连青竹竿，下灌黄精圃。

咏汤泉 自注：在白水山。

积水焚大槐，蓄油灾武库。惊然丞相井，疑浣将军布。自怜耳目隘，未测阴阳故。郁攸火山烈，礴沸汤泉注。岂惟渴兽骇，坐使痴儿怖。安能长鱼鳖，仅可燖狐兔。山中惟木客，户外时芒屦。虽无倾城浴，幸免亡国污。

自笑一首

子石如琢玉，远烟真削黳。入我病风手，自注：古语云：摩墨如病风手。玄云滃萋萋。是中有何好，而我喜欲迷。既似蜡屐阮，又如锻柳嵇。醉笔得天全，宛宛天投蜺。多谢中书君，伴我此幽栖。

无题

六秩行当启，区中缘更疏。不贪为我宝，安步当君车。故国多乔木，先人有敝庐。誓将闲散好，不著一行书。

朝云诗

世谓乐天有"鬻骆马放杨柳枝"词，嘉其主老病不忍去也。然梦得有诗云："春尽絮飞留不住，随风好去落谁家。"乐天亦云："病与乐天相伴住，春随樊子一时归。"则是樊素竟去也。予家有数妾，四五年相继辞去，独朝云者随予南迁。因读《乐天集》，戏作此诗。朝云姓王氏，钱唐人，尝有子曰幹儿，未期而夭云。

不似杨枝别乐天，恰如通德伴伶元。阿奴络秀不同老，天女维摩总解禅。经卷药炉新活计，舞衫歌扇旧因缘。丹成逐我三山去，不作巫阳云雨仙。

寄虎儿

独倚桄榔树，闲挑荜拨根。谋生看拙否，送老此蛮村。

十一月二十六日，松风亭下梅花盛开

春风岭上淮南村，昔年梅花曾断魂。自注：予昔赴黄州春风岭上，见梅花,有两绝句。明年正月往岐亭,道上赋诗云:"去年今日关山路,细雨梅花正断魂。"岂知流落复相见,蛮风蜑雨愁黄昏。长条半落荔支浦,卧树独秀桃榔园。岂惟幽光留色夜,直恐冷艳排冬温。松风亭下荆棘里,两株玉蕊明朝暾。海南仙云娇堕砌,月下缟衣来扣门。酒醒梦觉起绕树,妙意有在终无言。先生独饮勿叹息,幸有落月窥清尊。

再用前韵

罗浮山下梅花村,玉雪为骨冰为魂。纷纷初疑月挂树,耿耿独与参横昏。先生索居江海上,悄如病鹤栖荒园。天香国艳肯相顾,知我酒熟诗清温。蓬莱宫中花鸟使,绿衣倒挂扶桑暾。自注:岭南珍禽有倒挂子,绿毛红喙,如鹦鹉而小。自东海来,非尘埃中物也。抱丛窥我方醉卧,故遣啄木先敲门。麻姑过君急扫洒,鸟能歌舞花能言。酒醒人散山寂寂,惟有落蕊黏空尊。

新酿桂酒

捣香筛辣入瓶盆,盎盎春溪带雨浑。收拾小山藏社瓮,招呼明月到芳尊。酒材已遣门生致,菜把仍叨地主恩。烂煮葵羹斟桂醑,风流可惜在蛮村。

惠守詹君见和复次韵

已破谁能惜甑盆,颓然醉里得全浑。欲求公瑾一困米,试满庄生五石尊。三杯卯困忘家事，万户春浓感国恩。刺史不须要半道，篮舆未暇走山村。

花落复次前韵

玉妃谪堕烟雨村，先生作诗与招魂。人间草木非我对，奔月偶桂成幽昏。暗香入户寻短梦，青子缀枝留小园。披衣连夜唤客饮，雪肤满地聊相温。松明照坐愁不睡，井华入腹清而暾。先生来年六十化，道眼已入不二门。多情好事余习气，惜花未忍都无言。留连一物吾过矣，笑领百罚空罍尊。

江郊

惠州归善县治之北数百步，抵江，少西有盘石小潭，可以垂钓，作《江郊》诗云。

江郊葱昽，云水蒨绚。埼岸斗入，洄潭轮转。先生悦之，布席闲燕。初日下照，潜鳞俯见。意钓忘鱼，乐此竿线。优哉悠哉，玩物之变。

詹守携酒见过，用前韵作诗，聊复和之

箕踞狂歌老瓦盆，燎毛燔肉似羌浑。传呼草市来携客，洒扫渔矶共置尊。山下黄童争看舞，江干白骨已衔恩。自注：时詹方议葬暴骨。孤云落日西南望，长羡归鸦自识村。

诗集卷三十九 古今体诗七十四首

寄邓道士

罗浮山有野人,相传葛稚川之隶也。邓道士守安,山中有道者也。尝于庵前见其足迹,长二尺许。绍圣二年正月二日,予偶读韦苏州《寄全椒山中道士》诗云:"今朝郡斋冷,忽念山中客。洞底束荆薪,归来煮白石。遥持一樽酒,远慰风雨夕。落叶满空山,何处寻行迹。"乃以酒一壶依苏州韵作诗寄之。

一杯罗浮春,远饷采薇客。遥知独酌罢,醉卧松下石。幽人不可见,清啸闻月夕。聊戏庵中人,空飞本无迹。

上元夜 自注:惠州作。

前年侍玉辇,端门万枝灯。璧月挂罘罳,珠星缀觚棱。去年中山府,老病亦宵兴。牙旗穿夜市,铁马响春冰。今年江海上,云房寄山僧。亦复举膏火,松间见层层。策杖桃榔林,林疏月鬅鬙。使君置酒罢,箫鼓转松陵。狂生来索酒,自注:贾道人也。一举辄数升。浩歌出门去,我亦归蕾腾。

正月二十四日，与儿子过、赖仙芝、王原秀才、僧昙颖、行全、道士何宗一同游罗浮道院及栖禅精舍。过作诗，和其韵寄迈、迨一首

断桥寻胜践，脱屦欣小揭。瘴花已繁红，官柳犹疏细。斜川二三子，悼叹吾年逝。凄凉罗浮馆，风壁颓雨砌。黄冠常苦饥，迎客羞破袂。仙山在何许，归鹤时堕翮。崎岖拾松黄，欲救齿发弊。坐令禅客笑，一梦等千岁。栖禅晚置酒，蛮果粲蕉荔。斋厨釜无羹，野馈篮有蕙。嬉游趁时节，俯仰了此世。犹当洗业障，更作临水禊。寄书阳羡儿，并语长头弟。门户各努力，先期毕租税。

正月二十六日，偶与数客野步嘉祐僧舍东南，野人家杂花盛开，扣门求观。主人林氏媪出应，白发青裙，少寡独居，三十年矣。感叹之余，作诗记之

缥蒂缃枝出绛房，绿阴青子送春忙。涓涓泣露紫含笑，焰焰烧空红佛桑。落日孤烟知客恨，短篱破屋为谁香。主人白发青裙袂，子美诗中黄四娘。

龙尾石研寄犹子远

皎皎穿云月，青青出水荷。文章工点黦，忠义老研磨。伟节何须怒，宽饶要少和。吾衰安用此，寄与小东坡。自注：远为人类予。

赠王子直秀才

万里云山一破裘，杖端闲挂百钱游。五车书已留儿读，二顷田应为鹤谋。水底笙歌蛙两部，山中奴婢橘千头。幅巾我欲相随去，海上何人识故侯。

惠州近城数小山，类蜀道。春与进士许毅野步会意处，饮之且醉，作诗以记。适参寥专使欲归，使持此以示西湖之上诸友，庶使知予未尝一日忘湖山也

夕阳飞絮乱平芜，万里春前一酒壶。铁化双鱼沉远素，剑分二岭隔中区。花曾识面香仍在，鸟不知名声自呼。梦想平生消未尽，满林烟月到西湖。

真一酒 自注：米、麦、水，三一而已，此东坡先生真一酒也。

拨雪披云得乳泓，蜜蜂又欲醉先生。自注：真一色味颇类予在黄州日所酝蜜酒也。稻垂麦仰阴阳足，器洁泉新表里清。晓日著颜红有晕，春风入髓散无声。人间真一东坡老，与作青州从事名。

游博罗香积寺

寺去县七里，三山犬牙，夹道皆美田，麦禾甚茂。寺下溪水可

作碓磨，若筑塘百步，闸而落之，可转两轮、举四杵也。以属县令林抃，使督成之。

　　二年流落蛙鱼乡，朝来喜见麦吐芒。东风摇波舞净绿，初日泫露酣娇黄。汪汪春泥已没膝，剡剡秋谷初分秧。谁言万里出无友，见此二美喜欲狂。三山屏拥僧舍小，一溪雷转松阴凉。要令水力供臼磨，与相地脉增堤防。霏霏落雪看收面，隐隐叠鼓闻舂糠。散流一啜云子白，炊裂十字琼肌香。岂惟牢丸荐古味，自注：束皙《饼赋》云："馒头薄持，起搜牢丸。" 要使真一流天浆。诗成捧腹便绝倒，书生说食真膏肓。

二月十九日携白酒、鲈鱼过詹使君，食槐叶冷淘

　　枇杷已熟粲金珠，桑落初尝滟玉蛆。暂借垂莲十分盏，一浇空腹五车书。青浮卵碗槐芽饼，红点冰盘藿叶鱼。醉饱高眠真事业，此生有味在三余。

赠陈守道

　　一气混沦生复生，有形有心即有情。共见利欲饮食事，各有爪牙头角争。争时怒发霹雳火，险处直在嵌岩坑。人伪相加有余怨，天真丧尽无纯诚。徒自取先用极力，谁知所得皆空名。少微处士松柏寒，蓬莱真人冰玉清。山是心兮海为腹，阳为神兮阴为精。渴饮灵泉水，饥食玉树枝。白虎化坎青龙离，锁禁姹女关婴儿。楼台十二红玻璃，木公金母相东西。纯铅真汞星光辉，乌升兔降无年

期。停颜却老只如此，哀哉世人迷不迷。

辨道歌

北方正气名祛邪，东郊西应归中华。离南为室坎为家，先凝白雪生黄芽。黄河流驾紫河车，水精池产红莲花。赤龙腾霄惊盘蛇，姹女含笑婴儿呀。十二楼瞰灵泉霆，华池玉液阴交加。子驰午前无定差，三田聚宝真生涯。龟精凤髓填豁谺，天地骇有鬼神嗟。一丹休别内外砂，长修久饵须升遐。肠中澄结无余粗，俗骨变换颜如葩。哀哉世人争齿牙，指伪为真正为哇。轻肥甘美形骄奢，谲诡诈妄言矜夸。游鱼在网兔在罝，一气顿尽犹呕哑。余生所托诚栖槎，九原枯髆如乱麻。胡不割众如镆铘，空与利名交撑拏。胡不让霜如文骢，可惜贪爱相漫洿。真心道意非不嘉，餐金闻活非虚哗。何须横议相疵瘕，众口并发鸣群鸦。安知聚散同鱼虾，自缠如茧居如蜗。日怀嗔喜甘笼筊，其去死地犹猎豾。吾恨尔见有所遮，海波或至惊井蛙。乌轮即晚蟾影斜，吾时俱睹超云霞。

江涨用过韵

草木生故墟，牛羊满空渎。春江围草市，夜浪浮竹屋。已连涨海白，尚带霍山绿。坎离更休王，鱼鳖横陵陆。得非昆仑囚，欲报陆浑衄。行看北风竞，来救南国蹙。长驱连山烧，一扫含沙毒。孤吟愍造化，何时停倚伏。当怜水旱氓，不作舟车蓄。江流傥席卷，社酒期茅缩。

连雨江涨二首

其一

越井冈头云出山，祥舸江上水如天。床床避漏幽人屋，浦浦移家蜑子船。龙卷鱼鰕并雨落，人随鸡犬上墙眠。只应楼下平阶水，长记先生过岭年。

其二

急雨萧萧作晚凉，卧闻榕叶响长廊。微明灯火耿残梦，半湿帘栊浥旧香。高浪隐床吹瓮盎，暗风惊树摆琳琅。先生不出晴无用，留与空阶滴夜长。

赠昙秀

白云出山初无心，栖鸟何必恋旧林。道人偶爱山水故，纵步不知湖岭深。空岩已礼百千相，曹溪更欲瞻遗像。要知水味孰冷暖，始信梦时非幻妄。袖中忽出贝叶书，中有璧月缀星珠。人间胜绝略已遍，匡庐南岭并西湖。西湖北望三千里，大堤冉冉横秋水。诵师佳句说南屏，瘴云应逐秋风靡。胡为只作十日欢，杖策复寻归路难。留师笋蕨不足道，怅望荔子何时丹。

和郭功甫韵送芝道人游隐静

观音妙智力，应感随缘度。芝师访东坡，宁辞万里步。道义妙相契，十年同去住。行穷半世间，又欲浮杯渡。我愿焚囊钵，不作陈俗具。会取却归时，只是而今路。

次韵定慧钦长老见寄八首

苏州定慧长老守钦，使其徒卓契顺来惠州问予安否，且寄《拟寒山十颂》，语有璨、忍之通，而诗无岛、可之寒。吾甚嘉之，为和八首。

其一

左角看破楚，南柯闻长滕。钩帘归乳燕，穴纸出痴蝇。为鼠常留饭，怜蛾不点灯。崎岖真可笑，我是小乘僧。

其二

铁桥本无柱，石楼岂有门。舞空五色羽，吠云千岁根。松花酿仙酒，木客馈山飧。我醉君且去，陶云吾亦云。

其三

罗浮高万仞，下看扶桑卑。默坐朱明洞，玉池自生肥。从来性坦率，醉语漏天机。相逢莫相问，我不记吾谁。

其四

幽人白骨观，大士甘露灭。根尘各清净，心境两奇绝。真源未纯熟，习气余陋劣。譬如已放鹰，中夜时掣绁。

其五

谁言穷巷士，乃窃造化权。所见皆我有，安居受其全。戏作一篇书,千古发争端。儒墨起相杀,予初本无言。

其六

闲居蓄百毒,救彼跛与盲。依山作陶穴,掩此暴骨横。区区效一溉,岂能济含生。力恶不己出,时哉非汝争。

其七

少壮欲及物,老闲余此心。微生山海间,坐受瘴雾侵。可怜邓道士,摄衣问呻吟。覆舟吊私渡,断桥费千金。

其八

净名毗耶中,妙喜恒沙外。初无来往相,二士同一在。云何定慧师,尚欠行脚债。请判维摩凭,一到东坡界。

和陶《归园田居》六首

三月四日,游白水山佛迹岩,沐浴于汤泉,晞发于悬瀑之下。浩歌而归,肩舆却行,以与客言,不觉至水北荔支浦上。晚日葱昽,竹阴萧然,时荔子累累如芡实矣。有父老年八十五,指以告余曰:"及是可食,公能携酒来游乎?"意欣然,许之。归卧既觉,闻儿子过诵渊明《归园田居》诗六首,乃悉次其韵。始余在广陵和渊明《饮酒》二十首,今复为此,要当尽和其诗乃已耳。今书以寄妙总大士参寥子。

其一

环州多白水,际海皆苍山。以彼无尽景,寓我有限年。东家著孔丘,西家著颜渊。市为不二价,农为不争田。周公与管蔡,恨不茅三间。我饱一饭足,薇蕨补食前。门生馈薪米,救我厨无烟。斗酒与只鸡,酣歌饯华颠。禽鱼岂知道,我适物自闲。悠悠未必尔,聊乐我所然。

其二

穷猿既投林,疲马初解鞅。心空饱新得,境熟梦余想。江鸥渐驯集,蜑叟已还往。南池绿钱生,北岭紫笋长。提壶岂解饮,好语时见广。春光有佳句,我醉堕渺莽。

其三

新浴觉身轻,新沐感发稀。风乎悬瀑下,却行咏而归。仰观江摇山,俯见月在衣。步从父老语,有约吾敢违。

其四

老人八十余,不识城市娱。造物偶遗漏,同侪尽丘墟。平生不渡江,水北有幽居。手插荔支子,合抱三百株。莫言陈家紫,甘冷恐不如。君来坐树下,饱食携其余。归舍遗儿子,怀抱不可虚。有酒持饮我,不问钱有无。

其五

坐倚朱藤杖,行歌紫芝曲。不逢商山翁,见此野老足。愿同荔支社,长作鸡黍局。教我同光尘,月固不胜烛。自注:《庄子》云:"月固不胜火。"郭象曰:"大而暗不若小而明。"陋哉斯言也。予为更之曰:明于大者必晦于小。月能烛天地而不能烛毫厘,此其所以不胜火也。然卒之火胜耶？月胜耶？霜飙散氛祲，廓然似朝旭。

其六

昔我在广陵，怅望柴桑陌。长吟饮酒诗，颇获一笑适。当时已放浪，朝坐夕不夕。矧今长闲人，一劫展过隙。江山互隐见，出没为我役。斜川追渊明，东皋友王绩。诗成竟何为，六博本无益。

闻正辅表兄将至以诗迎之

生逢尧舜仁，得作岭海游。虽怀朏然喜，岂免跕堕忧。莫雨侵重腿，晓烟腾郁攸。朝槃见蜜唧，夜枕闻鹋鹠。几欲烹郁屈，固尝馔钩辀。舌音渐獠变，面汗尝骍羞。赖我存黄庭，有时仍丹丘。目听不任耳，踵息殆废喉。稍欣素月夜，遂度黄茅秋。我兄清庙器，持节瘴海头。萧然三家步，横此万斛舟。人言得汉吏，天遣活楚囚。惠然再过我，乐哉十日留。但恨参语贤，忽潜九原幽。万里傥同归，两鳏当对耰。自注：轼丧妇已三年矣，正辅近亦有亡嫂之戚，故云。强歌非真达，何必师庄周。

正辅既见和，复次前韵，慰鼓盆劝学佛

稚川真长生，少从郑公游。孝章偶不死，免为文举忧。余龄会有适，独往岂相攸。由来警露鹤，不羡撮蚤鹠。愿加视后鞭，同驾蹑空辀。宁飧堕齿菫，勿忆齐眉羞。何时遂纵壑，归路同首丘。东冈松柏老，西岭橘柚秋。著意寻弥明，长颈高结喉。无心逐定远，燕颔飞虎头。君方卒功名，一泛范蠡舟。我亦沾霑溓，渐解锺

仪囚。宁须张子房,万户自择留。犹胜嵇叔夜,孤愤甘长幽。南窗可寄傲,北山早归耰。此语君勿疑,老彭跨商周。

同正辅表兄游白水山

伟哉造物真豪纵,攫土抟沙为此弄。劈开翠峡走云雷,截破奔流作潭洞。因随化人履巨迹,得与仙兄蹑飞鞚。曳杖不知岩谷深,穿云但觉衣裘重。坐看惊鸟救霜叶,知有老蛟蟠石瓮。金沙玉砾粲可数,古镜宝奁寒不动。念兄独立与世疏,绝境难到为我共。永辞角上两蛮触,一洗胸中九云梦。浮来山高回望失,武陵路绝无人送。筠篮撷翠爪甲香,素绠分碧银瓶冻。归路霏霏汤谷暗,野堂活活神泉涌。解衣浴此无垢人,身轻可试云间凤。

与正辅游香积寺

越山少松竹,常苦野火厄。此峰独苍然,感荷佛祖力。茯苓无人采,千岁化琥珀。幽光发中夜,见者惟木客。我岂无长镵,真赝苦难识。灵苗与毒草,疑似在毫发。把玩竟不食,弃置长太息。山僧类有道,辛苦尝谷汲。我惭作机舂,凿破混沌穴。幽寻恐不继,书板记岁月。

次韵正辅同游白水山

只知楚越为天涯,不知肝胆非一家。此身如线自萦绕,左旋右转随缲车。误抛山林入朝市,平地咫尺千褒斜。欲从稚川隐罗浮,先与灵运开永嘉。首参虞舜款韶石,次谒六祖登南华。仙山一见五色羽,雪树两摘南枝花。赤鱼白蟹箸屡下,黄柑绿橘筐常加。糖霜不待蜀客寄,荔支莫信闽人夸。恣倾白蜜收五棱,细剐黄土栽三桠。自注:正辅分人参一苗归种韶阳,来诗本用"椏"字,惠州无书,不见此字所出,故且从"木"奉和。朱明洞里得灵草,翩然放杖凌苍霞。岂无轩车驾熟鹿,亦有鼓吹号寒蛙。山人劝酒不用勺,石上自有尊罍注。径从此路朝玉阙,千里莫遣毫厘差。故人日夜望我归,相迎欲到长风沙。岂知乘槎天女侧,独倚云机看织纱。世间谁似老兄弟,笃爱不复相疵瑕。相携行到水穷处,庶几一见留子嗟。千年枸杞常夜吠,无数草棘工藏遮。但令凡心一洗濯,神人仙药不我遐。山中归来万想灭,岂复回顾双云鸦。

次韵程正辅游碧落洞

空山不难到,绝境未易名。何时谪仙人,来作钧天声。胸中几云梦,余地多恢宏。长庚与北斗,错落缀冠缨。黄公献紫芝,赤松馈青精。溪山久寂寞,请续《离骚经》。抱枝寒蜩咽,绕耳飞蚊清。谪仙抚掌笑,笑此羽皇铭。我顷尝独游,自适孤云情。君今又继往,雾雨愁青冥。感君兄弟意,寻羊问初平。玉床分箭镞,不忍独长生。诗成辄寄我,妙绝陶谢并。孤鸿方避弋,老骥犹在坰。鸟兽如可群,永寄槁木形。何山不堪隐,饮水自修龄。

次韵正辅表兄江行见桃花

曲士赋《怀沙》,草木伤莽莽。德人无荆棘,坐失岭峤阻。我兄瑚琏姿,流落瘴江浦。净眼见桃花,纷纷堕红雨。萧然振衣裓,笑问散花女。我观解语花,粉色如黄土。一言破千偈,况尔初不语。可怜一转话,他日如何举。故复此微吟,聊和鸥鸦橹。江边闲草木,闲客当为主。尔来子美瘦,正坐作诗苦。袖手焚笔研,清篇真漫与。愿君理北辕,六辔去如组。上林桃花开,水暖鸿北骛。

追钱正辅表兄至博罗赋诗为别

孤臣南游堕黄菅,君亦何事来牧蛮。舣舟蜑户龙冈窟,置酒椰叶桄榔间。高谈已笑衰语陋,杰句尤觉清诗孱。博罗小县僧舍古,我不忍去君忘还。君应回望秦与楚,梦涉汉水愁秦关。我亦坐念高安客,神游黄蘗参洞山。何时旷荡洗瑕垢,与君归驾相追攀。梨花寒食隔江路,两山遥对双烟鬟。归耕不用一钱物,惟要两脚飞孱颜。玉床丹镟记分我,助我金鼎光斓斑。

再用前韵

乐天双鬓如霜菅,始知谢遣素与蛮。我兄绿发蔚如故,已了梦幻齐人间。蛾眉劝酒聊尔耳,处仲太忍茂宏孱。三杯径醉便归卧,海上知复几往还。连娟六幺趁蹢躅,杳眇三叠萦阳关。酒醒梦断何所有,落花流水空青山。忽惊铙鼓发半夜,明月不许幽人攀。赠行无物惟一语,莫遣瘴雾侵云鬟。罗浮道人一倾盖,欲系白日留君颜。应知我是香案吏,他年许缀蓬莱班。

戏和正辅一字韵

故居剑阁隔锦官,柑果姜蕨交荆菅。奇孤甘挂汲古绠,侥觊敢揭钩金竿。已归耕稼供藁秸,公贵干蛊高巾冠。改更句格各蹇吃,姑因狡狯加间关。

桃椰杖寄张文潜一首,时初闻黄鲁直迁黔南、范淳父九疑也

睡起风清酒在亡,身随残梦两茫茫。江边曳杖桃椰瘦,林下寻苗荜拨香。独步倘逢勾漏令,远来莫恨曲江张。遥知鲁国真男子,独忆平生盛孝章。

四月十一日初食荔支

南村诸杨北村卢,自注:谓杨梅卢橘也。白华青叶冬不枯。垂黄缀紫烟雨里,特与荔子为先驱。海山仙人绛罗襦,红纱中单白玉肤。不须更待妃子笑,风骨自是倾城姝。不知天公有意无,遣此尤物生海隅。云山得伴松桧老,霜雪自困楂梨粗。先生洗盏酌桂醑,冰盘荐此颒虬珠。似开江鳐斫玉柱,更洗河豚烹腹腴。自注:予尝谓荔支厚味、高格两绝,果中无比,惟江鳐柱、河豚鱼近之耳。我生涉世本为口,一官久矣轻莼鲈。人间何者非梦幻,南来万里真良图。

答周循州

蔬饭藜床破衲衣,扫除习气不吟诗。前生自是卢行者,后学过呼韩退之。未敢叩门求夜话,时叨送米续晨炊。知君清奉难多辍,且觅黄精与疗饥。

荔支叹

十里一置飞尘灰,五里一堠兵火催。颠坑仆谷相枕籍,知是荔支龙眼来。飞车跨山鹘横海,风枝露叶如新采。宫中美人一破颜,惊尘溅血流千载。永元荔支来交州,天宝岁贡取之涪。至今欲食林甫肉,无人举觞酹伯游。自注:汉永元中,交州进荔支、龙眼,十里一置,五里一堠,奔腾死亡,罹猛兽毒虫之害者无数。唐羌字伯游,为临武长,上书言状,和帝罢之。唐天宝中,盖取涪州荔支,自子午谷路进入。我愿天公怜赤子,莫生尤物为疮痏。雨顺风调百谷登,民不饥寒为上瑞。君不见武夷溪边粟粒芽,前丁后蔡相笼加。自注:大小龙茶始于丁晋公,而成于蔡君谟。欧阳永叔闻君谟进小龙团,惊叹曰:"君谟,士人也,何至作此事耶!"争新买宠各出意,今年斗品充官茶。自注:今年闽中监司乞进斗茶,许之。吾君所乏岂此物,致养口体何陋耶。洛阳相君忠孝家,可怜亦进姚黄花。自注:洛阳贡花,自钱惟演始。

六月十二日,酒醒步月,理发而寝

羽虫见月争翾翻,我亦散发虚明轩。千梳冷快肌骨醒,风露气入霜蓬根。起舞三人漫相属,停杯一问终无言。曲肱薤簟有佳处,梦觉琼楼空断魂。

和子由次月中梳头韵

夏畦流膏白雨翻,北窗幽人卧羲轩。风轮晓长春笋节,露珠夜上秋禾根。自注:或谓予曰:"草木之长常在昧明间。早作而伺之,乃见其拔起数寸,竹笋尤甚。又夏秋之交,稻方含秀,黄昏月出,露珠起于其根,累累然忽自腾上,若有推之者。或入于茎心,或垂于叶端,稻乃实秀。"验之信然。此二事与子由养生之说契,故以此为寄。从来白发有公道,始信丹经非妄言。此身法报本无二,他年妙绝兼形魂。自注:《传灯录》有形神俱妙者,乃不复有解化之事。

和陶《贫士》七首

余迁惠州一年,衣食渐窘。重九俯迩,尊俎萧然,乃和渊明《贫士》七篇以寄许下、高安、宜兴诸子侄,并令过同作。

其一

长庚与残月,耿耿如相依。以我旦暮心,惜此须臾晖。青天无今古,谁知织乌飞。我欲作九原,独与渊明归。俗子不自悼,顾忧斯人饥。堂堂谁有此,千驷良可悲。

其二

夷齐耻周粟,高歌诵虞轩。产禄彼何人,能致绮与园。古来避世士,死灰或余烟。末路益可羞,朱墨手自研。渊明初亦仕,弦歌本诚言。不乐乃径归,视世差独贤。

其三

谁谓渊明贫,尚有一素琴。心闲手自适,寄此无穷音。佳辰爱重九,芳菊起自寻。疏巾叹虚漉,尘爵笑空斟。忽饷二万钱,颜生良足钦。急送酒家保,勿违故人心。

其四

人皆有耳目,夫子旷与娄。弱毫写万象,水镜无停酬。闲居惜重九,感此岁月周。端如孔北海,只有尊空忧。二子不并世,高风两无俦。我后五百年,清梦未易求。

其五

芙蓉杂金菊,枝叶长阑干。遥怜退朝人,糕酒出大官。岂知江海上,落英亦可餐。典衣作重阳,徂岁惨将寒。无衣粟我肤,无酒嚬我颜。贫居真可叹,二事长相关。

其六

老詹亦白发,<small>自注:惠州太守詹范字器之。</small>相对垂霜蓬。赋诗殊有味,涉世非所工。杖藜山谷间,状类渤海龚。半道要我饮,意与王弘同。有酒我自至,不须遣庞通。门生与儿子,杖屦聊相从。

其七

我家六儿子,流落三四州。辛苦见不识,今与农圃俦。买田带修竹,筑室依清流。未能遣一力,分汝薪水忧。坐念北归日,此劳未易酬。我独遗以安,鹿门有前修。

食槟榔

月照无枝林,夜栋立万础。眇眇云间扇,荫此八月暑。上有垂房子,下绕绛刺御。风欺紫凤卵,雨暗苍龙乳。裂包一堕地,还以皮自煮。北客初未谙,劝食俗难阻。中虚畏泄气,始嚼或半吐。吸津得微甘,著齿随亦苦。面目太严冷,滋味绝媚妩。诛彭勋可策,推毂勇宜贾。瘴风作坚顽,导利时有补。药储固可尔,果录讵用许。先生失膏粱,便腹委败鼓。日啖过一粒,肠胃为所侮。蛰雷殷脐肾,藜藿腐亭午。书灯看膏尽,钲漏历历数。老眼怕少睡,竟使赤眦弩。渴思梅林咽,饥念黄独举。奈何农经中,收此困羁旅。牛舌不饷人,一斛肯多与。乃知见本偏,但可酬恶语。

送惠州押监

一声鸣雁破江云,万叶梧桐卷露银。我自飘零足羁旅,更堪秋晚送行人。

江月五首

岭南气候不常,吾尝曰:"菊花开时乃重阳,凉天佳月即中秋。"不须以日月为断也。今岁九月,残暑方退,既望之后,月出愈迟。予尝夜起登合江楼,或与客游丰湖,入栖禅寺,叩罗浮道院,登逍遥堂,逮晓乃归。杜子美云:"四更山吐月,残夜水明楼。"此殆古今绝唱也,因其句作五首,仍以"残夜水明楼"为韵。

其一

一更山吐月,玉塔卧微澜。正似西湖上,涌金门外看。冰轮横海阔,香雾入楼寒。停鞭且莫上,照我一杯残。

其二

二更山吐月,幽人方独夜。可怜人与月,夜夜江楼下。风枝久未停,露草不可藉。归来掩关卧,唧唧夜虫话。

其三

三更山吐月,栖鸟亦惊起。起寻梦中游,清绝正如此。驱云扫众宿,俯仰迷空水。幸可饮我牛,不须违洗耳。

其四

四更山吐月,皎皎为谁明。幽人赴我约,坐待玉绳横。野桥多断板,山寺有微行。今夕定何夕,梦中游化城。

其五

五更山吐月,窗迥室幽幽。玉钩还挂户,江练却明楼。星河澹欲晓,鼓角冷如秋。不眠翻五咏,清切变蛮讴。

送佛面杖与罗浮长老

十方三界世尊面,都在东坡掌握中。送与罗浮德长老,携归万窍总号风。

十一月九日，夜梦与人论神仙道术，因作一诗八句。既觉，颇记其语，录呈子由弟。后四句不甚明了，今足成之耳

析尘妙质本来空，更积微阳一线功。照夜孤灯长耿耿，闭门千息自濛濛。养成丹灶无烟火，点尽人间有晕铜。寄语山神停伎俩，不闻不见我何穷。

章质夫送酒六壶，书至而酒不达，戏作小诗问之

白衣送酒舞渊明，急扫风轩洗破觥。岂意青州六从事，化为乌有一先生。空烦左手持新蟹，漫绕东篱嗅落英。南海使君今北海，定分百榼饷春耕。

小圃五咏

人参

上党天下脊，辽东真井底。玄泉倾海腴，白露洒天醴。灵苗此孕毓，肩股或具体。移根到罗浮，越水灌清泚。地殊风雨隔，臭味终祖祢。青桠缀紫萼，圆实堕红米。穷年生意足，黄土手自启。上药无炮炙，齕啮尽根柢。开心定魂魄，忧恚何足洗。縻身辅吾生，既食首重稽。

地黄

地黄饷老马,可使光鉴人。吾闻乐天语,喻马施之身。我衰
正伏枥,垂耳气不振。移栽附沃壤,蕃茂争新春。沉水得稚根,重
汤养陈薪。投以东阿清,和以北海醇。崖蜜助甘冷,山姜发芳辛。
融为寒食饧,咽作瑞露珍。丹田自宿火,渴肺还生津。愿饷内热
子,一洗胸中尘。

枸杞

神药不自閟,罗生满山泽。日有牛羊忧,岁有野火厄。越俗不
好事,过眼等茨棘。青黄春自长,绛珠烂莫摘。短篱护新植,紫笋
生卧节。根茎与花实,收拾无弃物。大将玄吾鬓,小则饷我客。似
闻朱明洞,中有千岁质。灵庞或夜吠,可见不可索。仙人傥许我,
借杖扶衰疾。

甘菊

越山春始寒,霜菊晚愈好。朝来出细粟,稍觉芳岁老。孤根
荫长松,独秀无众草。晨光虽照曜,秋雨半摧倒。先生卧不出,黄
叶纷可扫。无人送酒壶,空腹嚼珠宝。香风入牙颊,楚些发天藻。
新蕊蔚已满,宿根寒不槁。扬扬弄芳蝶,生死何足道。颇讶昌黎
翁,恨尔生不早。

薏苡

伏波饭薏苡,御瘴传神良。能除五溪毒,不救谗言伤。谗言
风雨过,瘴疠久亦亡。两俱不足治,但爱草木长。草木各有宜,珍
产骈南荒。绛囊悬荔支,雪粉剖桃榔。不谓蓬荻姿,中有药与粮。

春为芡珠圆,炊作菰米香。子美拾橡栗,黄精诳空肠。今吾独何者,玉粒照座光。

雨后行菜圃

梦回闻雨声,喜我菜甲长。平明江路湿,并岸飞两桨。天公真富有,乳膏泻黄壤。霜根一蕃滋,风叶渐俯仰。未任筐筥载,已作杯盘想。艰难生理窄,一味敢专飨。小摘饭山僧,清安寄真赏。芥蓝如菌蕈,脆美牙颊响。白菘类羔豚,冒土出蹯掌。谁能视火候,小灶当自养。

残腊独出二首

其一

幽寻本无事,独往意自长。钓鱼丰乐桥,采杞逍遥堂。罗浮春欲动,云日有清光。处处野梅开,家家腊酒香。路逢眇道士,疑是左元放。我欲从之语,恐复化为羊。

其二

江边有微行,诘曲背城市。平湖春草合,步到栖禅寺。堂空不见人,老稚掩关睡。所营在一饱,食已宁复事。客来岂无得,施子净扫地。松风独不静,送我作鼓吹。

赠包安静先生茶二首

其一

皓色生瓯面，堪称雪见羞。东坡调诗腹，今夜睡应休。 自注：偶谒大中精蓝中，故人烹日注茶，果不虚，故诗以记之。

其二

建茶三十片，不审味如何。奉赠包居士，僧房战睡魔。 自注：昨日点日注极佳，点此，复云罐中余者可示及舟中涤神耳。

诗集卷四十 古今体诗七十首

新年五首

其一

晓雨暗人日,春愁连上元。水生挑菜渚,烟湿落梅村。小市
人归尽,孤舟鹤踏翻。犹堪慰寂寞,渔火乱黄昏。

其二

北渚集群鹭,新年何所之。尽归乔木寺,分占结巢枝。生物
会有役,谋生各及时。何当禁毕弋,看引雪衣儿。

其三

海国空自暖,春山无限清。冰溪纷瘴雨,雪菌到江城。更待
轻雷发,先催冻笋生。丰湖有藤菜,似可敌莼羹。

其四

小邑浮桥外,青山石岸东。茶枪烧后有,麦浪水前空。万户
不禁酒,三年真识翁。结茅来此住,岁晚有无同。

其五

荔子几时熟,花头今已繁。探春先拣树,买夏欲论园。居士

常携客,参军许叩门。自注:周参军家多荔子。明年更有味,怀抱带诸孙。

和陶《形赠影》

天地有常运,日月无闲时。孰居无事中,作止推行之。细察我与汝,相因以成兹。忽然乘物化,岂与生灭期。梦时我方寂,偃然无所思。胡为有哀乐,辄复随涟洏。我舞汝凌乱,相应不少疑。还将醉时语,答我梦中辞。

和陶《影答形》

丹青写君容,常恐画师拙。我依月灯出,相肖两奇绝。妍媸本在君,我岂相媚悦。君如火上烟,火尽君乃别。我如镜中像,镜坏我不灭。虽云附阴晴,了不受寒热。无心但因物,万变岂有竭。醉醒皆梦耳,未用议优劣。

和陶《神释》

二子本无我,其初因物著。岂惟老变衰,念念不如故。知君非金石,安得长托附。莫从老君言,亦莫用佛语。仙山与佛国,终恐无是处。甚欲随陶翁,移家酒中住。醉醒要有尽,未易逃诸数。平生遂儿戏,处处余作具。所至人聚观,指目生毁誉。如今一弄火,好恶都焚去。既无负载劳,又无寇攘惧。仲尼晚乃觉,天下何思虑。

和陶《咏二疏》

二疏事汉时，迹寓心已去。许侯何足道，宁识此高趣。可怜魏丞相，免冠谢陋举。中兴多名臣，有道独两傅。世途方鞅掌，谁肯行此路。是身如委蜕，未蜕何所顾。已蜕则两忘，身后谁毁誉。所以遗子孙，买田岂先务。我尝游东海，所历若有素。神交久从君，屡梦今乃悟。渊明作诗意，妙想非俗虑。庶几二大夫，见微而知著。

和陶《咏三良》

此生太山重，所作鸿毛遗。三子死一言，所死良已微。贤哉晏平仲，事君不以私。我岂犬马哉，从君求盖帷。杀身固有道，大节要不亏。君为社稷死，我则同其归。顾命有治乱，臣子得从违。魏颗真孝爱，三良安足希。仕宦岂不荣，有时缠忧悲。所以靖节翁，服此黔娄衣。

和陶《咏荆轲》

秦如马后牛，吕氏非复嬴。天欲厚其毒，假手李客卿。功成志自满，积恶如陵京。灭身会有时，徐观可安行。沙丘一狼狈，笑落冠与缨。太子不少忍，顾非万人英。魏韩裂智伯，肘足本无声。胡为弃成谋，托国此狂生。荆轲不足说，田子老可惊。燕赵多奇士，惜哉亦虚名。杀父囚其母，此岂容天庭。亡秦只三户，况我数十城。渐离虽不伤，陛戟加周营。至今天下人，悯燕欲其成。废书一太息，可见千古情。

二月八日，与黄焘、僧昙颖过逍遥堂何道士宗一问疾

安心守玄牝，闭眼觅黄庭。问疾来三士，浇愁有半瓶。风松时落蕊，病鹤不梳翎。尊空我归去，山月照君醒。

次韵高要令刘湜峡山寺见寄

新闻妙无多，旧学闲可束。犹当隐季主，未遽逃梅福。空肠吐余思，静似蚕缀簇。寸田结初果，秀若铜生绿。荆棘扫诚尽，梨枣忧不熟。高人宁铸金，下士乃服玉。君看岭峤隘，我欲巾笥蓄。曾攀罗浮顶，亦到朱明谷。旋观真历块，归卧甘破屋。故人老犹仕，世味薄如縠。偶从越女笑，不怕蛮江浴。惊闻尺书到，喜有新诗辱。应怜五管客，曾作八州督。骨销谗口铄，胆破狱吏酷。陇云不易寄，江月乃可掬。遥知清远寺，不称空明腹。蹇驴步武碎，短瑟弦柱促。仰看泉落佩，俯听石响縠。千峰泻清驶，一往无回躅。狂雷失晤语，过电不容目。要知僧长饥，正坐山少肉。人间无南北，蜗角空出缩。仇池九十九，自注：仇池有九十九泉，余尝梦至，有诗。嵩少三十六。自注：子由近买田阳翟，北望嵩少甚近。天人同一梦，仙凡无两录。陋邦真可老，生理亦粗足。便回爇天焰，长作照海烛。自注：爇天焰，见退之诗。近黄鲁直寄诗云："莲花合里一寸烛，牝马海中烧百川。"鲁直盖近有得也。

食荔支二首

惠州太守东堂，祠故相陈文惠公，堂下有公手植荔枝一株，郡

人谓之将军树。今岁大熟,尝啖之余,下逮吏卒。其高不可致者,纵猿取之。

其一

丞相祠堂下,将军大树旁。炎云骈火实,瑞露酌天浆。烂紫垂先熟,高红挂远扬。分甘遍铃下,也到黑衣郎。

其二

罗浮山下四时春,卢橘杨梅次第新。日啖荔支三百颗,不辞长作岭南人。

寄高令

满地春风扫落花,几番曾醉长官衙。诗成锦绣开胸臆,论极冰霜绕齿牙。别后与谁同把酒,客中无日不思家。田园知有儿孙委,早晚扁舟到海涯。

迁居

吾绍圣元年十月二日至惠州,寓居合江楼,是月十八日迁于嘉祐寺,二年三月十九日复迁于合江楼,三年四月二十日复归于嘉祐寺。时方卜筑白鹤峰之上,新居成,庶几其少安乎!

前年家水东,回首夕阳丽。去年家水西,湿面春雨细。东西两无择,缘尽我辄逝。今年复东徙,旧馆聊一憩。已买白鹤峰,规作终老计。长江在北户,雪浪舞吾砌。青山满墙头,鬖鬖几云髻。

虽惭抱朴子,金鼎陋蝉蜕。犹贤柳柳州,庙俎荐丹荔。吾生本无待,俯仰了此世。念念自成劫,尘尘各有际。下观生物息,相吹等蚊蚋。

和子由盆中石菖蒲忽生九花

春荠秋莸两须臾,神药人间果有无。无鼻何由识薝蔔,有花今始信菖蒲。芳心未饱两蛱蝶,寒意知鸣几蟋蟀。记取明年十二节,小儿休更笑霜须。

和陶《读山海经》

渊明《读山海经》十三首,其七皆仙语,余读《抱朴子》有所感,用其韵赋之。

其一

今日天始霜,众木敛以疏。幽人掩关卧,明景翻空庐。开心无良友,寓眼得奇书。建德有遗民,道远我无车。无粮食自足,岂谓谷与蔬。愧此稚川翁,千载与我俱。画我与渊明,可作三士图。学道虽恨晚,赋诗岂不如。

其二

稚川虽独善,爱物均孔颜。欲使蟋蟀流,知有龟鹤年。辛勤破封蛰,苦语剧移山。博哉无穷利,千载食此言。

其三

渊明虽中寿，雅志仍丹丘。远矣无怀民，超然邈无俦。奇文出纩息，岂复生死流。我欲作九原，异世为三游。

其四

子政洞奇逸，妙算穷阴阳。淮南枕中诀，养炼岁月长。岂伊臭浊中，争此顷刻光。安知青藜火，丈人非中黄。

其五

乱离弃弱女，破冢割恩怜。宁知效龟息，三岁号穷山。长生定可学，当信仲弓言。支床竟不死，抱一无穷年。

其六

二山在咫尺，灵药非草木。玄芝生太元，黄精出长谷。仙都浩如海，岂不供一浴。何当从山火，束缊分寸烛。

其七

蜀士李八百，穴居吴山阴。默坐但形语，从者纷如林。其后有李宽，鸡鹄非同音。口耳固多伪，识真要在心。

其八

黄花冒甘谷，灵根固深长。廖井窖丹砂，红泉涌寻常。二女戏口鼻，松膏以为粮。闻此不能寐，起坐夜未央。

其九

谈道鄙俗儒,远自太史走。仲尼实不死,于圣亦何负。紫文出吴宫,丹雀本无有。辽哉广桑君,独显三季后。

其十

金丹不可成,安期渺云海。谁谓黄门妻,至道乃近在。尸解竟不传,化去空余悔。丹成亦安用,御气本无待。

其十一

郑君故多方,元翁所亲指。奇文二百篇,了未出生死。《素书》在黄石,岂敢辞跪履。万法等成坏,金丹差可恃。

其十二

古强本庸妄,蔡诞亦夸士。曼都斥仙人,谒帝轻举止。学道未有得,自欺谁不尔。稚川亦隘人,疏录此庸子。

其十三

东坡信畸人,涉世真散材。仇池有归路,自注:在颍州梦至一官居,顾视堂上,榜曰仇池,觉而念之。仇池,武都氏故地,杨难当所保,余何为而居之?明日以问客,客有赵令畤者曰:"此乃福地小有洞天之附庸也,杜子美盖云:'万古仇池穴,潜通小有天。'"罗浮岂徒来。践蛇及茹蛊,心空了无猜。携手葛与陶,归哉复归哉。

两桥诗

　　惠州之东，江溪合流，有桥多废坏，以小舟渡。罗浮道士邓守安始作浮桥，以四十舟为二十舫，铁锁石碇，随水涨落，榜曰东新桥。州西丰湖上有长桥，屡作屡坏，栖禅院僧希固筑进两岸，为飞楼九间，尽用石盐木，坚若铁石，榜曰西新桥。皆以绍圣三年六月毕工，作二诗落之。

东新桥

　　群鲸贯铁索，背负横空霓。首摇翻雪江，尾插崩云溪。机牙任信缩，涨落随高低。辘轳卷巨绠，青蛟挂长堤。奔舟免狂触，脱筏防撞挤。一桥何足云，讙传满东西。父老有不识，喜笑争攀跻。鱼龙亦惊逃，雷雹生马蹄。嗟此病涉久，公私困留稽。奸民食此险，出没如凫鹥。似卖失船壶，如去登楼梯。不知百年来，几人陨沙泥。岂知涛澜上，安若堂与闺。往来无晨夜，醉病休扶携。使君饮我言，妙割无牛鸡。不云二子劳，叹我捐腰犀。自注：二子造桥，余尝助施犀带。我亦寿使君，一言听扶藜。常当修未坏，勿使后噬脐。

西新桥

　　昔桥木千柱，挂湖如断霓。浮梁陷积淖，破板随奔溪。笑看远岸没，坐觉孤城低。聊因三农隙，稍进百步堤。炎州无坚植，潦水轻推挤。千年谁在者，铁柱罗浮西。独有石盐木，白蚁不敢跻。似开铜驼峰，如凿铁马蹄。岌岌类鞭石，山川非会稽。嗟我久阁笔，不书纸尾鹥。萧然无尺棰，欲构飞空梯。百夫下一杙，椓此百尺泥。自注：桥柱石礅之下，皆有坚木椓入泥中丈余，谓之顶桩。探囊赖故侯,宝钱出金闺。<small>自注:子由之妇史,顷入内,得赐黄金钱数千助施。</small>父老喜云集,箪壶无空携。三日饮不散,杀尽西村鸡。似闻百岁前,海近湖有犀。<small>自注:桥下旧名鳄湖,盖尝有鲛鳄之类。</small>那知陵谷变,枯渎生荄藜。后来勿忘今,冬涉水过脐。

悼朝云

绍圣元年十一月戏作《朝云诗》,三年七月五日朝云病亡于惠州,葬之栖禅寺松林中东南,直大圣塔。予既铭其墓,且和前诗以自解。朝云始不识字,晚忽学书,粗有楷法,盖尝从泗上比丘尼义冲学佛,亦略闻大义。且死,诵《金刚经》四句偈而绝。

苗而不秀岂其天,不使童乌与我玄。驻景恨无千岁药,赠行惟有小乘禅。伤心一念偿前债,弹指三生断后缘。归卧竹根无远近,夜灯勤礼塔中仙。

纵笔

白头萧散满霜风,小阁藤床寄病容。报道先生春睡美,道人轻打五更钟。

丙子重九二首

其一

三年瘴海上,越峤真我家。登山作重九,蛮菊秋未花。惟有黄茅根,堆垄生坳坎。蜑酒蘗众毒,酸甜如梨楂。何以侑一尊,邻家馈蛙蛇。亦复强取醉,欢谣杂悲嗟。今年吁恶岁,僵仆如乱麻。此会我虽健,狂风卷朝霞。使我如霜月,孤光挂天涯。西湖不欲往,暮树号寒鸦。

其二

穷途不择友,过眼如乱云。余子谁复数,坐阅两使君。共饮去年堂,俯看秋水纹。此水与此人,相追两沄沄。老去各休息,造化嗟长勤。佳哉此令节,不惜与子分。何以娱我客,游鱼在清溃。水师三百指,铁网欲掩群。获多虽一快,买放尤可欣。此乐真不朽,明年我归耘。

次韵子由所居六咏

其一

堂前种山丹,错落马瑙盘。堂后种秋菊,碎金收辟寒。草木如有情,慰此芳岁阑。幽人正独乐,不知行路难。

其二

诗人故多感,花发忆两京。石榴有正色,玉树真虚名。粲粲秋菊花,卓为霜中英。黄葩照重九,缬蕊两鲜明。

其三

幽居有古意,义井分西墙。谁云三伏热,止须一杯凉。先生坐忍渴,群嚣自披猖。众散徐酌饮,逡巡味尤长。

其四

先生饭土塯,无物与刘叉。何以娱醉客,时覿砌下花。井水分西邻,竹阴借东家。萧然行脚僧,一身寄天涯。

其五

东斋手植柏,今复几尺长。知有桓司马,榛茅为遮藏。近闻南台松,新枝出余僵。年来此怀抱,岂复惊凡亡。

其六

新居已覆瓦,无复风雨忧。桤栽与笼竹,小诗亦可求。尚欲烦贰师,刺山出飞流。应须凿百尺,两绠载一牛。

吴子野绝粒不睡,过作诗戏之,芝上人、陆道士皆和,予亦次其韵

聊为不死五通仙,终了无生一大缘。独鹤有声知半夜,老蚕不食已三眠。怜君解比人间梦,自注:芝有梦斋,子由作铭。许我时逃醉后禅。会与江山成故事,不妨诗酒乐新年。

撷菜

吾借王参军地种菜,不及半亩,而吾与过子终年饱菜。夜半饮醉,无以解酒,辄撷菜煮之,味含土膏,气饱风露,虽粱肉不能及也。人生须底物而更贪耶? 乃作四句。

秋来霜露满东园,芦菔生儿芥有孙。我与何曾同一饱,不知

何苦食鸡豚。

和陶《岁暮作和张常侍》

十二月二十五日酒尽,取米欲酿,米亦竭。时吴远游、陆道士皆客于余,因读渊明《岁暮和张常侍》诗,亦以无酒为叹,乃用其韵赠二子。

我生有天禄,元膺流玉泉。何事陶彭泽,乏酒每形言。仙人与道士,自养岂在繁。但使荆棘除,不忧梨枣愆。我年六十一,颓景薄西山。岁暮似有得,稍觉散亡还。有如千丈松,常苦弱蔓缠。养我岁寒枝,会有解脱年。米尽初不知,但怪饥鼠迁。二子真我客,不醉亦陶然。

海上道人传以神守气诀

但向起时作,还于作处收。蛟龙莫放睡,雷雨直须休。要会无穷火,尝观不尽油。夜深人散后,惟有一灯留。

和陶《移居》二首

去岁三月自水东嘉祐寺迁居合江楼,迨今一年,多病鲜欢,颇怀水东之乐。得归善县后隙地数亩,父老云:“此古白鹤观也。”意欣然,欲居之,乃和此诗。

其一

昔我初来时,水东有幽宅。晨与鸦鹊朝,暮与牛羊夕。谁令迁近市,日有造请役。歌呼杂闾巷,鼓角鸣枕席。出门无所诣,乐事非宿昔。病瘦独弥年,束薪与谁析。

其二

洄潭转埼岸,我作江郊诗。今为一廛氓,此邦乃得之。葺为无邪斋,思我无所思。古观废已久,白鹤归何时。我岂丁令威,千岁复还兹。江山朝福地,古人不我欺。

白鹤峰新居欲成,夜过西邻翟秀才,二首

其一

林行婆家初闭户,翟夫子舍尚留关。连娟缺月黄昏后,缥缈新居紫翠间。系闷岂无罗带水,割愁还有剑铓山。自注:韩退之云:"水作青罗带,山如碧玉簪。"柳子厚云:"海上尖峰若剑铓,秋来处处割愁肠。"皆岭南诗也。中原北望无归日,邻火村春自往还。

其二

瓮间毕卓防偷酒,壁后匡衡不点灯。待凿平江百尺井,要分清暑一壶冰。佐卿恐是归来鹤,次律宁非过去僧。他日莫寻王粲宅,梦中来往本何曾。

和陶《时运》

丁丑二月十四日,白鹤峰新居成,自嘉祐寺迁入。咏渊明《时运》诗云:"斯晨斯夕,言息其庐。"以为余发也,乃次其韵。长子迈

与余别三年矣,挈携诸孙,万里远至,老朽忧患之余,不能无欣然。

我卜我居,居非一朝。龟不吾欺,食此江郊。废井已塞,乔木干霄。昔人伊何,谁其裔苗。

下有澄潭,可饮可濯。江山千里,供我遐瞩。木固无胫,瓦岂有足。陶匠自至,啸歌相乐。

我视此邦,如洙如沂。邦人劝我,老矣安归。自我幽独,倚门或挥。岂无亲友,云散莫追。

且朝丁丁,谁款我庐。子孙远至,笑语纷如。剪鬣垂鬓,覆此瓠壶。三年一梦,乃复见余。

和陶东方有一士

瓶居本近危,甑坠知不完。梦求亡楚弓,笑解适越冠。忽然返自照,识我本来颜。归路在脚底,殷懃失重关。屡从渊明游,云山出毫端。借君无弦琴,寓我非指弹。岂惟舞独鹤,便可摄飞鸾。还将岭茅瘴,一洗月阙寒。自注:此东方一士,正渊明也。不知从之游者谁乎? 若了得此一段,我即渊明,渊明即我也。绍圣三年二月二十一日,东坡居士饮醉食饱,默坐思无邪斋,兀然如睡。既觉,写和渊明诗一首,示儿子过。

次韵惠循二守相会

共惜相从一寸阴,酒杯虽浅意殊深。且同月下三人影,莫作天涯万里心。东里近开松菊径,南堂初绝斧斤音。知君善颂如张老,犹望携壶更一临。

又次韵二守许过新居

数亩蓬蒿古县阴,晓窗明快夜堂深。也知卜筑非真宅,聊欲
跏趺看此心。闻道携壶问奇字,更因登木助微音。相娱北户江千
顷,直下都无地可临。

又次韵二守同访新居

此生真欲老墙阴,却扫都忘岁月深。拔薤已观贤守政,折蔬
聊慰故人心。风流贺监常吴语,憔悴锺仪独楚音。治状两邦俱第
一,颍川归去肯重临。

循守临行出小鬟复用前韵

学语雏莺在柳阴,临行呼出翠帷深。通家不隔同年面,<small>自注：
二守同年家。</small>得路方知异日心。趁著春衫游上苑,要求国手教新
音。岭梅不用催归骑,截鐙须防旧所临。<small>自注：循守近为韶倅。</small>

和陶《答庞参军》六首

周循州彦质在郡二年,书问无虚日,罢归过惠,为余留半月。
既别,和此诗追送之。

其一

我见异人,且得异书。挟书从人,何适不娱。罗浮之趾,卜我

新居。子非玄德,三顾我庐。

其二

旨酒荔蕉,绝甘分珍。虽云晚接,数面自亲。海隅一笑,岂云无人。无酒酤我,或乞其邻。

其三

将行复止,眷言孜孜。苟有于中,倾倒出之。奕奕千言,粲焉陈诗。觞行笔落,了不容思。

其四

屮妙侍侧,两髦丫分。歌舞寿我,永为欢欣。曲终凄然,仰视浮云。此曲此声,何时复闻。

其五

击鼓其镗,船开橹鸣。顾我而言,雨泣载零。子卿白首,当还西京。辽东万里,亦归管宁。

其六

感子至意,托辞西风。吾生一尘,寓形空中。愿言谦亨,君子有终。功名在子,何异我躬。

种茶

松间旅生茶,已与松俱瘦。茨棘尚未容,蒙翳争交构。天公所遗弃,百岁仍稚幼。紫笋虽不长,孤根乃独寿。移栽白鹤岭,土软春雨后。弥旬得连阴,似许晚遂茂。能忘流转苦,戢戢出鸟咮。未任供春磨,且可资摘嗅。千团输大官,百饼炫私斗。何如此一啜,有味出吾圃。

白鹤山新居,凿井四十尺,遇磐石,石尽乃得泉

海国困蒸溽,新居利高寒。以彼陟降劳,易此寝处干。但苦江路峻,常惭汲腰酸。砉砉烦四夫,硗硗斫层峦。弥旬得寻丈,下有青石磐。终日但进火,何时见飞澜。丰我粢与醦,利汝椎与钻。山石有时尽,我意殊未阑。今朝僮仆喜,黄土复可抟。晨瓶得雪乳,暮瓮停冰湍。我生类如此,何适不艰难。一勺亦天赐,曲肱有余欢。

三月二十九日二首

其一

南岭过云开紫翠,北江飞雨送凄凉。酒醒梦回春尽日,闭门隐几坐烧香。

其二

门外橘花犹的皪,墙头荔子已斓斑。树暗草深人静处,卷帘敧枕卧看山。

诗集卷四十一 古今体诗四十三首

吾谪海南,子由雷州,被命即行,了不相知。至梧,乃闻尚在藤也。旦夕当追及,作此诗示之

九疑联绵属衡湘,苍梧独在天一方。孤城吹角烟树里,落月未落江苍茫。幽人拊枕坐叹息,我行忽至舜所藏。江边父老能说子,白须红颊如君长。莫嫌琼雷隔云海,圣恩尚许遥相望。平生学道真实意,岂与穷达俱存亡。天其以我为箕子,要使此意留要荒。他年谁作舆地志,海南万里真吾乡。

和陶《止酒》

丁丑岁予谪南海,子由亦贬雷州。五月十一日相遇于藤,同行至雷,六月十一日相别渡海。余时病痔呻吟,子由亦终夕不寐。因诵渊明诗劝余止酒,乃和原韵,因以赠别,庶几真止矣。

时来与物逝,路穷非我止。与子各意行,同落百蛮里。萧然两别驾,各携一稚子。子室有孟光,我室惟法喜。相逢山谷间,一月同卧起。茫茫海南北,粗亦足生理。劝我师渊明,力薄且为己。微疴坐杯酌,止酒则瘳矣。望道虽未济,隐约见津涘。从今东坡室,不立杜康祀。

行琼、儋间,肩舆坐睡,梦中得句,云:"千山动鳞甲,万谷酣笙钟。"觉而遇清风急雨,戏作此数句

四州环一岛,百洞蟠其中。我行西北隅,如度月半弓。登高望中原,但见积水空。此生当安归,四顾真途穷。眇观大瀛海,坐咏谈天翁。茫茫太仓中,一米谁雌雄。幽怀忽破散,咏啸来天风。千山动鳞甲,万谷酣笙钟。安知非群仙,钧天宴未终。喜我归有期,举酒属青童。急雨岂无意,催诗走群龙。梦云忽变色,笑电亦改容。应怪东坡老,颜衰语徒工。久矣此妙声,不闻蓬莱宫。

次前韵寄子由

我少即多难,邅回一生中。百年不易满,寸寸弯强弓。老矣复何言,荣辱今两空。泥洹尚一路,自注:古语云:十方薄伽梵,一路涅槃门。所向余皆穷。似闻崆峒西,仇池迎此翁。胡为适南海,复驾垂天雄。下视九万里,浩浩皆积风。回望古合州,属此琉璃钟。离别何足道,我生岂有终。渡海十年归,方镜照两童。还乡亦何有,暂解壶公龙。峨眉向我笑,锦水为君容。天人巧相胜,不独数子工。指点昔游处,蒿莱生故宫。

过海得子由书

经过废来久,有弟忽相求。门外三竿日,江关一叶秋。萧疏悲白发,漫浪散穷愁。世事江声外,吾生幸自休。

安期生

　　安期生，世知其为仙者也。然太史公曰：蒯通善齐人安期生，生尝以策干项羽，羽不能用，羽欲封此两人，两人终不肯受，亡去。予每读此，未尝不废书而叹。嗟乎，仙者非斯人而谁为之？故意战国之士如鲁连、虞卿皆得道者欤？

　　安期本策士，平日交蒯通。尝干重瞳子，不见隆准公。应如鲁仲连，抵掌吐长虹。难堪踞床洗，宁揖扛鼎雄。事既两大缪，飘然笑遗风。乃知经世士，出世或乘龙。岂比山泽臞，忍饥啖柏松。纵使偶不死，正堪为仆僮。茂陵秋风客，望祖犹蚁蜂。海上如瓜枣，可闻不可逢。

儋耳山

　　突兀隘空虚，他山总不如。君看道旁石，尽是补天余。

夜梦

　　七月十三日至儋州，十余日澹然无一事，学道未至，静极生愁，夜梦如此，不免以书自怡。

　　夜梦嬉游童子如，父师检责惊走书。计功当毕《春秋》余，今乃粗及桓庄初。怛然悸寤心不舒，起坐有如挂钩鱼。我生纷纷婴百缘，气固多习独此偏。弃书事君四十年，仕不顾留书绕缠。自视汝与丘孰贤，《易》韦三绝丘犹然，如我当以犀革编。

迁居之夕，闻邻舍儿诵书，欣然而作

幽居乱蛙黾，生理半人禽。跫然已可喜，况闻弦诵音。儿声自圆美，谁家两青衿。且欣集齐咻，未敢笑越吟。九龄起韶石，姜子家日南。吾道无南北，安知不生今。海阔尚挂斗，天高欲横参。荆棘短墙缺，灯火破屋深。引书与相和，置酒仍独斟。可以侑我醉，琅然如玉琴。

和陶《还旧居》

梦归惠州白鹤山居作。

痿人常念起，夫我岂忘归。不敢梦故山，恐兴坟墓悲。生世本暂寓，此身念念非。鹅城亦何有，偶拾鹤毳遗。穷鱼守故沼，聚沫犹相依。大儿当门户，时节供丁推。梦与邻翁言，悯默怜我衰。往来付造物，未用相招麾。

和陶《和刘柴桑》

万劫互起灭，百年一踟蹰。漂流四十年，今乃言卜居。且喜天壤间，一席亦吾庐。稍理兰桂丛，尽平狐兔墟。黄橼出旧枿，紫茗抽新畲。我本早衰人，不谓老更劬。邦君助畚锸，邻里通有无。竹屋从低深，山窗自明疏。一饱便终日，高眠忘百须。自笑四壁空，无妻老相如。

和陶《酬刘柴桑》

红薯与紫芋,远插墙四周。且放幽兰香,莫争霜菊秋。穷冬出瓮盎,磊落胜农畴。淇上白玉延,自注:淇上出山药,一名玉延。能复过此不? 一饱忘故山,不思马少游。

和陶《劝农》

海南多荒田,俗以贸香为业,所产粳稌不足于食,乃以薯芋杂米作粥糜以取饱。予既哀之,乃和渊明《劝农》诗,以告其有知者。

其一

咨尔汉黎,均是一民。鄙夷不训,夫岂其真。怨忿劫质,寻戈相因。欺谩莫诉,曲自我人。

其二

天祸尔土,不麦不稷。民无用物,珍怪是植。播厥熏木,腐余是穑。贪夫污吏,鹰挚狼食。

其三

岂无良田,朊朊平陆。兽踪交缔,鸟喙谐穆。惊麏朝射,猛豨夜逐。芋羹薯糜,以饱耆宿。

其四

听我苦言,其福永久。利尔锄耒,好尔邻偶。斩艾蓬藋,南东其苗。父兄撂梃,以扶游手。

其五

天不假易,亦不汝匮。春无遗勤,秋有厚冀。云举雨决,妇姑毕至。我良孝爱,袒跣何愧。

其六

逸谚戏侮,博奕顽鄙。投之生黎,俾勿冠履。霜降稻实,千箱一轨。大作尔社,一醉醇美。

和陶《九日闲居》

明日重九,雨甚,展转不能寐。起索酒,和渊明一篇。醉熟昏然,殆不能佳也。

九日独何日,欣然惬平生。四时靡不佳,乐此古所名。龙山忆孟子,栗里怀渊明。鲜鲜霜菊艳,溜溜糟床声。闲居知令节,乐事满余龄。登高望云海,醉觉三山倾。长歌振履商,起舞带索荣。坎坷识天意,淹留见人情。但愿饱粳稌,年年乐秋成。

闻子由瘦 自注:儋耳至难得肉食。

五日一见花猪肉,十日一见黄鸡粥。土人顿顿食薯芋,荐以薰鼠烧蝙蝠。旧闻蜜唧尝呕吐,稍近虾蟆缘习俗。十年京国厌肥羜,日日烝花压红玉。从来此腹负将军,自注:俗谚云:大将军食饱扪腹而叹曰:"我不负汝。"左右曰:"将军固不负此腹,此腹负将军,未尝出少智虑也。"

今者固宜安脱粟。人言天下无正味，蝍蛆未遽贤麋鹿。海康别驾
复何为，帽宽带落惊童仆。相看会作两臞仙，还乡定可骑黄鹄。

客俎经旬无肉，又子由劝不读书，萧然清坐，乃无一事

病怯腥咸不买鱼，尔来心腹一时虚。使君不复怜乌攫，属国
方将掘鼠余。老去独收人所弃，悠哉时到物之初。从今免被孙郎
笑，绛帕蒙头读道书。

去岁与子野游逍遥堂，日欲没，因并西山叩罗浮道院，至已三鼓矣，遂宿于西堂。今岁索居儋耳，子野复来相见，作诗赠之

往岁追欢地，寒窗梦不成。笑谈惊半夜，风雨暗长檠。鸡唱
山椒晓，钟鸣霜外声。只今那复见，仿佛似三生。

和陶《停云》

自立冬以来，风雨无虚日，海道断绝，不得子由书。乃和渊明
《停云》诗以寄。

其一

停云在空，黯其将雨。嗟我怀人，道修且阻。眷此区区，俯仰

再抚。良辰过鸟，逝不我伫。

其二

飓作海浑，天水溟濛。云屯九河，雪立三江。我不出门，寤寐北窗。念彼海康，神驰往从。

其三

凛然清癯，落其骄荣。馈奠化之，廓兮忘情。万里迟子，晨兴宵征。远虎在侧，以宁先生。

其四

对奕未终，摧然斧柯。再游兰亭，默数永和。梦幻去来，谁少谁多。弹指太息，浮云几何。

过子忽出新意，以山芋作玉糁羹，色香味皆奇绝。天上酥酡则不可知，人间决无此味也

香似龙涎仍酽白，味如牛乳更全清。莫将南海金虀脍，轻比东坡玉糁羹。

和陶《己酉岁九月九日》

十月初吉，菊始开，乃与客作重九，因次韵渊明《己酉岁九月九日》一首。胡广饮菊潭而寿，然《李固传赞》云：其视胡广犹粪

土也。

今日我重九,谁谓秋冬交。黄花与我期,草中实后凋。香余白露干,色映青松高。怅望南阳野,古潭霏庆霄。伯始真粪土,平生夏畦劳。饮此亦何益,内热中自焦。持我万家春,一酬五柳陶。夕英幸可掇,继此木兰朝。

宥老楮

我墙东北隅,张王维老谷。树先樗栎大,叶等桑柘沃。流膏马乳涨,堕子杨梅熟。胡为寻丈地,养此不材木。蹶之得舆薪,规以种松菊。静言求其用,略数得五六。肤为蔡侯纸,子入桐君录。黄缯练成素,黝面颊作玉。灌洒蒸生菌,腐余光吐烛。虽无傲霜节,幸免狂酲毒。孤根信微陋,生理有倚伏。投斧为赋诗,德怨聊相赎。

观棋

予素不解棋,尝独游庐山白鹤观,观中人皆阖户昼寝,独闻棋声于古松流水之间。意欣然喜之,自尔欲学,然终不解也。儿子过乃粗能者,儋守张中日从之戏,予亦隅坐竟日,不以为厌也。

五老峰前,白鹤遗址。长松荫庭,风日清美。我时独游,不逢一士。谁欤棋者,户外屦二。不闻人声,时闻落子。纹枰坐对,谁究此味。空钩意钓,岂在鲂鲤。小儿近道,剥啄信指。胜固欣然,败亦可喜。优哉游哉,聊复尔耳。

籴米

籴米买束薪,百物资之市。不缘耕樵得,饱食殊少味。再拜请邦君,愿受一廛地。知非笑昨梦,食力免内愧。春秧几时花,夏稗忽已穟。怅焉抚末耜,谁复识此意。

入寺

曳杖入寺门,辑杖挹世尊。我是玉堂仙,谪来海南村。多生宿业尽,一气中夜存。旦随老鸦起,饥食扶桑暾。光圆摩尼珠,照耀玻璃盆。来从佛印可,稍觉魔忙奔。闲看树转午,坐到钟鸣昏。敛收平生心,耿耿聊自温。

次韵子由三首

东亭

仙山佛国本同归,世路玄关两背驰。到处不妨闲卜筑,流年自可数期颐。遥知小槛临廛市,定有新松长棘茨。谁道茅檐劣容膝,海天风雨看纷披。

东楼

白发苍颜自照盆,董生端合是前身。独栖高阁多词客,为著新书未绝麟。小醉易醒风力软,安眠无梦雨声新。长歌自调真堪笑,底处人间是所欣。自注:柳子厚诗云:"高歌返故室,自调非所欣。"

椰子冠

天教日饮欲全丝，美酒生林不待仪。自漉疏巾邀醉客，更将空壳付冠师。自注：《前汉·高祖纪》注云：薛有作冠师。规模简古人争看，簪导轻安发不知。更著短檐高屋帽，东坡何事不违时。

次韵子由月季花再生

幽芳本长春，暂瘁如蚀月。且当付造物，未易料枯荑。也知宿根深，便作紫笋苗。乘时出婉娩，为我暖栗冽。先生早贵重，庙论推英拔。而今城东瓜，不记《召南》苬。陋居有远寄，小圃无阔蹑。还为久处计，坐待行年匝。自注：子由明年六十。腊果缀梅枝，春杯浮竹叶。谁言一萌动，已觉万木活。聊将玉蕊新，自注：世谓此玫瑰花也。插向纶巾折。

次韵子由浴罢

理发千梳净，风晞胜汤沐。闭息万窍通，雾散名干浴。颓然语默丧，静见天地复。时令具薪水，漫欲濯腰腹。陶匠不可求，盆斛何由足。自注：海南无浴器，故常干浴而已。老鸡卧粪土，振羽双瞑目。倦马骤风沙，奋鬣一喷玉。垢净各殊性，快惬聊自沃。云母透蜀纱，琉璃莹蕲竹。稍能梦中觉，渐使生处熟。《楞严》在床头，妙偈时仰读。返流归照性，独立遗所瞩。未知仰山禅，已就季主卜。安心会自得，助长母相督。

借前韵贺子由生第四孙斗老

今日散幽忧,弹冠及新沐。况闻万里孙,已报三日浴。朋来四男子,大壮泰临复。开书喜见面,未饮春生腹。无官一身轻,有子万事足。举家传吉梦,殊相惊凡目。烂烂开眼电,硙硙崊头玉。自注:李贺诗云:"头玉硙硙眉刷翠,杜郎生得真男子。"但令强筋骨,可以耕衍沃。不须富文章,端解耗楮竹。君归定何日,我计久已熟。长留五车书,要使九子读。自注:吾与子由共九孙男矣。箪瓢有内乐,轩冕无流瞩。人言适似我,穷达已可卜。蚤谋二顷田,莫待八州督。自注:吾前后典八州。

独觉

瘴雾三年恬不怪,反畏北风生体疹。朝来缩颈似寒鸦,焰火生薪聊一快。红波翻屋春风起,先生默坐春风里。浮空眼缬散云霞,无数心花发桃李。翛然独觉午窗明,欲觉犹闻醉鼾声。回首向来萧瑟处,也无风雨也无晴。

十二月十七日夜坐达晓寄子由

灯烬不挑垂暗蕊,炉灰重拨尚余薰。清风欲发鸦翻树,缺月初升犬吠云。闭眼此心新活计,随身孤影旧知闻。雷州别驾应危坐,跨海清光与子分。

谪居三适

旦起理发

安眠海自运,浩浩朝黄宫。日出露未晞,郁郁濛霜松。老栉从我久,齿疏含清风。一洗耳目明,习习万窍通。少年苦嗜睡,朝谒常匆匆。爬搔未云足,已困冠巾重。何异服辕马,沙尘满风鬣。雕鞍响珂月,实与杻械同。解放不可期,枯柳岂易逢。谁能书此乐,献与腰金公。

午窗坐睡

蒲团蟠两膝,竹几阁双肘。此间道路熟,径到无何有。身心两不见,息息安且久。睡蛇本亦无,何用钩与手。神凝疑夜禅,体适剧卯酒。我生有定数,禄尽空余寿。枯杨不飞花,膏泽回衰朽。谓我此为觉,物至了不受。谓我今方梦,此心初不垢。非梦亦非觉,请问希夷叟。

夜卧濯足

长安大雪年,束薪抱衾裯。云安市无井,斗水宽百忧。今我逃空谷,孤城啸鸺鹠。得米如得珠,食菜不敢留。况有松风声,釜鬲鸣飕飕。瓦盎深及膝,时复冷暖投。明灯一爪剪,快若鹰辞韝。天低瘴云重,地薄海气浮。土无重膇药,独以薪水瘳。谁能更包裹,冠履装沐猴。

诗集卷四十二 古今体诗五十一首

和陶《游斜川》

正月五日,与儿子过出游作。

谪居澹无事,何异老且休。虽过靖节年,未失斜川游。春江
渌未波,人卧船自流。我本无所适,泛泛随鸣鸥。中流遇洑洄,舍
舟步层丘。有口可与饮,何必逢我俦。过子诗似翁,我唱而辄酬。
未知陶彭泽,颇有此乐不。问点尔何如,不与圣同忧。问翁何所
笑,不为由与求。

子由生日

上天不难知,好恶与我一。方其未定间,人力破阴骘。小忍
待其定,报应真可必。季氏生而仁,观过见其实。端如柳下惠,焉
往不三黜。天有时而定,寿考未易毕。儿孙七男子,自注:子由三子
四孙。次第皆逢吉。遥知设罗门,独掩县罄室。回思十年事,无愧
箧中笔。但愿白发兄,年年作生日。

以黄子木拄杖为子由生日之寿

灵寿扶孔光,菊潭饮伯始。虽云闲草木,岂乐蒙此耻。一时

偶收用,千载相瘢疳。海南无嘉植,野果名黄子。坚瘦多节目,天材任操倚。嗟我始剪裁,世用或缘此。贵从老夫手,往配先生几。相从归故山,不愧仙人杞。自注:《本草》:枸杞一名仙人杖。

上元夜过赴儋守召独坐有感 自注:戊寅岁。

使君置酒莫相违,守舍何妨独掩扉。静看月窗盘蜥蜴,卧闻风幔落伊威。灯花结尽吾犹梦,香篆消时汝欲归。搔首凄凉十年事,传柑归遗满朝衣。

过于海舶得迈寄书酒,作诗,远和之,皆粲然可观。子由有诗相庆也,因用其韵赋一篇,并寄诸子侄

我似老牛鞭不动,雨滑泥深四蹄重。汝如黄犊走却来,海阔山高百程送。庶几门户有八慈,不恨居邻无二仲。他年汝曹笏满床,中夜起舞踏破瓮。会当洗眼看腾跃,莫指痴腹笑空洞。誉儿虽是两翁癖,积德已自三世种。岂惟万一许生还,尚恐九十烦珍从。六子晨耕箄瓢出,众妇夜绩灯火共。《春秋》《古史》乃家法,诗笔《离骚》亦时用。但令文字还照世,粪土腐余安足梦。

和陶《郭主簿》

清明日闻过诵书,声节闲美,感念少时,怅焉追怀先君宫师之遗意,且念淮、德二幼孙,无以自遣,乃和渊明二篇,随意所寓,无复

伦次也。

其一

今日复何日,高槐布初阴。良辰非虚名,清和盈我襟。孺子卷书坐,诵诗如鼓琴。却去四十年,玉颜如汝今。闭户未尝出,出为邻里钦。家世事酌古,百史手自斟。当年二老人,喜我作此音。淮德入我梦,角羁未胜簪。孺子笑问我,君何念之深。

其二

雀毂含淳音,竹萌抱静节。自注:此两句,先君少时诗,失其全首。诵我先君诗,肝肺为澄澈。犹如鸣鹤和,未作获麟绝。愿因骑鲸李,追此御风列。丈夫贵出世,功名岂人杰。家书三万卷,独取服食诀。地行即空飞,何必挟日月。

海南人不作寒食,而以上巳上冢。予携一瓢酒寻诸生,皆出矣,独老符秀才在,因与饮至醉。符,盖儋人之安贫守静者也

老鸦衔肉纸飞灰,万里家山安在哉。苍耳林中太白过,鹿门山下德公回。管宁投老终归去,王式当年本不来。记取城南上巳日,木绵花落剌桐开。

往年宿瓜步,梦中得小绝,录示谢民师

吴塞兼葭空碧海,隋宫杨柳只金堤。春风自恨无情水,吹得

东流竟日西。

五色雀

　　海南有五色雀，常以两绛者为长，进止必随焉，俗谓之凤凰云。久旱而见辄雨，潦则反是。吾卜居儋耳城南，尝一至庭下，今日又见之进士黎子云及其弟威家。既去，吾举酒祝曰："若为吾来者，当再集也。"已而果然，乃为赋诗。

　　粲粲五色羽，炎方凤之徒。青黄缟玄服，翼卫两绂朱。仁心知闵农，常告雨霁符。我穷惟四壁，破屋无瞻乌。惠然此粲者，来集竹与梧。锵鸣如玉佩，意欲相嬉娱。寂寞两黎生，食菜真臞儒。小圃散春物，野桃陈雪肤。举杯得一笑，见此红鸾雏。高情如飞仙，未易握粟呼。胡为去复来，眷眷岂属吾。回翔天壤间，何必怀此都。

和陶《乞食》

　　庄周昔贷粟，犹欲舂脱之。鲁公亦乞米，炊煮尚不辞。渊明端乞食，亦不避嗟来。呜呼天下士，死生寄一杯。斗水何所直，远汲苦姜诗。幸有余薪米，养此老不才。至味久不坏，可为子孙贻。

和陶《和胡西曹示顾贼曹》韵

　　长春如稚女，飘飘倚轻飔。卯酒晕玉颊，红绡卷生衣。低颜香自敛，含睇意颇微。宁当娣黄菊，未肯如戎葵。谁言此弱质，阅世观盛衰。颓然疑薄怒，沃盥未可挥。瘴雨吹蛮风，凋零岂容迟。老人不解饮，短句余清悲。

和陶《乙巳岁三月为建威参军使都经钱溪》

游城北谢氏废园作。

乔木卷苍藤，浩浩崩云积。谢家堂前燕，对语悲宿昔。仰看桄榔树，玄鹤舞长翮。新年结荔子，主人黄壤隔。溪阴宜馆我，稍省薪水役。相如卖车骑，五亩亦可易。但恐鹏鸟来，此生还荡析。谁能插篱槿，护此残竹柏。

和陶《拟古》九首

其一

有客叩我门，系我门前柳。庭空鸟雀散，门闭客立久。主人枕书卧，梦我平生友。忽闻剥啄声，惊散一杯酒。倒裳起谢客，梦觉两愧负。坐谈杂今古，不答颜愈厚。问我何处来，我来无何有。

其二

酒尽君可起，我歌已三终。由来竹林人，不数涛与戎。有酒从孟公，慎勿从扬雄。崎岖颂沙麓，尘埃污西风。昔我未尝达，今者亦安穷。穷达不到处，我在阿堵中。

其三

客去室幽幽，鹏鸟来坐隅。引吭伸两翅，太息意不舒。吾生如寄耳，何者为吾庐。去此复何之，少安与汝居。夜中闻长啸，月露荒榛芜。无问亦无答，吉凶两何如。

其四

少年好远游，荡志隘八荒。九夷为藩篱，四海环我堂。卢生与若士，何足期渺茫。稍喜海南州，自古无战场。奇峰望黎母，何异嵩与邙。飞泉泻万仞，舞鹤双低昂。分流未入海，膏泽弥此方。芋魁傥可饱，无肉亦奚伤。

其五

冯冼古烈妇，翁媪国于兹。策勋梁武后，开府隋文时。三世更险易，一心无磷缁。锦伞平积乱，犀渠破余疑。庙貌空复存，碑版漫无辞。我欲作铭志，慰此父老思。遗民不可问，偻句莫予欺。爆牲菌鸡卜，我当一访之。铜鼓壶卢笙，歌此送迎诗。

其六

沉香作庭燎，甲煎粉相和。岂若炷微火，萦烟袅清歌。贪人无饥饱，胡椒亦求多。朱刘两狂子，陨坠如风花。本欲渴泽渔，奈此明年何。自注：朱初平、刘谊欲冠带黎人，以取水沉耳。

其七

鸡窠养鹤发，及与唐人游。来孙亦垂白，颇识李崖州。再逢卢与丁，阅世真东流。斯人今在亡，未遽掩一邙。我师吴季子，守节到晚周。一见春秋末，渺焉不可求。

其八

城南有荒池，琐细谁复采。幽姿小芙蕖，香色独未改。欲为中州信，浩荡绝云海。遥知玉井莲，落蕊不相待。攀跻及少壮，已失那容悔。

其九

黎山有幽子，形槁神独完。负薪入城市，笑我儒衣冠。生不闻诗书，岂知有孔颜。翛然独往来，荣辱未易关。日暮鸟兽散，家在孤云端。问答了不通，叹息指屡弹。似言君贵人，草莽栖龙鸾。遗我古贝布，海风今岁寒。

和陶《癸卯岁始春怀古田舍》二首

儋人黎子云兄弟居城东南，躬农圃之劳，偶与军使张中同访之。居临大池，水木幽茂，坐客欲为醵钱作屋，予亦欣然同之。名其屋曰载酒堂，用渊明《始春怀古田舍》韵作二首。

其一

退居有成言，垂老竟未践。何曾渊明归，屡作敬通免。休闲等一味，妄想生愧赧。自注：渊明本用"缅"字，今聊取其同音字。聊将自知明，稍积在家善。城东两黎子，室迩人自远。呼我钓其池，人鱼两忘反。使君亦命驾，恨子林塘浅。

其二

茅茨破不补，嗟子乃尔贫。菜肥人愈瘦，灶闲井常勤。我欲致薄少，解衣劝坐人。临池作虚堂，雨急瓦声新。客来有美载，果熟多幽欣。丹荔破玉肤，黄柑溢芳津。借我三亩地，结茅为子邻。鴂舌侥可学，化为黎母民。

和陶《辛丑七月赴假还江陵夜行涂中》作口号

郊行步月作。

缺月不早出，长林踏青冥。犬吠主人怒，愧此闾里情。怪我夜不归，茜袂窥柴荆。云间与地上，待我两友生。惊鹊再三起，树端已微明。白露净原野，始觉丘陵平。暗蚕方夜绩，孤萤亦宵征。归来闭户坐，寸田且默耕。莫赴花月期，免为诗酒萦。诗人如布谷，聒聒常自名。

和陶《庚戌岁九月中于西田获早稻》

蓬头三獠奴，谁谓愿且端。晨兴洒扫罢，饱食不自安。愿治此圃畦，少资主游观。昼功不自觉，夜气乃潜还。早韭欲争春，晚菘先破寒。人间无正味，美好出艰难。畬知农圃乐，岂有非意干。尚恨不持锄，未免骍我颜。此心苟未降，何适不间关。休去复歇去，菜食何所叹。

和陶《丙辰岁八月中于下潠田舍获》

聚粪西垣下，凿泉东垣隈。劳辱何时休，宴安不可怀。天公岂相喜，雨霁与意谐。黄菘养土膏，老楮生树鸡。未忍便烹煮，绕观日百回。跨海得远信,冰盘鸣玉哀。茵陈点脍缕,照坐如花开。一与蜑叟醉,苍颜两摧颓。齿根日浮动,自与粱肉乖。食菜岂不足,呼儿拆鸡栖。

答海上翁

山翁不复见新诗,疑是河南石壁曦。海水岂容鲸饮尽,然犀何处觅琼枝。

贫家净扫地

贫家净扫地,贫女好梳头。下士晚闻道,聊以拙自修。叩门有佳客,一饭相邀留。春炊勿草草,此客未易偷。慎勿用劳薪,感我和薰莸。德人抱衡石,铢黍安可度。

新居

朝阳入北林,竹树散疏影。短篱寻丈间,寄我无穷境。旧居无一席,逐客犹遭屏。结茅得兹地,翳翳村巷永。数朝风雨凉,畦菊发新颖。俯仰可卒岁,何必谋二顷。

和陶《与殷晋安别》

送昌化军使张中。

孤生知永弃,末路嗟长勤。久安儋耳陋,日与雕题亲。海国此奇士,官居我东邻。卯酒无虚日,夜棋有达晨。小瓮多自酿,一瓢时见分。仍将对床梦,伴我五更春。暂聚水上萍,忽散风中云。恐无再见日,笑谈来生因。空吟清诗送,不救归装贫。

和陶《王抚军座送客》

再送张中。

胸中有佳处,海瘴不能腓。三年无所愧,十口今同归。汝去莫相怜,我生本无依。相从大块中,几合几分违。莫作往来相,而生爱见悲。悠悠含山日,炯炯留清辉。悬知冬夜长,恨不晨光迟。梦中与汝别,作诗记忘遗。

和陶《答庞参军》

三送张中。

留灯坐达晓,要与影晤言。下帷对古人,何暇复窥园。使君本学武,少诵十三篇。颇能口击贼,戈戟亦森然。才智谁不如,功名叹无缘。独来向我说,愤懑当奚宣。一见胜百闻,往鏖皋兰山。白衣挟三矢,趁此征辽年。

次韵子由赠吴子野先生二绝句

其一

马迹车轮满四方,若为闭著小茅堂。安心欲捉左元放,痴疾还同顾长康。

其二

江令苍苔围故宅,谢家语燕集华堂。先生笑说江南事,只有青山绕建康。

被酒独行,遍至子云、威、徽、先觉四黎之舍,三首

其一

半醒半醉问诸黎,竹刺藤梢步步迷。但寻牛矢觅归路,家在牛栏西复西。

其二

总角黎家三四童,口吹葱叶送迎翁。莫作天涯万里意,溪边自有舞雩风。

其三

符老风情奈老何,朱颜减尽鬓丝多。投梭每困东邻女,换扇惟逢春梦婆。自注:是日复见符林秀才,言换扇之事。

过黎君郊居

半园荒草没佳蔬,煮得占禾半是薯。万事思量都是错,不如还叩仲尼居。

和陶《示周续之祖企谢景夷三郎》

游城东学舍作。

闻有古学舍，窃怀渊明欣。摄衣造两塾，窥户无一人。邦风方杞夷，庙貌犹殷因。先生馔已缺，弟子散莫臻。忍饥坐谈道，嗟我亦晚闻。永言百世祀，未补平生勤。今此复何国，岂与陈蔡邻。永愧虞仲翔，弦歌沧海滨。

和陶《连雨独饮》

吾谪海南，尽卖酒器，以供衣食。独有一荷叶杯，工制美妙，留以自娱。乃和渊明《连雨独饮》二首。

其一

平生我与尔，举意辄相然。岂止磁石针，虽合犹有间。此外一子由，出处同偏仙。晚景最可惜，分飞海南天。纠缠不吾欺，宁此忧患先。顾引一杯酒，谁谓无往还。寄语海北人，今日为何年。醉里有独觉，梦中无杂言。

其二

阿堵不解醉，谁欶此颓然。误入无功乡，掉臂嵇阮间。饮中八仙人，与我俱得仙。渊明岂知道，醉语忽谈天。偶见此物真，遂超天地先。醉醒可还酒，此觉无所还。清风洗徂暑，连雨催丰年。床头伯雅君，此子可与言。

和陶《赠羊长史》

得郑嘉会靖老书,欲于海舶载书千余卷见借。因读渊明《赠羊长史》诗云:"愚生三季后,慨然念黄虞。得知千载事,上赖古人书。"次其韵以谢郑君。

我非皇甫谧,门人如挚虞。不持两鸱酒,肯借一车书。欲令海外士,观经似鸿都。结发事文史,俯仰六十逾。老马不耐放,长鸣思服舆。故知根尘在,未免病药俱。念君千里足,历块犹踟蹰。好学真伯业,比肩可相如。此书久已熟,救我今荒芜。顾惭桑榆迫,久厌诗书娱。奏赋病未能,草《玄》老更疏。犹当距杨墨,稍欲惩荆舒。

和陶《五月旦日作和戴主簿》

海南无冬夏,安知岁将穷。时时小摇落,荣悴俯仰中。上天信包荒,佳植无由丰。锄耰代肃杀,有泽非霜风。手栽兰与菊,侑我清宴终。撷芳眼已明,饮酒腹尚冲。草去土自隤,井深墙愈隆。勿笑一亩园,蚁垤齐衡嵩。

和陶《怨诗楚调示庞主簿邓治中》

当欢有余乐,在戚亦颓然。渊明得此理,安处故有年。嗟我与先生,所赋良奇偏。人间少宜适,惟有归耘田。我昔堕轩冕,毫厘真市廛。困来卧重裀,忧愧自不眠。如今破茅屋,一夕或三迁。风雨睡不知,黄叶满枕前。宁当出怨句,惨惨如孤烟。但恨不早悟,犹推渊明贤。

倦夜

倦枕厌长夜,小窗终未明。孤村一犬吠,残月几人行。衰鬓久已白,旅怀空自清。荒园有络纬,虚织竟何成。

用过韵冬至与诸生饮酒

小酒生黎法,干糟瓦盎中。芳辛知有毒,滴沥取无穷。冻醅寒初泫,春醅暖更襛。华夷两尊合,醉笑一欢同。里闾峨山北,田园震泽东。归期那敢说,安讯不曾通。鹤鬓惊全白,犀围尚半红。愁颜解符老,寿耳斗吴翁。得谷鹅初饱,亡猫鼠益丰。黄姜收土芋,苍耳斫霜丛。儿瘦缘储药,奴肥为种菘。频频非窃食,数数尚乘风。河伯方夸若,灵娲自舞冯。归途陷泥淖,炬火燎茅蓬。膝上王文度,家传张长公。和诗仍醉墨,戏海乱群鸿。

纵笔三首

其一

寂寂东坡一病翁,白须萧散满霜风。小儿误喜朱颜在,一笑那知是酒红。

其二

父老争看乌角巾,应缘曾现宰官身。溪边古路三叉口,独立斜阳数过人。

其三

北船不到米如珠,醉饱萧条半月无。明日东家当祭灶,只鸡斗酒定膰吾。

夜烧松明火

岁暮风雨交,客舍凄薄寒。夜烧松明火,照室红龙鸾。快焰初煌煌,碧烟稍团团。幽人忽富贵,蕙帐芳椒兰。珠煤缀屋角,香涴流铜槃。 自注:香涴,松沥也,出《本草》注。坐看十八公,俯仰灰烬残。齐奴朝爨蜡,莱公夜长叹。海康无此物,烛尽更未阑。

诗集卷四十三 古今体诗五十二首

庚辰岁人日作,时闻黄河已复北流,老臣旧数论此,今斯言乃验,二首

其一

老去仍栖隔海村,梦中时见作诗孙。天涯已惯逢人日,归路犹欣过鬼门。三策已应思贾让,孤忠终未赦虞翻。典衣剩买河源米,屈指薪刍作上元。

其二

不用长愁挂月村,槟榔生子竹生孙。自注:海南勒竹,每节生枝,如竹竿大,盖竹孙也。新巢语燕还窥研,旧雨来人不到门。春水芦根看鹤立,夕阳枫树见鸦翻。此生念念随泡影,莫认家山作本元。

庚辰岁正月十二日,天门冬酒熟,予自漉之,且漉且尝,遂以大醉,二首

其一

自拨床头一瓮云,幽人先已醉浓芬。天门冬熟新年喜,曲米春香并舍闻。自注:杜子美诗云:"闻道云安曲米春。"盖酒名也。菜圃渐疏花漠漠,竹扉斜掩雨纷纷。拥裘睡觉知何处,吹面东风散缬纹。

其二

载酒无人过子云，年年家酝有奇芬。醉乡杳杳谁同梦，睡息齁齁得自闻。口业向诗犹小小，眼花因酒尚纷纷。点灯更试淮南语，泛溢东风有縠纹。 自注：《淮南子》云：东风至而酒泛溢。许慎注云：酒泛，清酒也。

追和戊寅岁上元

宾鸿社燕巧相违，白鹤峰头白板扉。石建方欣洗腧厕，姜庞不解叹螭蛾。一瓵京口嗟春梦，万炬钱塘忆夜归。合浦卖珠无复有，当年笑我泣牛衣。

和陶《杂诗》十一首

其一

斜日照孤隙，始知空有尘。微风动众窍，谁信我忘身。一笑问儿子，与汝定何亲。从我来海南，幽绝无四邻。耿耿如缺月，独与长庚晨。此道固应尔，不当怨尤人。

其二

故山不可到，飞梦隔五岭。真游有《黄庭》，闭目寓两景。室空无可照，火灭膏自冷。披衣起视夜，海阔河汉永。西窗半明月，散乱梧楸影。良辰不可系，逝水无留骋。我苗期后枯，持此一念静。

其三

真人有妙观，俗子多妄量。区区劝粒食，此岂知子房。我非徒跣相，终老怀未央。兔死缚淮阴，狗功指平阳。哀我亦可羞，世路皆羊肠。

其四

相如偶一官，嗤鄙蜀父老。不记犊鼻时，涤器混佣保。著书曾几何，渴肺灰土燥。琴台有遗魄，笑我归不早。作书遗故人，皎皎我怀抱。余生幸无愧，可与君平道。

其五

孟德黜老狐，奸言嗾鸿豫。哀哉丧乱世，枭鸾各腾骞。逝者知几人，文举独不去。天方斫汉室，岂计一郗虑。昆虫正相啮，乃比蔺相如。我知公所坐，大名难久住。细德方险微，岂有容公处。既往不可悔，庶为来者惧。

其六

博大古真人，老聃关尹喜。独立万物表，长生乃余事。稚川差可近，倘有接物意。我顷登罗浮，物色恐相值。徘徊朱明洞，沙水自清驶。满把菖蒲根，叹息复弃置。

其七

蓝乔近得道，常苦世褊迫。西游王屋山，不践长安陌。尔来宁复见，鸟道度太白。昔与吴远游，同藏一瓢窄。潮阳隔云海，岁晚倘见客。伐薪供养火，看作栖凤宅。

其八

南荣晚闻道，未肯化庚桑。陶顽铸强犷，枉费尘与糠。越子古成之，韩生教休粮。《参同》得灵钥，九锁启伯阳。鹅城见诸孙，贫苦我为伤。空余焦先室，不传元化方。遗像似李白，一奠临江舫。

其九

余龄难把玩，妙解寄笔端。常恐抱永叹，不及丘明迁。亲友复劝我，放心饯华颠。虚名非我有，至味知谁餐。思我无所思，安能观诸缘。已矣复何叹，旧说《易》两篇。

其十

申韩本自圣，陋古不复稽。巨君纵独欲，借经作岩崖。遂令青衿子，珠璧人人怀。凿齿井蛙耳，信谓天可弥。大道久分裂，破碎日愈离。我如终不言，谁悟角与羁。吾琴岂得已，昭氏有成亏。

其十一

我昔登朐山，出日观沧凉。欲济东海县，恨无石桥梁。今兹黎母国，何异于公卿。蚝浦既黏山，暑退亦飞霜。所欣非自惆，不怨道里长。

和陶《始作镇军参军经曲阿》

虞人非其招，欲往畏简书。穆生责醴酒，先见我不如。江左古弱国，强臣擅天衢。渊明堕诗酒，遂与功名疏。我生值良时，朱金义当纤。天命适如此，幸收废弃余。独有愧此翁，大名难久居。不思牺牛龟，兼取熊掌鱼。北郊有大赉，南冠解囚拘。眷言罗浮下，白鹤返故庐。

和陶《桃花源》

世传桃源事，多过其实。考渊明所记，止言先世避秦乱来此，则渔人所见，似是其子孙，非秦人不死者也。又云杀鸡作食，岂有仙而杀者乎？旧说南阳有菊花，水甘而芳，民居三十余家，饮其水皆寿，或至百二三十岁。蜀青城山老人村有见五世孙者，道极险远，生不识盐醯，而溪中多枸杞根，如龙蛇，饮其水故寿。近岁道稍通，渐能致五味，而寿亦益衰。桃源盖此比也欤？使武陵太守得而至焉，则已化为争夺之场久矣。尝意天壤间若此者甚众，不独桃源。予在颍州，梦至一官府，人物与俗间无异，而山川清远，有足乐者。顾视堂上，榜曰仇池。觉而念之，仇池，武都氐故地，杨难当所保，余何为居之？明日以问客，客有赵令畤德麟者曰："公何问此，此乃福地，小有洞天之附庸也。杜子美盖云：'万古仇池穴，潜通小有天。'"他日工部侍郎王钦臣仲至谓余曰："吾尝奉使过仇池，有九十九泉，万山环之，可以避世，如桃源也。"

凡圣无异居，清浊共此世。心闲偶自见，念起忽已逝。欲知真一处，要使六用废。桃源信不远，杖藜可小憩。躬耕任地力，绝学抱天艺。臂鸡有时鸣，尻驾无可税。苓龟亦晨吸，枸杞或夜吠。耘樵得甘芳，龁啮谢炮制。子骥虽形隔，渊明已心诣。高山不难越，浅水何足厉。不如我仇池，高举复几岁。从来一生死，近又等痴慧。蒲涧安期境，自注：在广州。罗浮稚川界。梦往从之游，神交发吾蔽。桃花满庭下,流水在户外。却笑逃秦人,有畏非真契。

和陶《归去来兮辞》

子瞻谪居昌化,追和渊明《归去来辞》,盖以无何有之乡为家,虽在海外,未尝不归云尔。

归去来兮,吾方南迁安得归!卧江海之颓洞,吊角鼓之凄悲。迹泥蟠而愈深,时电往而莫追。怀西南之归路,梦良是而觉非。悟此生之何常,犹寒暑之异衣。岂袭裘而念葛,盖得粗而丧微。我归甚易,匪驰匪奔。俯仰还家,下车阖门。藩垣虽缺,堂室故存。把吾天醴,注之洼尊。饮月露以洗心,飧朝霞而眩颜。混客主而为一,俾妇姑之相安。知盗窃之何有,乃掊门而折关。廓圜镜以外照,纳万象而中观。治废井以晨汲,瀹百泉之夜还。守静极以自作,时爵跃而鲵桓。归去来兮,请终老于斯游。我先人之敝庐,复舍此而焉求？均海南与汉北,挈往来而无忧。畸人告予以一言,非八卦与九畴。方饥须粮,已济无舟。忽人牛之皆丧,但乔木与高丘。警六用之无成,自一根之返流。望故家而求息,曷中道之三休。已矣乎,吾生有命归有时,我初无行亦无留。驾言随子听所之,岂以师南华而废从安期。谓汤稼之终枯,遂不溉而不耔。师渊明之雅放,和百篇之新诗。赋归来之清引,我其后身盖无疑。

归去来集字十首　并引

予喜读渊明《归去来辞》,因集其字为十诗,令儿曹诵之,号《归去来集字》云。

其一

命驾欲何向,欣欣春木荣。世人无往复,乡老有将迎。云内流泉远,风前飞鸟轻。相携就衡宇,酌酒话交情。

其二

涉世恨形役,告休成老夫。良欣就归路,不复向迷途。去去径犹菊,行行田欲芜。情亲有还往,清酒引尊壶。

其三

与世不相入,滕琴聊自欢。风光归笑傲,云物寄游观。言话审无倦,心怀良独安。东皋清有趣,植杖日盘桓。

其四

世事非吾事,驾言归路寻。向时迷有命,今日悟无心。庭内菊归酒,窗前风入琴。寓形知已老,犹未倦登临。

其五

云岫不知远,巾车行复前。仆夫寻老木,童子引清泉。矫首独傲世,委心还乐天。农夫告春事,扶老向良田。

其六

富贵良非愿,乡关归去休。携琴已寻壑,载酒复经丘。翳翳景将入,涓涓泉欲流。老农人不乐,我独与之游。

其七

觞酒命童仆,言归无复留。轻车寻绝壑,孤棹入清流。乘化欲安命,息交还绝游。琴书乐三径,老矣亦何求。

其八

归去复归去,帝乡安可期。鸟还知已倦,云出欲何之。入室还携幼,临流亦赋诗。春风吹独立,不是傲亲知。

其九

役役倦人事,来归车载奔。征夫问前路,稚子候衡门。入息亦诗策,出游常酒尊。交亲书已绝,云壑自相存。

其十

寄傲疑今是,求荣感昨非。聊欣尊有酒,不恨室无衣。丘壑世情远,田园生事微。柯庭还独晒,时有鸟归飞。

题过所画枯木竹石三首

其一

老可能为竹写真,小坡今与石传神。山僧自觉菩提长,心境都将付卧轮。

其二

散木支离得自全,交柯蚴蟉欲相缠。不须更说能鸣雁,要以空中得尽年。

其三

倦看涩勒暗蛮村，乱棘孤藤束瘴根。惟有长身六君子，猗猗犹得似淇园。

真一酒歌

布算以步五星，不如仰观之捷；吹律以求中声，不如耳齐之审。铅汞以为药，策易以候火，不如天造之真也。是故神宅空乐出虚蹢躅者以气升，孰能推是类以求天造之药乎？于此有物，其名曰真一。远游先生方治此道，不饮不食，而饮此酒，食此药，居此堂。予亦窃其一二，故作真一之歌，其词曰：

室中细茎插天芒，不生沮泽生陵冈。涉阅四气更六阳，森然不受蜈与蝗。飞龙御月作秋凉，苍波改色屯云黄。天旋雷动玉尘香，起溲十裂照坐光。跚跌牛嚘安且详，动摇天关出琼浆。壬公飞空丁女藏，三伏遇井了不尝。酿与真一和而庄，三杯俨如侍君王。湛然寂照非楚狂，终身不入无功乡。

汲江煎茶

活水还须活火烹，自临钓石取深清。大瓢贮月归春瓮，小杓分江入夜瓶。雪乳已翻煎处脚，松风忽作泻时声。枯肠未易禁三碗，坐听荒城长短更。

赠李兕彦威秀才

魏王大瓢实五石，种成濩落将安适。可怜公子持十牛，海上三年竟何得。先生少负不羁才，从军数到单于台。天山直欲三箭取，白衣将军何人哉。夜逢怪石曾饮羽，戏中戟枝何足数。誓将马革裹尸还，肯学班超苦儿女。封侯卫霍知几许，老矣先生困羁旅。酒酣聊复说平生，结袜犹堪一再鼓。弃书捐剑学万人，纨裤儒冠皆误身。穷途政似不龟手，与世羞为西子颦。如今唯有谈天口，云梦胸中吞八九。世间万事寄黄粱，且与先生说乌有。

戏赠孙公素

披扇当年笑温峤，握刀晚岁战刘郎。不须戚戚如冯衍，便与时时说李阳。

儋耳

霹雳收威暮雨开，独凭阑槛倚崔嵬。垂天雌霓云端下，快意雄风海上来。野老已歌丰岁语，除书欲放逐臣回。残年饱饭东坡老，一壑能专万事灰。

余来儋耳，得吠狗，曰乌觜，甚猛而驯。随予迁合浦，过澄迈，泗而济，路人皆惊，戏为作此诗

乌喙本海獒，幸我为之主。食余已瓠肥，终不忧鼎俎。昼驯识宾客，夜悍为门户。知我当北还，掉尾喜欲舞。跳踉趁童仆，吐舌喘汗雨。长桥不肯蹑，径渡清深浦。拍浮似鹅鸭，登岸剧虓虎。

盗肉亦小疵,鞭棰当赏汝。再拜谢厚恩,天不遣言语。何当寄家书,黄耳定乃祖。

澄迈驿通潮阁二首

其一

倦客愁闻归路遥,眼明飞阁俯长桥。贪看白鹭横秋浦,不觉青林没晚潮。

其二

余生欲老海南村,帝遣巫阳招我魂。杳杳天低鹘没处,青山一发是中原。

洞酌亭

琼山郡东,众泉觱发,然皆洌而不食。丁丑岁六月,南迁过琼,始得双泉之甘于城之东北隅。以告其人,自是汲者常满。泉相去咫尺而异味。庚辰岁六月十七日,迁于合浦,复过之。太守承议郎陆公求泉上之亭名与诗,名之曰洞酌,其诗曰:

洞酌彼两泉,挹彼注兹。一瓶之中,有渑有淄。以瀹以烹,众喊莫齐。自江徂海,浩然无私。岂弟君子,江海是仪。既味我泉,亦哜我诗。

六月二十日夜渡海

参横斗转欲三更,苦雨终风也解晴。云散月明谁点缀,天容海色本澄清。空余鲁叟乘桴意,粗识轩辕奏乐声。九死南荒吾不恨,兹游奇绝冠平生。

自雷适廉,宿于兴廉村净行院

荒凉海南北,佛舍如鸡栖。忽行榕林中,跨空飞栱枅。当门洌碧井,洗我两足泥。高堂磨新砖,洞户分角圭。倒床便甘寝,鼻息如虹霓。童仆不肯去,我为半日稽。晨登一叶舟,醉兀十里溪。醒来知何处,归路老更迷。

雨夜宿净行院

芒鞋不踏利名场,一叶轻舟寄淼茫。林下对床听夜雨,静无灯火照凄凉。

廉州龙眼质味殊绝,可敌荔支

龙眼与荔支,异出同父祖。端如甘与橘,未易相可否。异哉西海滨,琪树罗玄圃。累累似桃李,一一流膏乳。坐疑星陨空,又恐珠还浦。图经未尝说,玉食远莫数。独使皱皮生,弄色映雕俎。蛮荒非汝辱,幸免妃子污。

合浦愈上人以诗名岭外,将访道南岳,留诗壁上,云"闲伴孤云自在飞"。东坡居士过其精舍,戏和其韵

孤云出岫岂求伴,锡杖凌空自要飞。为问庭松向西指,不知老奘几时归。

梅圣俞之客欧阳晦夫,使工画茅庵,已居其中,一琴横床而已。曹子方作诗四韵,仆和之云

寂寞王子猷,回船剡溪路。迢遥戴安道,雪夕谁与度。倒披王恭氅,半掩袁安户。应调折弦琴,自和撚须句。

欧阳晦夫惠琴枕

中郎不眠仰看屋,得此古椽围尺竹。轮囷漠落非笛材,剖作袖琴徽轸足。流传几处到渊明,卧枕纶巾酒新漉。孤鸾别鹄谁复闻,鼻息齁齁自成曲。

琴枕

清眸作金徽,素齿为玉轸。响泉竟何用,金带常苦窘。斓斑渍珠泪,宛转堆云鬓。君若安七弦,应弹卓氏引。

留别廉守

编萑以苴猪,墐涂以涂之。小饼如嚼月,中有酥与饴。悬知合浦人,长诵东坡诗。好在真一酒,为我醉宗资。

瓶笙

庚辰八月二十八日,刘幾仲饯饮东坡,中觞,闻笙箫声,杳杳若在云霄间。抑扬往返,粗中音节。徐而察之,则出于双瓶,水火相得,自然吟啸,盖食顷乃已。坐客惊叹,得未曾有,请作《瓶笙》诗记之。

孤松吟风细泠泠,独茧长缫女娲笙。陋哉石鼎逢弥明,蚯蚓窍作苍蝇声。瓶中宫商自相赓,昭文无亏亦无成。东坡醉熟呼不醒,但云作劳吾耳鸣。

欧阳晦夫遗接罶琴枕,戏作此诗谢之

携儿过岭今七年,晚途更著黎衣冠。白头穿林要藤帽,赤脚渡水须花缦。不愁故人惊绝倒,但使俚俗相恬安。见君合浦如梦寐,挽须握手俱汍澜。妻缝接罶雾縠细,儿送琴枕冰徽寒。无弦且寄陶令意,倒载犹作山公看。我怀汝阴六一老,眉宇秀发如春峦。羽衣鹤氅古仙伯,岌岌两柱扶霜纨。至今画像作此服,凛如退之加渥丹。尔来前辈皆鬼录,我亦带脱巾鼓宽。作诗颇似六一语,往往亦带梅翁酸。

诗集卷四十四 古今体诗四十三首

次韵王郁林

晚途流落不堪言,海上春泥手自翻。汉使节空余皓首,故侯瓜在有颓垣。平生多难非天意,此去残年尽主恩。误辱使臣相扶拭,宁闻老鹤更乘轩。

藤州江上夜起对月,赠邵道士

江月照我心,江水洗我肝。端如径寸珠,堕此白玉盘。我心本如此,月满江不湍。起舞者谁欤,莫作三人看。峤南瘴疠地,有此江月寒。乃知天壤间,何人不清安。床头有白酒,盎若白露泫。独醉还独醒,夜气清漫漫。仍呼邵道士,取琴月下弹。相将乘一叶,夜下苍梧滩。

徐元用使君与其子端常邀仆与小儿过同游东山浮金堂,戏作此诗

昔与徐使君,共赏钱塘春。爱此小天竺,时来中圣人。松如迁客老,酒似使君醇。系舟藤城下,弄月镡江滨。江月夜夜好,山云朝朝新。使君有令子,真是石麒麟。我子乃散材,有如木轮囷。

二老白接䍦,两郎乌角巾。醉卧松下石,扶归江上津。浮桥半没水,揭此碧鳞鳞。

送鲜于都曹归蜀灌口旧居

笮尽霜须照碧铜,依然春雪在长松。朝行犀浦催收芋,夜渡绳桥看伏龙。莫叹倦游无驷马,要将老健敌千钟。子云三世惟身在,为向西南说病容。

书堂屿

苍山古木书堂屿,北出湘水百余步。谁为往来亏世界,至今人指安禅处。岂无惊蛇与飞鸟,后来那复知其趣。不知我身今是否,空记名称在常住。

送邵道士彦肃还都峤

乞得纷纷扰扰身,结茅都峤与仙邻。少而寡欲颜常好,老不求名语益真。许迈有妻还学道,陶潜无酒亦从人。相随十日还归去,万劫清游结此因。

书韩幹二马

赤髯碧眼老鲜卑,回策如萦独善骑。赭白紫骝俱绝世,马中湛岳有妍姿。

观大水望朝阳岩作

朝阳岩前不结庐,下眺江水百步余。春泉溅溅出乳窦,青沙白石半涔涂。不到津头二三日,谁知江水涨天墟。遥望横杯不敢济,岩口正有人罾鱼。

将至广州用过韵寄迈、迨二子

皇天遣出家,临老乃学道。北归为儿子,破戒堪一笑。披云见天眼,回首失海潦。蛮唱与黎歌,余音犹杳杳。大儿收众稚,四岁守孤峤。次子病学医,三折乃粗晓。小儿耕且养,得暇为书绕。我亦困诗酒,去道愈茫渺。纷纷何时定,所至皆可老。莫为柳仪曹,诗书教蛮獠。亦莫事登陟,溪山有何好。安居与我游,闭户净洒扫。

赠郑清叟秀才

风涛战扶胥,海贼横泥子。胡为犯二怖,博此一笑喜。问君奚所欲,欲谈仁义耳。我才不逮人,所有聊足己。安能相付与,过听君误矣。霜风扫瘴毒,冬日稍清美。年来万事足,所欠惟一死。澹然两无求,滑净空棐几。

和孙叔静兄弟李端叔唱和

病骨瘦欲折,霜髯笯更疏。喜闻新国政,兼得故人书。秉烛真如梦,倾杯不敢余。天涯老兄弟,怀抱几时摅。

广倅萧大夫借前韵见赠,复和答之二首

其一

生还粗胜虞,早退不如疏。垂死初闻道,平生误信书。风涛惊夜半,疾病送灾余。赖有萧夫子,忧怀得少摅。

其二

心闲诗自放,笔老语翻疏。赠我皆强韵,知君得异书。滔滔沮溲是,绰绰孟生余。一笑沧溟侧,应无愤可摅。

周教授索枸杞,因以诗赠,录呈广倅萧大夫

郇侯藏书手不触,嗟我嗜书终日读。短檠照字细如毛,怪底昏花悬两目。扶衰赖有王母杖,名字于今挂仙录。荒城古堑草露寒,碧叶丛低红菽粟。春根夏苗秋著子,尽付天随耻充腹。兰伤桂折缘有用,尔独何损丹其族。赠君慎勿比薏苡,采之终日不盈匊。外泽中干非尔俦,敛藏更借秋阳曝。鸡壅桔梗一称帝,菫也虽尊等臣仆。时复论功不汝遗,异时谨事东篱菊。

跋王进叔所藏画

徐熙杏花

江左风流王谢家,尽携书画到天涯。却因梅雨丹青暗,洗出徐熙落墨花。

赵昌四季

其一

倚竹佳人翠袖长,天寒犹著薄罗裳。扬州近日红千叶,自是风流时世妆。芍药。

其二

枫林翠壁楚江边,踯躅千层不忍看。开卷便知归路近,剑南樵叟为施丹。踯躅。

其三

轻肌弱骨散幽葩,真是青裙两髻丫。便有佳名配黄菊,应缘霜后苦无花。寒菊。

其四

游蜂掠尽粉丝黄,落蕊犹收蜜露香。待得春风几枝在,年来杀菽有飞霜。山茶。

和黄秀才《鉴空阁》

明月本自明,无心孰为境。挂空如水鉴,写此山河影。我观大瀛海,巨浸与天永。九州居其间,无异蛇盘镜。空水两无质,相照但耿耿。妄云桂兔蟆,俗说皆可屏。我游鉴空阁,缺月正凄冷。黄子寒无衣,对月句愈警。借君方诸泪,一沐管城颖。谁言小丛林,清绝冠五岭。

韦偃《牧马图》

神工妙技帝所收,江都曹韩逝莫留。人间画马惟韦侯,当年为谁扫骅骝。至今霜蹄踏长楸,圉人困卧沙垄头。沙苑茫茫蒺藜秋,风鬃雾鬣寒飕飕。龙种尚与驽骀游,长秸短豆岂我羞。八銮六辔非马谋,古来西山与东丘。

题灵峰寺壁

灵峰山上宝陀寺,白发东坡又到来。前世德云今我是,依稀犹记妙高台。

广州何道士众妙堂

湛然无观古真人,我独观此众妙门。夫物芸芸各归根,众中得一道乃存。道人晨起开东轩,趺坐一醉扶桑暾。余光照我玻璃盆,倒射窗几清而温。欲收月魄餐日魂,我自日月谁使吞。

题冯通直明月湖诗后

老衍清篇墨未枯,小冯新作语尤殊。呼儿净洗涵星砚,为子赓歌堕月湖。闻道样江空抱珥,自注:南诏有西珥河,即古耳样牁江也。河形如月抱珥,故名之西珥云。年来合浦自还珠。请君多酿莲花酒,准拟王乔下履凫。

次韵郑介夫二首

其一

一落泥涂迹愈深,尺薪如桂米如金。长庚到晓空陪月,太岁今年合守心。相与啮毡持汉节，何妨振履出商音。孤云倦鸟空来往，自要闲飞不作霖。

其二

一生忧患萃残年，心似惊蚕未易眠。海上偶来期汗漫，苇间犹得见延缘。良医自要经三折，老将何妨败两甄。收取桑榆种梨枣，祝君眉寿似增川。

昔在九江，与苏伯固唱和，其略曰："我梦扁舟浮震泽，雪浪横空千顷白。觉来满眼是庐山，倚天无数开青壁。"盖实梦也。昨日又梦伯固手持乳香婴儿示予，觉而思之，盖南华赐物也。岂复与伯固相见于此耶？今得来书，知已在南华，相待数日矣。感叹不已，故先寄此诗

扁舟震泽定何时，满眼庐山觉又非。春草池塘惠连梦，上林鸿雁子卿归。水香知是曹溪口，眼净同看古佛衣。不向南华结香火，此生何处是真依。

追和沈辽赠南华诗

善哉彼上人，了知明镜台。欢然不我厌，肯致远公杯。莞尔无心云，胡为出岫来。一堂安寂灭，卒岁屃苍苔。

曹溪夜观《传灯录》,灯花落一僧字上,口占

山堂夜岑寂,灯下看《传灯》。不觉灯花落,茶毗一个僧。

南华老师示四韵,事忙,姑以一偈答之

恶业相缠五十年,常行八棒十三禅。却著衲衣归玉局,自疑身是五通仙。

次韵韶守狄大夫见赠二首

其一

华发萧萧老遂良,自注:褚河南帖云:即日遂良须发尽白。盖谪长沙时也。一身萍挂海中央。无钱种菜为家业,有病安心是药方。才疏正类孔文举,痴绝还同顾长康。万里归来空泣血,七年供奉殿西廊。自注:迩英阁在延和殿西廊下。

其二

森森画戟拥朱轮,坐咏梁公觉有神。白傅闲游空诵句,自注:事见白乐天《吴郡诗石记》。拾遗穷老敢论亲。自注:事见子美《赠狄明府》诗。东海莫怀疏受意,西风幸免庾公尘。为公过岭传新唱,催发寒梅一信春。

次韵韶倅李通直二首

其一

一篇泷吏可书绅,莫向长沮更问津。老去常忧伴新鬼,归来且喜是陈人。曾陪令尹苍髯古,又见郎君白发新。回首天涯一惆怅,却登梅岭望枫宸。

其二

青山只在古城隅,万里归来卜筑初。曾见四山朝鹤驾,更看三李跨鲸鱼。欲从抱朴传家学,应怪中郎得异书。待我丹成驭风去,借君琼佩与霞裾。自注:仆昔为开封幕,先公为赤令,暇日相与论内外丹,且出其丹示仆。今三十年而见君曲江,同游南华,宿山水间数日,道旧感叹,且劝我卜居于舒,故诗中皆及。

狄韶州煮蔓菁芦菔羹

我昔在田间,寒庖有珍烹。常支折脚鼎,自煮花蔓菁。中年失此味,想像如隔生。谁知南岳老,解作东坡羹。中有芦菔根,尚含晓露清。勿语贵公子,从渠嗜膻腥。

李伯时画其弟亮工旧隐宅图

乐天早退今安有,摩诘长闲古亦无。五亩自栽池上竹,十年空看《辋川图》。近闻陶令开三径,应许扬雄寄一区。晚岁与君同活计,如云鹅鸭散平湖。

东坡居士过龙光,求大竹作肩舆,得两竿。南华珪首座方受请为此山长老。乃留一偈院中,须其至授之,以为他时语录中第一问

斫得龙光竹两竿,持归岭北万人看。竹中一滴曹溪水,涨起西江十八滩。

赠岭上老人

鹤骨霜髯心已灰,青松合抱手亲栽。问翁大庾岭头住,曾见南迁几个回。

赠岭上梅

梅花开尽百花开,过尽行人君不来。不趁青梅尝煮酒,要看细雨熟黄梅。

余昔过岭而南,题诗龙泉钟上,今复过而北,次前韵

秋风卷黄落,朝雨洗绿净。人贪归路好,节近中原正。下岭独徐行,艰险未敢忘。遥知叔孙子,已致鲁诸生。

过岭二首

其一

暂著南冠不到头，却随北雁与归休。平生不作兔三窟，今古何殊貉一丘。当日无人送临贺，至今有庙祀潮州。剑关西望七千里，乘兴真为玉局游。

其二

七年来往我何堪，又试曹溪一勺甘。梦里似曾迁海外，醉中不觉到江南。波生濯足鸣空涧，雾绕征衣滴翠岚。谁遣山鸡忽惊起，半岩花雨落毵毵。

过岭寄子由

投章献策谩多谈，能雪冤忠死亦甘。一片丹心天日下，数行清泪岭云南。光荣归佩呈佳瑞，瘴疠幽居弄晚岚。从此西风庾梅谢，却迎谁与马毵毵。

诗集卷四十五 <small>古今体诗四十二首</small>

留题显圣寺

渺渺疏林集晚鸦，孤村烟火梵王家。幽人自种千头橘，远客来寻百结花。浮石已干霜后水，焦坑闲试雨前茶。只疑归梦西南去，翠竹江村绕白沙。

予初谪岭南，过田氏水阁，东南一峰，丰下锐上，里人谓之鸡笼山，予更名独秀峰。今复过之，戏留一绝

倚天巉绝玉浮图，肯与彭郎作小姑。独秀江南知有意，要三二别四三壶。

寄题潭州徐氏春晖亭

瞳瞳晓日上三竿，客向东风竞倚栏。穿竹鸟声惊步武，入檐花影落杯盘。勿嫌步月临玄圃，冷笑乘槎向海滩。胜概直应吟不尽，凭君寄与画图看。

乞数珠赠南禅湜老

从君觅数珠,老境仗消遣。未能转千佛,且从千佛转。儒生推变化,乾策数大衍。道士守玄牝,龙虎看舒卷。我老安能为,万劫付一喘。嘿坐阅尘界,往来八十反。区区我所寄,蹙缩蚕在茧。适从海上回,蓬莱又清浅。

郁孤台　自注:再过虔州,和前韵。

吾生如寄耳,岭海亦闲游。赣石三百里,寒江尺五流。楚山微有霰,越瘴久无秋。望断横云峤,魂飞咤雪洲。晓钟时出寺,暮鼓各鸣楼。归路迷千嶂,劳生阅百州。不随猿鹤化,甘作贾胡留。只有貂裘在,犹堪买钓舟。

虔守霍大夫、监郡许朝奉见和,复次前韵

大邦安静治,小院得闲游。赣水雨已涨,廉泉春未流。同烹贡茗雪,一洗瘴茅秋。秋思生莼鲙,寒衣待橘洲。扬雄未有宅,王粲且登楼。老景无多日,归心梦几州。敢因逃酒去,端为和诗留。旧箧藏新语,清风自满舟。

赠虔州术士谢晋臣

属国新从海外归,君平且莫下帘帷。前生恐是卢行者,后学过呼韩退之。死后人传戒定慧,生时宿直斗牛箕。凭君为算行年

看,便数生时到死时。

虔州景德寺荣师湛然堂

卓然精明念不起,兀然灰槁照不灭。方定之时慧在定,定慧
照寂非两法。妙湛总持不动尊,默然真入不二门。语息则默非对
语,此话要将《周易》论。诸方人人把雷电,不容细看真头面。欲
知妙湛与总持,更问江东三语掾。

次韵阳行先   自注:用《郁孤台》韵。

室空惟法喜,心定有天游。摩诘原无病,须洹不入流。苦嫌
寻直枉,坐待寸田秋。虽未麒麟阁,已逃鹦鹉洲。酒醒风动竹,梦
断月窥楼。众谓元德秀,自称阳道州。拔葵终相鲁,辟谷会封留。
用舍俱无碍,飘然不系舟。

再用数珠韵赠湜老

嗣宗虽不言,叔宝犹理遣。东坡但熟睡,一夕一展转。南迁
昔虞翻,却扫今冯衍。古佛既手提,诸方皆席卷。当年清隐老,鹤
瘦龟不喘。和我弹丸诗,百发亦百反。耆年日凋丧,但有犊角茧。
时来窥方丈,共笑虎毛浅。

和犹子迟赠孙志举

轩裳大炉韝,陶冶一世人。从横落模范,谁复甘饥贫。可怜

方回痴，初不疑嘉宾。颇念怀祖黠，嗔儿与兵姻。失身堕浩渺，投老无涯垠。回看十年旧，谁似数子真。孙郎表独立，霜戟交重闱。深居不汝觏，岂问亲与邻。连枝皆秀杰，英气推伯仁。我从海外归，喜及崆峒春。新年得异书，西郭有逸民。自注：阳行先以《登真隐诀》见借。小孙又过我，欢若平生亲。清诗五百言，句句皆绝伦。养火虽未伏，要是丹砂银。我家六男子，朴学非时新。诗词各璀璨，老语徒周谆。愿言敦宿好，永与竹林均。六子岂可忘，从我屡厄陈。

南禅长老和诗不已，故作《六虫篇》答之

凤凰览德辉，远引不待遣。鹪鹩恋庭宇，倏忽来千转。那将坐井蛙，而比谈天衍。蠹鱼著文字，槁死犹遭卷。老牛疲耕作，见月亦妄喘。东坡方三问，南禅已五反。老人但目击，侍者应足茧。最后《六虫篇》，深寄恨语浅。

明日南禅和诗不到，故重赋数珠篇以督之，二首

其一

未来不可招，已过那容遣。中间见在心，一一风轮转。自从一生二，巧历莫能衍。不如袖手坐，六用都怀卷。风雷生謦欬，万窍自号喘。诗人思无邪，孟子内自反。大珠分一月，细缏合两茧。累然挂禅林，妙用夫岂浅。

其二

朝来取饭化，乃是维摩遣。全锋虽未露，半藏已曾转。说有陋裴颜，谈无笑王衍。看经聊尔耳，遮眼初不卷。三咤故自醒，一映何由喘。请归视故楗，静夜珠当反。安居三十年，古衲磨山茧。持珠尚默坐，岂是功用浅。

用前韵再和霍大夫

文字先生饮，自注：谓刘执中。江山清献游。典刑传父老，尊俎继风流。度岭逢梅雨，还家指麦秋。自惭鸿雁侣，争集稻粱洲。野阔横双练，城坚耸百楼。行看凤尾诏，却下虎头州。君意已吴越，我行无去留。归途应食粥，乞米使君舟。

用前韵再和许朝奉

高门元世旧，客路晚追游。清绝闻诗语，疏通岂法流。传家有衣钵，断狱尽春秋。邂逅陪车马，寻芳谢朓洲。凄凉望乡国，得句仲宣楼。恨赋投湘水，悲歌祀柳州。何如五字律，相与一尊留。更约登尘外，归时月满舟。

用前韵再和孙志举

人众者胜天，天定亦胜人。邓通岂不富，郭解安得贫。惊飞贺厦燕，走散入幕宾。醉眠中山酒，结梦南柯姻。宠辱能几何，悲欢浩无垠。回视人间世，了无一事真。洒扫古玉局，香火通帝闉。

我室思无邪,我堂德有邻。所至为乡里,事贤友其仁。之子富经术,蔚如井大春。蜿蟺楚南极,淑气生此民。唱高和自寡,非我谁当亲。譬彼嶰谷竹,剪裁待伶伦。俗学吁可鄙,纸缯配刍银。聊将调痴鬼,亦复争华新。愿子事笃实,浮言扫谵谆。穷通付造物,得丧理本均。期子如太仓,会当发陈陈。

崔文学甲携文见过,萧然有出尘之姿。问之,则孙介夫之甥也。故复用前韵赋一篇示志举

象服盛簪珥,岂是邢夫人。敝衣破冠履,可怜范叔贫。君看崔员外,晚就观国宾。当年颇赫赫,翁姁争为姻。自注:见退之《赠崔员外》诗。蹭蹬阻风水,横斜挂边垠。青衫映白发,今似梅子真。道存百无害,甘守吴市阛。自言总角岁,慈母为择邻。邦人惊似舅,矫矫恶不仁。诗文非他师,家法乃富春。岂非空同秀,为国产隽民。挺然齐鲁生,近出姬姜亲。为文不在多,一颂了伯伦。清诗要锻炼,乃得铅中银。自我迁岭外,七见槐火新。著书已绝笔,一嘿含千谆。黄桴和苇籥,天节非人均。时时自娱嬉,岂为俗子陈。

戏赠虔州慈云寺鉴老

居士无尘堪洗沐,道人有句借宣扬。窗间但见蝇钻纸,门外惟闻佛放光。遍界难藏真薄相,一丝不挂且逢场。却须重说圆通偈,千眼熏笼是法王。

画车二首

其一

何人画此只轮车,便是当年敳器图。上易下难须审细,左提右挈免疏虞。

其二

九衢歌舞颂王明,谁恻寒泉独自清。赖有千车能散福,化为膏雨满重城。

虔州吕倚承事年八十三,读书作诗不已,好收古今帖,贫甚,至食不足

扬雄老无子,冯衍终不遇。不识孔方兄,但有灵照女。家藏古今帖,墨色照箱筥。饥来据空案,一字不堪煮。枯肠五千卷,磊落相撑拄。吟为蜩蚻声,时有岛可句。为语里长者,德齿敬已古。如翁有几人,薄少可时助。

王子直去岁送子由北归,往返百舍,今又相逢赣上,戏用旧韵,作诗留别

米尽无人典破裘,送行万里一邹游。解舟又欲携君去,归舍聊须与妇谋。闻道年来丹伏火,不愁老去雪蒙头。剩买山田添鹤口,庙堂新拜富民侯。

次韵江晦叔二首

其一

人老家何在，龙眠雨未惊。酒船回太白，稚子候渊明。幸与登仙郭，同依坐啸成。小楼看月上，剧饮到参横。

其二

钟鼓江南岸，归来梦自惊。浮云时事改，孤月此心明。雨已倾盆落，诗仍翻水成。二江争送客，木杪看桥横。

次韵江晦叔兼呈器之

横空初不跨鹏鳌，但觉胡床步步高。自注：器之言尝梦飞，自觉身与坐床皆起空中。一枕昼眠春有梦，扁舟夜渡海无涛。归来又见颠茶陆，自注：往在钱塘尝语晦叔，陆羽茶颠君亦然。多病仍逢止酒陶。自注：陶渊明有《止酒》诗，器之少时饮量无敌，今不复饮矣。笑说南荒底处所，只今榕叶下庭皋。

寒食与器之游南塔寺寂照堂

城南钟鼓斗清新，端为投荒洗瘴尘。总是镜空堂上客，谁为寂照境中人。红英扫地风惊晓，绿叶成阴雨洗春。记取明年作寒食，杏花曾与此翁邻。

器之好谈禅,不喜游山,山中笋出,戏语器之可同参玉版长老,作此诗

丛林真百丈,法嗣有横枝。自注:玉版横枝,竹笋也。不怕石头路,来参玉版师。聊凭柏树子,与问篔龙儿。瓦砾犹能说,此君那不知。

永和清都观道士,童颜鬓发,问其年,生于丙子,盖与予同,求此诗

镜湖敕赐老江东,未似西归玉局翁。敲枕未容春梦断,清都宛在默存中。每逢佳境携儿去,试问行年与我同。自笑余生消底物,半篙清涨百滩空。自注:予与刘器之同发虔州,江水忽清,涨丈余,赣石三百里,无一见者。至永和,器之解舟先去,予独游清都,作此诗。

赠诗僧道通

雄豪而妙苦而腴,只有琴聪与蜜殊。自注:钱塘僧思聪总角善琴,后舍琴而学诗,复弃诗而学道。其诗似皎然而加雄放。安州僧仲殊诗敏捷立成,而工妙绝人远甚。殊辟谷,常啖蜜。语带烟霞从古少,自注:李太白云:他人之文如山无烟霞,春无草木。气含蔬笋到公无。自注:谓无酸馅气也。香林乍喜闻蒼蔔,古井惟惭断辘轳。为报韩公莫轻许,从今岛可是诗奴。

张竞辰永康所居万卷堂

君家四壁如相如,卷藏天禄吞石渠。岂惟郫侯三万轴,家有世南行秘书。儿童拍手笑何事,笑人空腹谈经义。未许中郎得异书,且与扬雄说奇字。清江紫山碧玉环,下有老龙千古闲。知君好事家有酒,化为老人夜扣关。留侯之孙书满腹,玉函宝方何用读。濠梁空复五车多,圮上从来一编足。

刘壮舆长官是是堂

闲燕言仁义,是非安可无。非非义之属,是是仁之徒。非非近乎讪,是是近乎谀。当为感麟翁,善恶分锱铢。抑为阮嗣宗,臧否两含糊。刘君有家学,三世道益孤。陈古以刺今,绅史行天诛。皎皎大明镜,百陋逢一姝。鹗立时四顾,何由扰群狐。作堂名是是,自说行坦途。孜孜称善人,不善自远徂。愿君置座右,此语禹所谟。

绝句

柴桑春晚思依依,屋角鸣鸠雨欲飞。昨日已收寒食火,吹花风起却添衣。

梦中绝句

楸树高花欲插天,暖风迟日共茫然。落英满地君方见,惆怅春光又一年。

予昔作《壶中九华诗》，其后八年，复过湖口，则石已为好事者取去。乃和前韵以自解云

江边阵马走千峰，问讯方知冀北空。尤物已随清梦断，自注：刘梦得以九华为造物一尤物。真形犹在画图中。自注：道藏有《五岳真形图》。归来晚岁同元亮，却扫何人伴敬通。赖有铜盆修石供，仇池玉色自瓏珑。自注：家有铜盆，贮仇池石，正绿色，有洞，水达背。予又尝以怪石供佛印师，作《怪石供》一篇。

次韵郭功甫观予画雪雀有感二首

其一

早知臭腐即神奇，海北天南总是归。九万里风安税驾，云鹏今悔不卑飞。

其二

可怜倦鸟不知时，空羡骑鲸得所归。玉局西南天一角，万人沙苑看孤飞。

次韵法芝举旧诗一首

春来何处不归鸿，非复羸牛踏旧踪。但愿老师真似月，谁家

瓮里不相逢。

次旧韵赠清凉长老

过淮入洛地多尘,举扇西风欲污人。但怪云山不改色,岂知江月解分身。安心有道年颜好,遇物无情句法新。送我长芦舟一叶,笑看雪浪满衣巾。

睡起,闻米元章冒热到东园,送麦门冬饮子

一枕清风直万钱,无人肯买北窗眠。开心暖胃门冬饮,知是东坡手自煎。

梦中作寄朱行中

舜不作六器,谁知贵玙璠。哀哉楚狂士,抱璞号空山。相如起睨柱,头璧与俱还。何如郑子产,有礼国自闲。虽微韩宣子,鄙夫亦辞环。至今不贪宝,凛然照尘寰。

答径山琳长老

与君皆丙子,各已三万日。一日一千偈,电往那容诘。大患缘有身,无身则无疾。平生笑罗什,神咒真浪出。

诗集卷四十六 古今体诗六十五首

春帖子词

皇帝阁六首

其一

霭霭龙旗色,琅琅木铎音。数行宽大诏,四海发生心。

其二

旸谷宾初日,清台告协风。愿如风有信,长与日俱中。

其三

草木渐知春,萌芽处处新。从今八千岁,合抱是灵椿。

其四

圣主忧民未解颜,天教瑞雪报丰年。苍龙挂阙农祥正,老稚相呼看藉田。

其五

昨夜东风入律新,玉关知有受降人。圣恩与解河湟冻,得其中原草木春。

其六

翰林职在明光里,行乐诗成拜舞中。不待惊开小桃杏,始知天子是天公。

太皇太后阁六首

其一

雕刻春何力,欣荣物自知。发生虽有象,覆载本无私。

其二

小殿黄金榜,珠帘白玉钩。一声双日眸,春色满皇州。

其三

仗下春朝散,宫中昼漏稀。两厢休侍御,应下读书帏。

其四

五日占云十日风,忧勤终岁为三农。春来有喜何人见,好学神孙类祖宗。

其五

共道十年无腊雪,且欣三白压春田。尽驱南亩扶犁手,稍发中都朽贯钱。

其六

不独清心能省事,应缘克己自销兵。传闻塞外千君长,欲趁新年贺太平。

皇太后阁六首

其一

宝册琼瑶重,新庭松桂香。雪消春未动,碧瓦丽朝阳。

其二

瑞日明天仗,仙云拥寿山。倚兰春昼永,金母在人间。

其三

朝罢金铺掩,人间宝瑟尘。欲知慈俭德,书史乐青春。

其四

仙家日月本长闲,送腊迎春亦偶然。翠管银罂传故事,金花彩胜作新年。

其五

彤史年来不绝书,三朝德化妇承姑。宫中侍女减珠翠,雪里贫民得裤襦。

其六

边庭无事羽书稀,闲遣词臣进小诗。共助至尊歌喜事,今年春日得春衣。

皇太妃阁五首

其一

苇桃犹在户,椒柏已称觞。岁美风先应,朝回日渐长。

其二

甲观开千柱,飞楼擢九层。雪残乌鹊喜,翔舞下觚棱。

其三

孝心日奉东朝养,俭德应师大练风。太史新年瞻瑞气,四星明润紫宫中。

其四

九门挂月未催班,清禁风和玉漏闲。崇庆早朝银烛下,佩环声在五云间。

其五

东风弱柳万丝垂,的皪残梅尚一枝。茧馆乍欣蚕浴后,祺坛犹记燕来时。

夫人阁四首

其一

彩胜镂新语，酥槃滴小诗。升平多乐事，应许外庭知。

其二

细雨晓风柔，春深入御沟。已漂新荇没，犹带断冰流。

其三

扶桑初日映帘升，已觉铜瓶暖不冰。七种共挑人日菜，千枝先剪上元灯。

其四

雪消鸳瓦已流澌，风暖犀盘尚镇帷。缥缈紫箫明月下，璧门桂影夜参差。

端午帖子词

皇帝阁六首

其一

盛德初融后，潜阴未姤时。侍臣占《易》象，明两作重离。

其二

采秀撷群芳，争储百药良。太医初荐艾，庶草验蕃昌。

其三

微凉生殿阁，习习满皇都。试问吾民愠，南风为解无。

其四

西槛新来玉宇风，侍臣茗碗得雍容。庭槐似识天颜喜，舞破清阴作两龙。

其五

讲余交翟转回廊,始觉深宫夏日长。扬子江心空百炼,只将《无逸》鉴兴亡。

其六

一扇清风洒面寒,应缘飞白在冰纨。坐知四海蒙膏泽,沐浴君王德似兰。

太皇太后阁六首

其一

渐台通翠浪,暑殿转清风。帘卷东朝散,金乌未遽中。

其二

日永蚕收簇,风高麦上场。朝来耤田令,菰黍献时芳。

其三

舞羽诸羌伏,销兵万汇苏。只应黄纸诰,便是赤灵符。

其四

令节陈诗岁岁新,从官何以寿吾君。愿储医国三年艾,不作沉湘《九辩》文。

其五

忠臣谅节今千岁,孝女孤风满四方。不复巫阳占郢梦,空余仲御扣河章。

其六

长养恩深动植均,只忧贪吏尚残民。外廷已拜枭羹赐,应助吾君去不仁。

皇太后阁六首

其一

露簟琴书冷,雕盘餐饵新。深宫犹畏日,应念暑耘人。

其二

万岁菖蒲酒,千金琥珀杯。年年行乐处,新月挂池台。

其三

翠筒初裹楝,芗黍复缠菰。水殿开冰鉴,琼浆冻玉壶。

其四

秘殿扶疏夏木深,雨余初有一蝉吟。应将嬴女乘鸾扇,更助南风长棘心。

其五

上林珍木暗池台,蜀产吴包万里来。不独槃中见卢橘,时于粽里得杨梅。

其六

闽楚遗风万古情,沅湘旧俗到金明。翠舆黄伞何时幸,画鹢飞凫尽日横。

皇太妃阁五首

其一

午景帘栊静,薰风草木酣。谁知恭俭德,彩缕出亲蚕。

其二

雨细方梅夏,风高已麦秋。应怜百花尽,绿叶暗红榴。

其三

辟兵已佩灵符小,续命仍萦彩缕长。不为祈禳得天助,要令风俗乐时康。

其四

玉盆沉李湉清泉,金鸭嘘空袅细烟。自有梧楸障畏日,仍欣麦黍报丰年。

其五

良辰乐事古难同,绣茧朱丝奉两宫。仁孝自应禳百沴,艾人桃印本无功。

夫人阁四首

其一

肃肃槐庭午,沉沉玉漏稀。皇恩乐佳节,斗草得珠玑。

其二

节物荆吴旧,娱游禁掖闲。仙风随画箑,拜赐落人间。

其三

五彩萦筒秫稻香,千门结艾鬓髯张。旋开宝典寻风物,要及灵辰共祓禳。

其四

欲晓铜瓶下井栏,铿锽金殿发清寒。似闻人世南风热,日上墙东问几竿。

兴龙节集英殿宴口号

臣闻帝武造周,已兆兴王之迹;日符祚汉,实开受命之祥。非天私我有邦,惟圣乃作神主。仰止诞弥之庆,集于建丑之正。瑞玉旅庭,爰讲比邻之好;虎臣在泮,复通西域之琛。式燕示慈,与人均福。恭惟皇帝陛下睿思冠古,濬哲自天。焕乎有文,日讲六经之训;

述而不作，思齐累圣之仁。夷夏宅心，神人协德。卜年七百，方过历以承天；有臣三千，咸一心而戴后。彤庭振万，玉座传觞。诵干戈载戢之诗，作君臣相悦之乐。斯民何幸，白首太平。猥以微生，亲逢盛日。始庆猗兰之会，愿赓《击壤》之音。下采民言，上陈口号。

凛凛重瞳日月新，四方惊喜识天人。共知若木初升旦，且种蟠桃莫计春。请吏黑山归属国，给扶黄发拜严宸。紫皇应在红云里，试问清都侍从臣。

又兴龙节集英殿宴口号

臣闻天所眷命，生而神灵。惟三代受命之符，萃于兹日；实万世无疆之福，延及我民。候南极之祥辉，交北邻之瑞节。同趋镐燕，争颂华封。恭惟皇帝陛下稽古温文，乘乾刚粹。体生知而犹学，藏妙用于何言。故得六圣承休，三灵眷佑。德隆星晷，齐六符而泰阶平；河行地中，锡九畴而彝伦正。属诞弥之令旦，履长发之嘉祥。凤设九宾于庭，遍舞六代之乐。日无私于临照，葵藿自倾；天有信于发生，勾萌必达。臣等滥尘法部，获造彤墀。下采民言，得三万里之谣诵；登歌寿斝，以八千岁为春秋。不度芜音，敢进口号。

风卷云舒合两班，瞳瞳瑞日映天颜。观书已获千秋镜，积德长为万岁山。腊雪未消三务起，壬人不用五兵闲。相逢父老争相贺，却笑华胥是梦间。

坤成节集英殿宴口号

臣闻视履考祥，既占怀月之梦；对时育物，必有继天之功。方

大火之西流，属阴灵之既望。帝于是日，诞降仁人。意使斯民，咸
归寿域。共庆千秋之遇，得生二圣之朝。式燕示慈，与民同乐。恭
惟皇帝陛下文思天纵，濬哲生知。力行汤、禹之仁，常恐一夫之不
获；躬蹈曾、闵之孝，故得万国之欢心。恭惟太皇太后陛下道契天
人，德超载籍。知人则哲，盖帝尧之所难；修己安民，虽虞舜其犹
病。风云从而万物睹，日月照而四时行。自然动植之咸安，莫知天
地之何力。三宫交庆，群后骏奔。宝邻通四牡之欢，航海致重译之
赆。洞庭九奏，始识咸池之音；灵岳三呼，共献后天之祝。臣等叨
居法部，辄采民言，上渎宸聪，敢陈口号。

三朝遗老九门前，又见承平大有年。文母忧勤初化俗，曾孙
仁孝已通天。史书元祐三千牍，乐奏坤成第一篇。欲采蟠桃归献
寿，蓬莱清浅半桑田。

斋日口号

旋复阴阳，配五支于六干；诞弥岁月，与元日为三申。神后降
庆于当年，曾孙效诚于兹旦。不烦巧力，自契真符。道俗谣诼，天
人协应。太皇太后陛下功高任、姒，德配唐、虞。上推顾托之心，下
布仰成之政。宝慈与俭，蹈光宪之成规；却狄安邦，袭武烈之余庆。
三朝顺履，万寿维新。虽绛县之老人，难穷甲子；如楚南之灵木，
莫计春秋。臣贱等草茅，心倾葵藿。采民讴于《击壤》，效乐语之
陈诗。

娲皇得道自神仙，金母长生不计年。甲子曾逢三朔旦，岁星
行看两周天。消兵渐觉腰无犊，种德方知福有田。彤管何人书后
会，椒花椿颂一时编。

集英殿春宴口号

臣闻人和则气和,故王道得而四时正;今乐犹古乐,故民心悦而八音平。幸此圣朝,陶然化国。饬三农于保介,维莫之春;兴五福于太平,既醉以酒。恭惟皇帝陛下乘乾有作,出震无私。宪章六圣之典谟,斟酌百王之礼乐。天方祚于舜孝,人已诵于尧言。故得彝伦叙而水土平,北流轨道;壬人退而蛮夷服,西旅在庭。稍宽中扆之忧,一均湛露之泽。方将曲蘖群贤而恶旨酒,鼓吹六艺而放郑声。虽白雪阳春,莫致天颜之一笑;而献芹负日,各尽野人之寸心。臣猥以贱工,叨尘法部,幸获望云之喜,敢陈《击壤》之音。不揆芜才,上进口号。

万人歌舞乐芳辰,长养恩深第四春。令下风雷常有信,时来草木岂知仁。璇玑已正三阶泰,玉琯初知九奏均。更欲年年同此乐,故应相继得元臣。

紫宸殿正旦口号

臣闻行夏之时,正莫加于人统;采周之旧,王方在于镐京。惟吉月之布和,休庶工而未作。使华远集,邻好交修。萃簪笏于九门,来车书于万里。将兴嗣岁,以乐太平。恭惟皇帝陛下躬履至仁,诞膺眷命。法天地四时之运,民日用而不知;传祖宗六圣之心,我无为而自化。九德咸事,三年有成。始御八音之和,以临元日之会。人神相庆,夷夏来同。臣等忝与贱工,得亲壮观,知舆情之愿颂,顾盛德之难形。不度荒芜,敢进口号。

九霄清跸一声雷,万物欣荣意已开。晓日自随天仗出,春风不待斗杓回。行看菖叶催耕耤,共喜椒花映寿杯。欲识太平全盛事,振振鹓鹭满云台。

集英殿秋宴口号

臣闻天无言而四时成,圣有作而万物睹。清净自化,虽仰则于帝心;岂弟不回,亦俯同于众乐。属此九秋之候,粲然万宝之成。吾王不游,何以劳农而休老;君子如喜,则必大烹以养贤。恭惟皇帝陛下孝通神明,仁及草木。行尧禹之大道,守成康之小心。华夷来同,天地并应。以为福莫大于无事,瑞岂加于有年。南极呈祥,候秋分而老人见;西夷慕义,涉流沙而天马来。嘉与臣工,肃陈燕俎。礼元侯于三夏,谐庶尹于九成。宣示御觥,耸近臣之荣观;胪传天语,溢两庑之欢声。臣等亲觌昌辰,叨尘法部,采谣言于《击壤》,助矇瞍之陈诗。仰奉威颜,敢进口号。

霜霏碧瓦尚生烟,日泛彤庭已集仙。霭霭四门多吉士,熙熙万国屡丰年。高秋爽气明宫殿,元祐和声入管弦。菊有芳兮兰有秀,从臣谁和《白云》篇。

黄楼口号

百川反壑,五稼登场。初成百尺之楼,适及重阳之会。高高下下,既休畚锸之劳;岁岁年年,共睹茱萸之美。恭惟知府学士,民人所恃,忧乐以时。度余力而取美材,因备灾而成胜事。起东郊之壮观,破西楚之淫名。宾客如云,来四方之豪杰;鼓钟殷地,竦万目之观瞻。实与徐民,长为佳话。

一新柱石壮严闉，更值西风落帽辰。不用游从夸燕子，直将气焰压波神。山川尚绕当时国，城郭犹飘广陌尘。谁凭阑干赏风月，使君留意在斯民。

赵倅成伯母生日口号

昔年占梦，适当重九之佳辰；今日献香，愿祝大千之遐算。庆姑之同日，杂茱萸以称觞。杀鸡已效于庞公，剪发敢资于陶母。但某叨居乐部，忝预年家。不度芜材，上尘口号。

今朝寿酒泛黄花，郁郁葱葱气满家。愿得唐儿舞一曲，莫嫌国小向长沙。

王氏生子口号

人中五日，知织女之暂来；海上三年，喜花枝之未老。事协紫衔之梦，欢倾白发之儿。好人相逢，一杯径醉。伏以某人女郎，苍梧仙裔，南海贡余。怜谢端之早孤，潜炊相助；叹张镐之没兴，遇酒辄欢。采杨梅而朝飞，擘青莲而暮返。长新玉女之年貌，未压金膏之扫除。万里乘桴，已慕仲尼而航海；五丝绣凤，将从老子以俱仙。东坡居士尊俎千峰，笙簧万籁。聊设三山之汤饼，共倾九酝之仙醪。寻香而来，苒天风之引步；此兴不浅，炯江月之升楼。

罗浮山下已三春，松笋穿阶昼掩门。太白犹逃水仙洞，紫箫来问玉华君。天容水色聊同夜，发泽肤光自鉴人。万户春风为子寿，坐看沧海起扬尘。

寒食宴提刑口号

　　良辰易失，四者难并；故人相逢，五斗径醉。况中年离合之感，正寒食清明之间。时乎不可再来，贤者而后乐此。恭惟提刑学士才本天授，学为人师。事业存乎斯民，文章盖其余事。望之已试于冯翊，翁子暂还于会稽。知府学士接好邻邦，缔交册府。莫逆之契，义等于天伦；不腆之辞，意勤于地主。力讲两君之好，可无七字之诗？欲使异时，传为盛事。

　　云间画鼓叠春雷，千骑寻芳戏马台。半道已逢山简醉，万人争看谪仙来。淮西按部威尤凛，历下怀仁首重回。还把去年留客意，折花临水更徘徊。

诗集卷四十七 古今体诗六十二首

戏足柳公权联句

宋玉对楚王："此独大王之雄风也，庶人安得而共之？"讥楚王知己而不知人也。柳公权小子与文宗联句，有美而无箴，故为足成其篇云。

人皆苦炎热，我爱夏日长。薰风自南来，殿阁生微凉。一为居所移，苦乐永相忘。愿言均此施，清阴分四方。

送别

鸭头春水浓如染，水面桃花弄春脸。衰翁送客水边行，沙衬马蹄乌帽点。昂头问客几时归，客道秋风黄叶飞。系马绿杨开口笑，傍山依约见斜晖。

寄周安孺茶

大哉天宇内，植物知几族。灵品独标奇，迥超凡草木。名从姬旦始，渐播《桐君录》。赋咏谁最先，厥传惟杜育。唐人未知好，论著始于陆。常李亦清流，当年慕高躅。遂使天下士，嗜此偶于俗。岂但中土珍，兼之异邦鬻。鹿门有佳士，博览无不瞩。邂逅天随翁,篇章互赓续。开园颐山下,屏迹松江曲。有兴即挥毫,粲然存简牍。伊予素寡爱,嗜好本不笃。粤自少年时,低徊客京穀。虽非曳裾者,庇荫或华屋。颇见纨绮中,齿牙厌粱肉。小龙得屡试,粪土视珠玉。团凤与葵花,碔砆杂鱼目。贵人自矜惜,捧玩且缄椟。未数日注卑,定知双井辱。于兹事研讨,至味识五六。自尔入江湖,寻僧访幽独。高人固多暇,探究亦颇熟。闻道早春时,携籝赴初旭。惊雷未破蕾,采采不盈掬。旋洗玉泉蒸,芳馨岂停宿。须臾布轻缕,火候谨盈缩。不惮顷间劳,经时废藏蓄。髹筒净无染,箬笼匀且复。苦畏梅润侵,暖须人气奥。有如刚耿性,不受纤芥触。又若廉夫心,难将微秒渎。晴天敞虚府,石碾破轻绿。永日遇闲宾,乳泉发新馥。香浓夺兰露,色嫩欺秋菊。闽俗竞传夸,丰腴面如粥。自云叶家白,颇胜中山醁。好是一杯深,午窗春睡足。清风击两腋,去欲凌鸿鹄。嗟我乐何深,《水经》亦屡读。子咤中泠泉,次乃康王谷。蟆培顷曾尝,瓶罂走僮仆。如今老且懒,细事百不欲。美恶两俱忘,谁能强追逐。姜盐拌白土,稍稍从吾蜀。尚欲外形骸,安能徇口腹。由来薄滋味,日饭止脱粟。外慕既已矣,胡为此羁束。昨日散幽步,偶上天峰麓。山圃正春风,蒙茸万旗簇。呼儿为招客,采制聊亦复。地僻谁我从,包藏置厨簏。何尝较优劣,但喜破睡速。况此夏日长,人间正炎毒。幽人无一事,午饭饱蔬菽。困卧北窗风,风微动窗竹。乳瓯十分满,人世真局促。意爽飘欲仙,头轻快如沐。昔人固多癖,我癖良可赎。为问刘伯伦,胡然枕糟曲。

颜阖

颜阖古有道,躬耕自衣食。区区鲁小邦,不足隐明德。轺车来我门，聘币继金璧。出门应使者，耕稼不谋国。但疑误将命，非敢惮行役。使者反锡命，户庭空履迹。薄俗徇世荣，截趾履之适。所重易所轻，隋珠弹飞翼。伊人畏照影，独往就阴息。鼎俎荐忠贤，谁能死燔炙。念彼藏皮冠，安知获尧客。

梦雪

残杯失春温，破被生夜悄。开门万山白，俯仰同一照。虽时出圭角，固自绝瑕窍。儿童勿惊怪，调汝得一笑。

戏赠田辨之琴姬

流水随弦滑，清风入指寒。坐中有狂客，莫近绣帘弹。

书黄筌画《翎毛花蝶图》二首

其一

短翎长喙喜喧卑，曳练双翔亦自奇。赖有黄鹂斗媛好，独依薛石立多时。

其二

绿阴青子已愁人，忍见中庭燕麦新。惆怅刘郎今白首，时来看卷觅余春。

寒食夜

漏声透入碧窗纱，人静秋千影半斜。沉麝不烧金鸭冷，淡云笼月照梨花。

和寄天选长官

寓形宇宙间，佚我方以老。流光安足恃，百岁同过鸟。顷予蒙网罗，文采缘自表。自古山林人，何曾识机巧。但记寒岩翁，论心秋月皎。黄香十年旧，禅学参众妙。虚怀养天和，肯徇奔走闹。官居职事理，晨起何用早。桐阴满西斋，叱吏供洒扫。眷予东南来，野饭煮芹蓼。葆光既清尚，令尹亦高蹈。相将古寺行，软语颓晚照。公家有畸人，<small>自注：公有族人隐嵩山。</small>虚缘能自保。卜筑嵩山阳，何当从结好。中山饶胜景，一览未易了。何时命巾车，共陟云外峤。翻思筋力疲，不复追踊跳。公诗拟《南山》，雄拔千丈峭。形容逼天真，邂逅识其要。藩篱吾未窥，敢议穷阃奥。

次韵张甥棠美昼眠

炎歊六月北窗凉，更觉甘如饭稻粱。宰我粪墙讥敢避，孝先经笥谑兼忘。忧虞心谢知时雁，安稳身同挂角羊。要识熙熙不争竞，华胥别是一仙乡。

陆莲庵

何妨红粉唱迎仙，来伴山僧到处禅。陆地生花安足怪，而今更有火中莲。

书寄韵

已将镜镊投诸地，喜见苍颜白发新。历数三朝轩冕客，色声谁是独完人。

谒敦诗先生因留一绝

凛凛人言君似雪，我言凛凛雪如君。时人尽怪苏司业，不解将钱与广文。

绝句二首

其一

峨峨叠石立何孤，赖有萧萧翠竹俱。日暮无人鸥鸟散，空留野水伴寒芦。

其二

漠漠秋高露气清，新蒲倚石近溪生。夜来雨后西风急，静向窗前似有声。

春夜

春宵一刻值千金，花有清香月有阴。歌管楼台声细细，秋千院落夜沉沉。

醉睡者

有道难行不如醉,有口难言不如睡。先生醉卧此石间,万古无人知此意。

数日前,梦人示余一卷文字,大略若谕马者,用"吃蹶"两字。梦中甚赏之,觉而忘其余,戏作数语足之

天骥虽老,举鞭脱逸。交驰蚁封,步中衡石。旁睨驽骀,丰肉灭节。徐行方轨,动辄吃蹶。天资相绝,未易致诘。

村醪二尊献张平阳

其一

万户春浓酒似油,想须百瓮到床头。主人日饮三千客,应笑穷官送督邮。

其二

诗里将军已筑坛,后来裨将欲登难。已惊老健苏梅在,更作风流王谢看。□出定知书满腹,瘦生应为语雕肝。□□洒落江山外,留与人间激懦官。

其三

张公高躅不可到,我欲挽肩才觉难。事业已归前辈录,典型留与后人看。诗如啄雪清牙颊,身觊飞龙吐胆肝。少负清名晚方用,白头翁竟作何官。

失题

独鹤南飞送好音,山中桥梓共成阴。深衣伛偻如初命,卮酒从容向晚斟。城里谁家开寿域,堂东多士作儒林。清霜未落黄花在,笑折高枝绕鬓簪。

题王维画

摩诘本词客,亦自名画师。平生出入辋川上,鸟飞鱼泳嫌人知。山光盎盎著眉睫,水声活活流肝脾。行吟坐咏皆自见,飘然不作世俗辞。高情不尽落缣素,连山绝涧开重帷。百年流落存一二,锦囊玉轴酬不赀。谁令食肉贵公子,不觉祖父驱熊罴。细毡净几读文史,落笔璀璨传新诗。青山长江岂君事,一挥水墨光淋漓。手中五尺小横卷,天末万里分毫厘。谪官南出止均颍,此心通达无不之。归来缠裹任纨绮,天马性在终难羁。人言摩诘是初世,欲从顾老痴不痴。桓公崔公不可与,但可与我宽衰迟。自注:桓玄尝窃长康画,崔圆尝使摩诘画壁。

安平泉

策杖徐徐步此山,拨云寻径兴飘然。凿开海眼知何代,种出菱花不计年。烹茗僧夸瓯泛雪,炼丹人化骨成仙。当年陆羽空收拾,遗却安平一片泉。

和张均题峡山

孤舟转岩曲,古寺出云坳。岸迫鸟声合,水平山影交。堂虚泉漱玉,砌静笋遗苞。我为图名利,无因此结茅。

题女唱驿

揽辔金房道,崎岖难具陈。浮岚常作雨,冷气不知春。少见宽平路,多逢臃肿民。欲知何处远,巫峡是西邻。

溪堂留题

三径萦回草树蒙,忽惊初日上千峰。平湖种稻如西蜀,高阁连云似渚宫。残雪照山光耿耿,轻冰笼水暗溶溶。溪边野鹤冲人起,飞入南山第几重。

新葺小园二首

其一

短竹萧萧倚北墙,斩茅披棘见幽芳。使君尚许分池绿,邻舍何妨借树凉。亦有杏花充窈窕,更烦莺舌奏铿锵。身闲酒美谁来劝,坐看花光照水光。

其二

三年辄去岂无乡,种树穿池亦漫忙。暂赏不须心汲汲,再来惟恐鬓苍苍。应成庾信吟枯柳,谁记山公醉夕阳。去后莫忧人剪伐,西邻幸许庇甘棠。

与李彭年同送崔岐归二曲,马上口占

霜干木落爱秦川,兴发身轻逐鸟翾。贪看暮山忘远近,强陪羽客更流连。貂裘犯雪观形胜,骏马随鹰搏野鲜。为问南溪李夫子,壮心应未逐流年。

二月十六日,与张、李二君游南溪,醉后,相与解衣濯足,因咏韩公《山石》之篇。慨然知其所以乐,而忘其在数百年之外也。次其韵

终南太白横翠微,自我不见心南飞。行穿古县并山麓,野水清滑溪鱼肥。须臾渡溪踏乱石,山光渐近行人稀。穷探愈好去愈锐,意未满足枵如饥。忽闻奔泉响巨硙,隐隐百步摇窗扉。跳波溅沫不可向,散为白雾纷霏霏。醉中相与弃拘束,顾劝二子解带围。褰裳试入插两足,飞浪激起冲人衣。君看麋鹿隐丰草,岂羡玉勒黄金羁。人生何以易此乐,天下谁肯从我归。

送虢令赵荐

嗟我去国久,得君如得归。今君舍我去,从此故人稀。不惜

故人稀,但恐晤语非。西方佳人子,佩服贝与玑。宛兮若处女,未始识户扉。何必识户扉,潜玉有光辉。

亡伯提刑郎中挽诗二首,甲辰十二月八日凤翔官舍书

其一

才贤世有几,廊庙忍轻遗。公在不早用,人今方见思。故山松郁郁,旧史印累累。惟有同乡老,闻名尚涕洟。

其二

挥手东门别,朱颜鬓未霜。至今如梦寐,未信有存亡。后事书千纸,新坟天一方。谁能悲楚相,抵掌悟君王。

谢张太原送蒲桃

冷官门户日萧条,亲旧音书半寂寥。惟有太原张县令,年年专遣送蒲桃。

读晋史

沧海横流血作津,干戈角出竞称真。中原岂是无豪杰,天遣群雄杀晋人。

读《王衍传》

文非经国武非英，终日虚谈取盛名。至竟开门延敌寇，始知清论误苍生。

读后魏《贺狄干传》

外敌争雄宇内残，文风犹自到长安。当时枉被诗书误，惟有鲜卑贺狄干。

入馆

黄省文书分道山，静传钟鼓建章闲。天边玉树西风起，知有新秋到世间。

赠蔡茂先

京城三日雨留人，吴市门前访子真。赤脚长须俱好事，新诗软语坐生春。邺侯久有牙签富，太史犹探禹穴新。不惜为君挥尺素，却忧善守备三邻。

送司勋子才丈赴梓州

别日已苦迫，见日未可期。曷不惜此日，相从把酒卮。人生初甚乐，譬若枰上棋。纵横听汝手，聚散岂吾知。胡为复嗟叹，实恨相识迟。念昔非亲旧，闻名自童儿。不见常隐忧，见之百忧披。相从未云几，别泪遽已垂。有如云间鹤，影过落寒池。举头已千里，可见不可追。我本蜀诸生，能言公少时。初为成都掾，治狱官苦卑。高才绝伦辈，邦伯忘等夷。是时最少年，白晰未有髭。风流能痛饮，敏捷好论诗。勇于鞲上鹰，不啻囊中锥。去蜀曾未久，得县复来眉。簿书纷满前，指画涣无疑。一年吏已服，渐能省鞭笞。二年民尽信，不复烦文移。三年厌闲寂，终日事桐丝。客来投其辖，醉倒不容辞。至今三十年，父老犹嗟咨。东川晚乃至，观者塞路歧。但见东人喜，不知西人悲。如今又继往，人事亦何奇。嗟此信偶然，或云数使之。王城多高爵，要路人争驰。公来席未暖，去不浙晨炊。屡为蜀人得，毋乃天见私。吾徒本学道，穷达理素推。况为二千石，所至可乐嬉。细思为县日，宾友存者谁。或终卧茅屋，或去悬金龟。或已登鬼籍，墓木如门楣。感时何倏忽，抚旧应涕洟。紫绶著更好，红颜蔚不衰。权奇玉勒马，阿那胡琴姬。逢人可与乐，慎勿苦相思。

送宋君用游辇下

　　暴雨涨荒溪，尺水生洪流。中有泼泼鲤，泛然方快游。安知赤日烁，沸浪生浮沤。石密岸狭束，鳞鬣窘若囚。一失在藻乐，遂有辙鲋忧。誓将泛江湖，雪此煦沫羞。江湖与荒溪，巨细虽不侔。此流彼之派，联接讵阻修。超然奋跃去，势若鹰离鞲。浮沉谢群蛙，窟穴依长洲。洗刷沮洳泥，被服白纹裘。谁知岁月久，涌浪生咽喉。赖尔溪中物，虽困有远谋。不似沼沚间，四合狱万鲰。纵知有江湖，绵绵隔山丘。人生岂异此，穷达皆有由。吾乡广平君，少与轻薄游。堆金等屋梁，穄秅百顷秋。朝筵罗红颜，夜庖炙肥牛。落魄穷书生，多以金帛收。高赀一朝尽，里巷谁青眸。儿女号饥寒，亲友寡馈赒。中夜起长叹，慷慨商声讴。我非田农家，安能事锄耰。又非将帅种，不惯挥戈矛。平生负壮气，岂可遂尔休。今我中丞公，位隆职兼优。官爵连九族，一门千骅骝。虽云富贵殊，敢以贫贱投。姻戚苦未远，我困岂我丑。八月秋风高，驾言动轻辀。将行来告别，求赠安敢庹。嗟子穷已甚，倚伏理亦周。溪鱼解如此，况子知公侯。马壮仆正健，去去其无留。

咏怪石

家有粗险石，植之疏竹轩。人皆喜寻玩，吾独思弃捐。以其无所用，晓夕空嶻然。砧础则甲斫，砥砚乃枯顽。于缴不可砮，以碑不可镌。凡此六用无一取，令人争免长物观。谁知兹石本灵怪，忽从梦中至吾前。初来若奇鬼，肩股何屡颜。渐闻硁磤声，久乃辨其言。云我石之精，愤子辱我欲一宣。天地之生我，族类广且蕃。子向所称用者六，星罗雹布盈溪山。伤残破碎为世役，虽有小用乌足贤。如我之徒亦甚寡，往往挂名经史间。居海岱者充《禹贡》，雅与铅松相差肩。处魏榆者白昼语，意欲警惧骄君悛。或在骊山拒强秦，万牛喘汗力莫牵。或从扬州感卢老，代我问答多雄篇。子今我得岂无益，震霆凛霜我不迁。雕不加文磨不莹，子盍节概如我坚。以是赠子岂不伟，何必责我区区焉。吾闻石言愧且谢，丑状欻去不可攀。骇然觉坐想其语，勉书此诗席之端。

题西湖楼

少年过了未衰颜,正在悲欢季孟间。细雨溟濛湖上寺,东风摇荡酒中山。千金用尽终须老,百计寻思不似闲。醉里下楼知早晚,喧喧扶路笑歌还。

题双竹堂壁

江上樯竿一百尺,山中楼台十二重。山僧楼上望江上,遥指樯竿笑杀侬。

风水洞闻二禽

林外一声青竹笋,坐间半醉白头翁。春山最好不归去,惭愧春禽解劝侬。

法惠小饮,以诗索周开祖所作

立著巫娥多少时,安排云雨待清词。酒酣鲁叟频相忆,曲罢周郎尚不知。海鹚无踪飞过速,云龙有报发来迟。从今莫入寻春会,为欠梅花一首诗。

次韵陈时发太博双竹

千年谁复继夷齐,凛凛霜筠此斗奇。要识苍龙联蚬意,拟容丹凤宿凰枝。扶持有伴雪应怕,裁剪无人风自吹。莫遣骚人说连理,君看高节孰如雌。

周夫人挽词

教子通经古所贤,安贫守道节尤坚。当熊遗烈传家世,投烛诸郎慰眼前。不待金花书诰命,忽惊玉树掩新阡。凯风吹棘君休咏,我亦孤怀一泫然。

天圣二僧皆蜀人,不见,留二绝

其一

家山忘了脚腾腾,试作巴谈却解譍。不为游人问乡里,岂知身是锦城僧。

其二

方丈门开怪不迎,给孤邀供未还城。兴来且作寻安道,醉后何须觅老兵。

会饮有美堂,答周开祖湖上见寄

杜牧端来觅紫云,狂言謷倒石榴裙。岂知野客青筇杖,独卧山僧白氎纹。且向东皋伴王绩,未遑南越吊终军。新诗过与佳人唱,从此应难减一分。

和吴少卿绝句

欲伴骚人赋百篇，归心要及菊花前。明朝知覆谁家瓿，犹有桓谭道必传。

题沈氏天隐楼

楼上新诗二百篇，三吴处士最应贤。非夷非惠真天隐，忘世忘身恐地仙。散尽黄金犹好客，归来碧瓦自生烟。灵犀美璞无人识，蔚蔚空惊草木妍。

和人登海表亭

谯门对耸压危坡，览胜无如此得多。尽见西山遮岱岭，迥分东野隔新罗。花时千圃堆红锦，雪昼双城叠白波。回首毬场尤醒眼，一番风送鉴重磨。

会双竹席上奉答开祖长官

松柏萧萧满故丘，知君怀抱尚悲秋。算来九九无多日，唱著三三忆旧游。皓月徘徊应许共，清诗妙绝不容酬。梅花社燕难相并，莫为吴娘暗泪流。

次韵答开祖

泪滴秋风不为麟，虚名何用实之宾。炰豚未害为纯孝，狸首何妨助故人。好唤游湖缘路便,难邀入社为诗频。知君颇有东山兴,碣石岩前自过春。

北山广智大师回自都下,过期而归。时率开祖、无悔同访之,因留渌净堂竹鹤二绝

其一

渌净堂前竹,秋期赴白云。不知缘底事,一日可无君。

其二

渌净堂前鹤,孤栖守竹轩。胸中无限事,恨汝不能言。

欲往湖州,见孙莘老,别公辅、希元、彦远、醇之、穆仲

秋来欲见紫髯翁,待得梅花细萼红。记取上元灯火夜,道人犹在水晶宫。

富阳道中

清晨振衣起,起步方池侧。徘徊俯丹楹,倒影见敧仄。不识陶靖节,定非风尘格。遥怀谢灵运,本自林泉客。予生忽世事,不以形为役。顾彼冕弁人,冕弁非予适。

赠青潍将谢承制

　　吾皇有意缚单于,槌破铜山铸虎符。骁将新除三十六,精兵共领五千都。周王常德须攘狄,汉帝雄才亦尚儒。君学本兼文武术,功名不必读孙吴。

过潍州驿,见蔡君谟题诗壁上,云:"绰约新娇生眼底,逡巡旧事上眉尖。春来试问愁多少,得似春潮夜夜添。"不知为谁而作也。和一首

　　长垂玉箸残妆脸,肯为金钗露指尖。万斛闲愁何日尽,一分真态更难添。

诗集卷四十八 古今体诗九十首

黄州春日杂书四绝

其一

楚乡春冷早梅天，柳色波光已斗妍。淮上雁行皆北向，可无消息到侬边。

其二

中州腊尽春犹浅，只有梅花最可怜。坐遣牡丹成俗物，丰肌弱骨不成妍。

其三

清晓披衣寻杖藜，隔墙已见最繁枝。老人无计酬清丽，夜就寒光读《楚辞》。

其四

病腹难堪七碗茶，晓窗睡起日西斜。贫无隙地栽桃李，日日门前看卖花。

晚游城西开善院,泛舟暮归,二首

其一

晚照余乔木,前村起夕烟。棋声虚阁上,酒味早霜前。远谪何须恨,来游不偶然。风光类吾土,乃是蜀江边。

其二

放船江濑浅,城郭近连村。水槛松筠静,市桥灯火繁。谁家挂鱼网,小舫系柴门。卜筑计未定,何妨试买园。

和人雪晴书事

消尽琼瑶云驭归,余寒犹复助风威。垂帘渐学秋霖滴,满地犹疑夜月辉。冻壤相和开荜户,流澌半释拥苔矶。可怜乌鹊饥无食,日暮空林何所依。

奉酬仲闵食新面汤饼,仍闻籴麦甚盛,因以戏之

初见煌煌秀两岐,俄惊落硙雪霏霏。可烦都尉热成汗,绝胜临淄贫易衣。尚有清才对风月,未妨便腹贮书诗。知君货殖夸长袖,满籴千箱待一饥。

读仲闵诗卷,因成长句

喜见西风吹麦秋,年年为遒老农忧。沾涂手足经年种,荐载

珠玑一倍收。壮齿君能亲稼穑,异时我亦困锄櫌。独怜紫竹堂前月,清夜娟娟照客愁。

送酒与崔诚老

雪堂居士醉方熟,玉涧山人冷不眠。送与安州泼醅酒,从今三日是三年。

与郭生游寒溪,主簿吴亮置酒,郭生喜作挽歌,酒酣发声,坐为凄然。郭生言吾恨无佳词,因为略改乐天《寒食》诗歌之,坐客有泣者。其词曰

乌啼鹊噪昏乔木,清明寒食谁家哭。风吹旷野纸钱飞,古墓累累春草绿。棠梨花映白杨路,尽是死生离别处。冥漠重泉哭不闻,萧萧暮雨人归去。

戏作切语竹诗

隐约安幽奥,萧骚雪薮西。交加工结构,茂密渺冥迷。引叶油云远,攒丛聚族齐。奔鞭迸壁背,脱箨吐天梯。烟篆散孙息,高竿拱楠枅。漏阑零露落,庭度独蜩啼。扫洗修纤笋,窥看诘曲溪。玲珑绿醹醴,邂逅盍闲携。

山行见月四言

吟哦傲兀，仰晤岩月。迈巇迎崖，银刬玉啮。源鱼唅喁，岸雁虒虒。卧玩我语，聱牙岌嶪。

忆黄州梅花五绝

其一

邾城山下梅花树，腊月江风好在无。争似姑山寻绰约，四时常见雪肌肤。

其二

一枝价重万琼琚，直恐姑山雪不如。尽爱丹铅竞时好，不知风雪养天姝。

其三

虽老于梅心未衰，今朝谁赠楚江枝。旋倾尊酒临清影，正是吴姬一笑时。

其四

不用相催已白头，一生判却见花羞。扬州何逊吟情苦，不枉清香与破愁。

其五

玉琢青枝蕊缀金，仙肌不怕苦寒侵。淮阳城里娟娟月，樊口江边耿耿参。

访散老不遇

君来不遇我，我到不逢君。古殿依修柏，寒花对暮云。

和王定国

离歌添唧唧，古曲拟行行。不作相随燕，空吟久住莺。嘈腾君上马，寂寞我回城。明日东门外，空舟独自横。

试院观伯时画马绝句

竹头抢地风不举，文书堆案睡自语。看马欲骧顿风尘，亦思归家洗袍裤。

出局偶书

急景归来早，穷阴晚不开。倾杯不能饮，留待卯君来。

觅俞俊笔

笔工近岁说吴俞，李葛虚名总不如。虽是玉堂挥翰手，自怜白首尚抄书。

鼠须笔

太仓失陈红，狡穴得余鼠。既兴丞相叹，又发廷尉怒。磔肉饲饥猫，分毫杂霜兔。插架刀槊健，落纸龙蛇骛。物理未易诘，时来即所遇。穿墉何卑微，托此得佳誉。

琴枕

高情闲处任君弹，幽梦来时与子眠。彭泽漫知琴上趣，邯郸深得枕中仙。试寻玉轸抛何处，闲唤香云在那边。平素不须烦按抑，秦娥自解语如弦。

书李宗晟《水帘图》

宗晟一轴《水帘图》，寄与南舒李大夫。未向林泉归得去，炎天酷日且令无。

书《龙马图》

先皇御马三千匹，仗下曾骑玉骆骢。金鼎丹成龙亦化，圉人空栈泣西风。

皎然禅师《赠吴凭处士诗》云："世人不知心是道，只言道在西方妙。还如瞽者望长安，长安在东向西笑。"东坡居士代答云

寒时便具热时风，饥汉那知食药功。莫怪禅师向西笑，缘师身在长安东。

灯花一首赠王十六

金粟钗头次第多，起看缺月带斜河。悬知瑞草桥边夜，笑指灯花说老坡。

王晋卿得破墨三昧，又尝闻祖师第一义，故画邢和璞、房次律论前生图，以寄其高趣。东坡居士既作《破琴诗》以记异梦矣，复说偈云

前梦后梦真是一，彼幻此幻非有二。正好长松水石间，更忆前生后生事。

和芝上人竹轩

洞外复空中，千千万万同。劳师唱竹颂，知是阿谁风。

戏赠秀老

拆却相公庵,泥却驸马竹。天下人总知,流入《传灯录》。

和晁美叔老兄

反观皆自直,相诋竟谁谀。事过始堪笑,梦中今了无。珍材尚空谷,瘦马正长途。未识造物意,茫然同一炉。

暮归

牛羊久已下,寂寞掩柴扉。水鹳鸣城堞,飞萤上戟衣。夜凉江海近,天阔斗牛微。何日招舟子,寒江北渡归。

待旦

梦破山骨冷,扶桑未放晓。披衣坐虚堂,缺月犹皎皎。扬泉漱寒冽,激齿冰雪绕。百体喜坚壮,万象觉清悄。簪履事朝谒,神魂飞窅渺。龛灯蚌珠剖,炉穗玉绳袅。浮念恍已消,真庭谅非杳。须臾霁霞起,赫奕射林表。高树引凉蝉,深枝啅栖鸟。二虫彼何为,逐动自纷扰。悠悠天宇内,岂复论大小。覆盎舞醯鸡,浓昏恣飞绕。定知达观士,方寸常了了。世无陶靖节,此乐知者少。

约吴远游与姜君弼吃蕈馒头

天下风流笋饼啖,人间济楚蕈馒头。事须莫与缪汉吃,送与麻田吴远游。

除夜访子野食烧芋戏作

松风溜溜作春寒,伴我饥肠响夜阑。牛粪火中烧芋子,山人更吃懒残残。

北归度岭寄子由

青松盈尺间香梅,尽是先生去后栽。应笑来时无一物,手携拄杖却空回。

《鸣泉思》,思君子也。君子抱道且殆,而时弗与,民咸思之。鸣泉故基堙圮殆尽,眉山苏轼搔首踟蹰,作《鸣泉思》以思之

鸣泉鸣泉,经云而潺湲。拔为毛骨者修竹,蒸为云气者霏烟。山夔莫能隐其怪,野翟讵敢藏其奸。茅庐肃肃,昔有人焉。其高如山,其清如泉。其心金与玉,其道砥与弦。执德没世,落月入地。英名皎然,阳曦丽天。旧隐寂寂,新篁娟娟。思彼君子,我心如悬。谷鸟在上,岩花炫前。鸣泉鸣泉,使我菀结而华颠。

丰年有高廪诗

颂声歌盛旦,多黍乐丰年。近见藏高廪,遥知熟大田。在畴

纷已获,如阜隐相连。鲁史详而记,神仓赋且全。舂人洪蓄积,祖庙享恭虔。圣后忧农切,宜哉报自天。

万菊轩

一轩高为黄花设,富拟人间万石君。佳本尽从方外得,异香多在月中闻。引泉北涧分清露,开径南山破白云。此意欲为知者道,陶翁犹自未离群。

韩幹马

少陵翰墨无形画,韩幹丹青不语诗。此画此诗今已矣,人间驽骥漫争驰。

送煮菜赠包安静先生

野菜此出珍又珍,送与西邻病酒人。便须起来和热吃,不消洗面裹头巾。

沿流馆中得二绝句

其一

淮西功业冠吾唐,吏部文章日月光。千载断碑人脍炙,不知世有段文昌。

其二

李白当年流夜郎，中原无复汉文章。纳官赎罪人何在，壮士悲歌泪万行。

梦中赋裙带

百叠漪漪风皱，六铢縰縰云轻。植立含风广殿，微闻环佩摇声。

王定国自彭城往南都，时子由在宋幕，求家书，仆醉不能作，独以一绝句与之

王郎西去路漫漫，野店无人霜月寒。泪尽粉笺书不得，凭君送与卯君看。

司命宫杨道士息轩

无事此静坐，一日似两日。若活七十年，便是百四十。黄金几时成，白发日夜出。开眼三千秋，速如驹过隙。是故东坡老，贵汝一念息。时来登此轩，目送过海席。家山归未能，题诗寄屋壁。

赠黄州官妓

东坡五载黄州住，何事无言及李宜。却似西川杜工部，海棠虽好不吟诗。

六言乐语

桃园未必无杏,银矿终须有铅。荇带岂能拦浪,藕花却解留莲。

题领巾绝句

临池妙墨出元常,弄玉娇姿笑柳娘。吟雪要看惊太傅,断弦何必试中郎。

书裙带绝句

任从酒满翻香缕,不愿书来系彩笺。半接西湖横绿草,双垂南浦拂红莲。

虎跑泉

金沙泉涌雪涛香,洒作醍醐大地凉。解妒九天河影白,遥通百谷海声长。僧来汲月归灵石,人到寻源宿上方。更续《茶经》校奇品,山瓢留待羽仙尝。

端砚诗

披云离北岩,度岭入中夏。重藉剪楚茅,方函斫英槚。骚坛意莫逆,匠石语□麦。匪埿劳运斤,如带防毁铐。砺□□□□,观隅整同厦。津津剖马肝，索索模羊觟。气逼松滋豪，姻联雪涛姹。
登堂却蹒跚，饮水何甜闲。守墨面宜黔，含贞口终哑。静惟有寿
焉，砧尚可磨也。鲁史记获麟，晋帖题裹鲊。供给到唐文，护持等
商罜。眉形空爱纤，风字仍嫌哆。载观七八评，咸本六一写。退然
敢摩肩，信矣俱出跨。始知尹公他，不媚王孙贾。铭诗与器传，篆
刻当碑打。严韵拾子遗，微才任聊且。

张无尽过黄州，徐君猷为守，有四侍人，姓为孙、姜、阎、齐。适张夫人携其一往婿家，既暮复还，乃阎姬也，最为徐所宠，因书绝句云

玉笋纤纤揭绣帘，一心偷看绿萝尖。使君三尺毬头帽，须信
从来只有檐。

铜陵县陈公园双池二首

其一

南北山光照绿萝，濯缨洗耳不须多。天空月满宜登眺，看取
青铜两处磨。

其二

落帆重到古铜官，长是江风阻往还。要使谪仙回舞袖，千年
醉拂五松山。

咏槟榔

异味谁栽向海滨,亭亭直干乱枝分。开花树杪翻青箬,结子苞中皱锦纹。可疗饥怀香自吐,能消瘴疠暖如熏。堆盘何物堪为偶,萎叶清新卷翠云。

正月八日招王子高饮

屋雪号风苦战贫,纸窗迎日稍知春。正如蒼蔔林中坐,更对芙蓉城里人。昨想玉堂空冷彻,谁分银槎送清醇。海山知有东南角,正看归鸿作小鞏。

醉中题鲛绡诗

天地虽虚廓,惟海为最大。圣王皆祀事,位尊河伯拜。祝融为异号,恍惚聚百怪。二气变流光,万里风云快。灵旗摇红蕙,赤虬喷滂湃。家近玉皇楼,彤光照世界。若得明月珠,可偿逐客债。

无题

帘卷窗穿户不扃,隙尘风叶任纵横。幽人睡足谁呼觉,敲枕床前有月明。

葛延之赠龟冠

南海神龟三千岁,兆协朋从生庆喜。智能周物不周身,未免人钻七十二。谁能用尔作小冠，岣嵝耳孙创其制。君今此去宁复来，欲慰相思时整视。

别海南黎民表

我本海南民，寄生西蜀州。忽然跨海去，譬如事远游。平生生死梦，三者无劣优。知君不再见，欲去且少留。

雅安人日次旧韵二首

其一
人日滞留江上村，定知芳草怨王孙。题诗寄远方挥翰，扶杖登高独出门。柳色忍看成感叹，花前归思自飞翻。浮阳披冻虽才弄，已觉春工漏一元。

其二
似闻高隐在前村，坐膝扶床戏子孙。自赏春光携桂酒，喜逢晴色款柴门。屏间带日金人活，头上迎风彩胜翻。蓬鬓扶疏吾老矣，岂能旧貌改新元。

和代器之

雨过郊原一番新，寻芳车马踏无尘。普天冷食闻前古，萧寺清游属两人。不作佺期问新历，颇同之问感余春。明年归藉梨花上，应会群贤及四邻。

自题金山画像

心似已灰之木，身如不系之舟。问汝平生功业，黄州惠州儋州。

《归来引》送王子立归筠州

归去来兮，世不汝求胡不归。汹北望之横流兮，渺西顾之尘霾。纷野马之决骤兮，幸余首之未靰。出彭城而南骛兮，眷丘陇而增欷。乱清淮而俯鉴兮，惊昔容之是非。念东坡之遗老兮，轻千里而款余扉。共雪堂之清夜兮，揽明月之余辉。曾鸡黍之未熟兮，叹空室之伊威。我挽袖而莫留兮，仆夫在门歌《式微》。归去来兮，路渺渺其何极。将税驾于何许兮，北江之南，南江之北。于此有人兮，俨峨峨其丰硕。孰居约而尔肥兮，非糠核其何食。久抱一而不试兮，愈温温而自克。吾居世之荒浪兮，视昏昏而听默默。非之子莫振吾过兮，久不见恐自贼。吾欲往而道无由兮，子何畏而不即。将以彼为玉人兮，以子为之璞也。

黄泥坂词

出临皋而东骛兮，并丛祠而北转。走雪堂之坡陀兮，历黄泥之长坂。大江汹以左缭兮，渺云涛之舒卷。草木层累而右附兮，蔚柯丘之葱蒨。余旦往而夕还兮，步徙倚而盘桓。虽信美而不可居兮，苟娱余于一盼。余幼好此奇服兮，袭前人之诡幻。老更变而自哂兮，悟惊俗之来患。释宝璐而被缯絮兮，杂市人而无辨。路悠悠其莫往来兮，守一席而穷年。时游步而远览兮，路穷尽而旋反。朝嬉黄泥之白云兮，暮宿雪堂之青烟。喜鱼鸟之莫余惊兮，幸樵苏之我嫚。初被酒以行歌兮，忽放杖而醉偃。草为茵而块为枕兮，穆华堂之清宴。纷坠露之湿衣兮，升素月之团团。感父老之呼觉兮，恐牛羊之予践。于是蹶然而起，起而歌曰：月明兮星稀，迎余往兮饯余归。岁既宴兮草木腓，归来归来兮，黄泥不可以久嬉。

清溪词

大江南兮九华西，泛秋浦兮乱清溪。水渺渺兮山无蹊，路重复兮居者迷。烂青红兮粲高低，松十里兮稻千畦。山无人兮云朝跻，霭濛濛兮湋凄凄。啸林谷兮号水泥，走麙羭兮下凫鹥。忽孤垒兮隐重堤，杳冥茫兮闻犬鸡。郁万瓦兮鸟翼齐，浮轩楹兮飞栱枅。雁南归兮寒蜩嘶，弄秋水兮挹玻璃。朝市合兮杂髦毜，挟箪瓢兮佩锄犁。鸟兽散兮相扶携，隐惊雷兮骛长霓。望翠微兮古招提，挂木杪兮翔云梯。若有人兮怅幽栖，石为门兮云为闺。块虚堂兮法喜妻，呼猿狙兮子鹿麛。我欲往兮奉杖藜，独长啸兮谢阮嵇。

上清词

南山之幽，云冥冥兮。孰居此者，帝侧之神君。君胡为乎山之幽，顾宫殿兮久淹留。又曷为一朝去此而不顾兮，悲此空山之人也。来不可得而知兮，去固不可得而讯也。君之来兮天门空，从千骑兮驾飞龙。隶辰星兮役太岁，俨昼降兮雷隆隆。朝发轸兮帝庭，夕弭节兮山宫。怃有妖兮虐下土，精为星兮气为虹。爰流血之滂沛兮，又嗜疟疠与蟊虫。啸盲风而涕淫雨兮，时又吐旱火之烛融。衔帝命以下讨兮，建千仞之修锋。乘飞霆而追逸景兮，歘羣扫灭而无踪。忽崩播其来会兮，走海岳之神公。龙车兽鬼不知其数兮，旗纛晻霭而冥蒙。渐俯伛以旅进兮，锵剑佩之相舂。司杀生之必信兮，知上帝之不汝容。既约束以反职兮，退战栗而愈恭。泽充塞于四海兮，独澹然其无功。君之去兮天门开，款阊阖兮朝玉台。群仙迎兮塞云汉，俨前导兮纷后陪。历玉阶兮帝迎劳，君良苦兮马虺颓。闵人世兮迫隘，陈下土兮帝所哀。返琼宫之嵯峨兮，役万灵之喧豗。默清净以无为兮，时节狩于斗魁。诣通明而献黜陟兮，轶荡荡其无回。忽表里之焕霍兮，光下烛于九垓。时游目以下览兮，五岳为豆，四溟为杯。俯故宫之千柱兮，若毫端之集埃。来非以为乐兮，去非以为悲。谓神君之既返兮，曾颜咫尺之不违。升秘殿以内悸兮，魂凛凛而上驰。忽寤寐以有得兮，敢沐浴而献辞。是耶非耶，臣不可得而知也。

山坡陀行

山坡陀兮下属江，势崖绝兮游波所荡如颓墙。松茀律兮百尺傍，拔此惊葛藟之上。不见日兮下可依，吾曳杖兮吾僮亦吾之书随。藐余望兮水中沚，顾然而长者黄冠而羽衣。浣颐坦腹盘石箕坐兮，山亦有趾安不危，四无人兮可忘饥。仙人偓佺自言其居瑶之圃，一日一夜飞相往来不可数。使其开口言兮，岂惟河汉无极惊余心。默不言兮，蹇昭氏之不鼓琴。憺将山河与日月长在，若有人兮，梦中仇池我归路。此非小有兮，噫乎何以乐此而不去。昔余游于葛天兮，身非陶氏犹与偕。乘渺茫良未果兮，仆夫悲余马怀。聊逍遥兮容与,晞余发兮兰之渚。余论世兮千载一人犹并时,余行诘曲兮欲知余者稀。峨峨洋洋余方乐兮,譬余系舟于水,鱼潜鸟举亦不知。何必每念辄得,应余若响,坐有如此兮人子期。

醉翁操

　　琅邪幽谷,山水奇丽。泉鸣空涧,若中音会。醉翁喜之,把酒临听,辄欣然忘归。既去十余年,而好奇之士沈遵闻之,往游焉,以琴写其声,曰《醉翁操》。节奏疏宕,而音指华畅,知琴者以为绝伦。然有其声而无其辞,翁虽为作歌,而与琴声不合。又依《楚辞》作《醉翁引》,好事者亦倚其辞以制曲,虽粗合均度,而琴声为辞所绳约,非天成也。后三十余年翁既捐馆舍,而遵亦殁久矣。有庐山玉涧道人崔闲,特妙于琴,恨此曲之无词,乃谱其声,而请于东坡居士以补之云。

　　琅然,清圜,谁弹?响空山,无言。惟翁醉中和其天,月明风露娟娟,人未眠,荷蒉过山前,曰有心也哉此贤。醉翁啸咏,声和流泉。醉翁去后,空有朝吟夜怨。山有时而童颠,水有时而回川。思翁无岁年,翁今为飞仙,此意在人间,试听徽外三两弦。

次韵借观《睢阳五老图》

　　国老安荣心自闲,紫袍金带旧簪冠。星骑箕簸扬糠粃,斗掌权衡表汉桓。冬有愆阳嫌薄热,夏多沴气畏轻寒。赖得五贤清雅出,俾人敬慕肃容看。

题金山寺回文体

潮随暗浪雪山倾,远浦渔舟钓月明。桥对寺门松径小,槛当泉眼石波清。迢迢绿树江天晓,霭霭红霞晚日晴。遥望四边云接水,碧峰千点数鸥轻。

赠姜唐佐

生长茅间有异芳,风流稷下古诸姜。适从琼管鱼龙窟,秀出羊城翰墨场。沧海何曾断地脉,白袍端合破天荒。锦衣他日千人看,始信东坡眼力长。

水月寺

千尺长松挂薜萝,梯云岭上一声歌。湖山深秀有何处,水月池中桂影多。

半月泉,苏轼、曹辅、刘季孙、鲍朝懋、郑嘉会、苏固同游。元祐六年三月十一日

请得一日假,来游半月泉。何人施大手,擘破水中天。

游何山

今古何山是胜游,乱峰萦转绕沧洲。云含老树明还灭,石碍

飞泉咽复流。遍岭烟霞迷俗客，一溪风雨送归舟。自嗟尘土先衰老，底事孤僧亦白头。

自题临文与可画竹

石室先生清兴动，落笔纵横飞小凤。借君妙意写筼筜，留与诗人发吟讽。

宝墨亭

山阴不见换鹅经，京口空传《瘗鹤铭》。潇洒谪仙来作郡，风流太守为开亭。两篇玉蕊尘初涤，四体银钩迹尚青。我久临池无所得，愿观遗法快沉冥。

双井白龙

岩泉未入井，蒙然冒沙石。泉嫩石为厌，石老生罅隙。异哉寸波中，露此横海脊。先生酌泉笑，泉秀神龙蛰。举手玉箸插，忽去银钉掷。大身何时布，大翮翔霹雳。谁言鹏背大，更觉宇宙窄。

瑞金东明观

浮金最好溪南景，古木楼台画不成。天籁远兼流水韵，云璈常听步虚声。青鸾白鹤蟠空下，翠草玄芝匝地生。咫尺仙都隔尘世，门前车马任纵横。

题清淮楼

观鱼惠子台芜没,梦蝶庄生冢木秋。惟有清淮供四望,年年依旧背城流。

西湖绝句^①

毕竟西湖六月中,风光不与四时同。接天莲叶无穷碧,映日荷花别样红。

戏答佛印

远公沽酒饮陶潜,佛印烧猪待子瞻。采得百花成蜜后,不知辛苦为谁甜。

失题三首

其一

木落沙明秋浦,云卧烟淡潇湘。曾学扁舟范蠡,五湖深处鸣榔。

其二

望断水云千里,横空一抹晴岚。不见邯郸归路,梦中略到

①此诗见《锦绣万花谷·后集》卷三。按,此为杨万里作,见《诚斋集》卷二三,《锦绣万花谷》误收。

江南。

其三

公子只应见画，此中我独知津。写到水穷天杪，定非尘土间人。

来鹤亭

鸿渐偏宜丹凤南，冠霞帔月影毵毵。酒酣亭上来看舞，有客新名唤作耽。

诗集卷四十九 古今体诗四十七首

老翁井①

井中老翁误年华,白沙翠石翁之家。公来无踪去无迹,井面团团水生花。翁今与世两何与,无事纷纷惊牧竖。改颜易服与世同,毋使世人知有翁。

送蜀僧去尘

十年读《易》费膏火,尽日吟诗愁肺肝。不解丹青追世好,欲将芹芷荐君盘。谁为善相宁嫌瘦,后有知音可废弹。拄杖挂经须倍道,故乡春蕨已阑干。

和人回文五首

其一

红窗小泣低声怨,永夕春寒斗帐空。中酒落花飞絮乱,晓莺啼破梦匆匆。

---

① 此篇及下篇,一说为苏洵作品。

其二

同谁更倚闲窗绣,落日红扉小院深。东复西流分水岭,恨兼愁续断弦琴。

其三

寒信风飘霜叶黄,冷灯残月照空床。看君寄忆传文锦,字字萦愁写断肠。

其四

前堂画烛夜凝泪,半夜清香荔惹衾。烟锁竹枝寒宿鸟,水沉天色霁横参。

其五

蛾翠敛时闻燕语,泪珠弹处见鸿归。多情妾似风花乱,薄幸郎如露草晞。

送淡公二首①

其一

燕本冰雪骨,越淡莲花风。五言双宝刀,联响高飞鸿。翰苑钱舍人,诗韵铿雷公。识本不识淡,仰咏嗟无穷。清韵生物表,朗玉倾壶中。常于冷竹坐,相语道意冲。嵩洛兴不薄,稽江事难同。明日若不来,我作黄石翁。何以兀其心,为君学虚空。

①本篇又见于《全唐诗》卷三七九,为孟郊作,此二首为所其《送淡公》十首之二,文字略异。

其二

坐重青草公,意合沧海滨。渺渺独见水,悠悠不闻人。镜浪洗手渌,剡花入心春。虽然防外触,眼前绕衣新。行当译文字,慰此吟殷勤。

黄州

南山一尺雪,雪尽山苍然。涧谷深自暖,梅花应已繁。使君厌骑从,车马留山前。行歌招野叟,共步青林间。长松得高荫,盘石堪醉眠。只乐听山鸟,携琴写幽泉。爱之欲忘反,但苦世俗牵。归来始觉远,明月高峰颠。

古风

精神洞元化,白日升高旻。俯仰凌倒景,龙行逸如神。半道过紫府,弭节聊逡巡。金床设宝几,璀璨明月珍。仙者二三子,眷然骨肉亲。饮我霞石杯,放杯恍如春。遂朝玉虚上,冠剑班列真。无端拜失仪,放弃令自新。云霄难遽反,下土多埃尘。淮南守天庖,嗟我复何人。

无题

引手攀红樱,红缨落似霰。仰首看红日,红日走如箭。年光与时景,顷刻互衰变。况是血肉身,安得常强健。人心苦执迷,慕贵忧贫贱。忧色常在眉,欢容不上面。吾今头半白,把镜非不见。

何必花下杯,更待他人劝。

古意

儿童鞭笞学官府,翁怜儿痴旁笑侮。翁出坐曹鞭复呵,贤于群儿能几何。儿曹鞭人以为戏,公怒鞭人血流地。等为戏剧谁复先,我笑谓翁儿更贤。

雷州八首

其一

白发坐钩党,南迁濒海州。灌园以糊口,身自杂苍头。篱落秋暑中,碧花蔓牵牛。谁知把锄人,旧日东陵侯。

其二

荔子无几何,黄甘遽如许。迁臣不惜日,恣意移寒暑。层巢俯云木,信美非吾土。草芳自有时,鹈鴂何关汝。

其三

下居近流水,小巢依嵌岑。终日数椽间,但闻鸟遗音。炉香入幽梦,海月明孤斟。鹪鹩一枝足,所恨非故林。

其四

培塿无松柏,驾言此焉游。读书与意会,却扫可忘忧。尺蠖以时屈,其伸亦非求。得归良不恶,未归且淹留。

其五

粤岭风俗殊,有疾时勿药。束带趋房祀,用史巫纷若。弦歌荐茧栗,奴至洽觞酌。呻吟殊未已,更把鸡骨灼。

其六

粤女市无常,所至辄成区。一日三四迁,处处售鰕鱼。青裙脚不袜,臭味猿与狙。孰云风土恶,白洲生绿珠。

其七

海康腊己酉,不论冬孟仲。杀牛挝鼓祭,城郭为倾动。虽非尧颁历,自我先人用。苦笑荆楚人,嘉平腊云梦。

其八

旧时日南郡,野女出成群。此去尚应远,东风已如云。蛮氓托丝布,相逢通殷勤。可怜秋胡子,不遇卓文君。

申王画马图^①

天宝诸王爱名马,千金争致华轩下。当时不独玉花骢,飞电流云绝潇洒。两坊岐薛宁与申,凭陵内厩多清新。肉鬃汗血尽龙种,紫袍玉带真天人。骊山射猎包原隰,御前急诏穿围入。扬鞭一蹙破霜蹄,万骑如风不能及。雁飞兔走惊弦开,翠华按辔从天回。五家锦绣变山谷,百里珠珥遗纤埃。青骡蜀栈西超忽,高准浓娥散

---

①据胡仔《苕溪渔隐丛话》后集卷二八,此为蔡肇诗。

荆棘。苜蓿连天鸟自飞，五陵佳气春萧瑟。

老人行

有一老翁老无齿，处处无人问年纪。白发如丝向下垂，一双眸子碧如水。不裹头，又无履，相识虽多少知己。问翁毕竟何所止，笑言只在红尘里。秋风猎猎行云飞，老人此意无人会，目注云归心自知。黄口小儿莫相笑，老人旧日曾年少。浪迹常如不系舟，地角天涯知自跳。亦曾乐半夜，传筹醉朱阁。美人如花弄弦索，只恨尊前明月落。亦曾忧羁旅，他乡迫莫秋。故国日边无信息，断鸿空逐水长流。或安贫，或安富，或爵通侯封万户。一任秋霜换鬓毛，本来面目长如故。水有蘋兮山有芝，人意虽存事已非。有时却忆经游处，都似茫茫春梦归。尔来尤解安贫贱，不为公卿强陪面。皎如明月在秋潭，动著依前还不见。还不见，可奈何，空使远人增眷恋。但只从他随物转，青楼黄阁长相见。若相见，莫殷勤，却是翁家旧主人。

又赠老谦

泻汤旧得茶三昧，觅句近窥诗一斑。清夜漫漫困披览，斋肠那得许悭顽。

送公为游淮南[1]

负米万里缘其亲，运甓无度忧其身。读书莫学流麦士，挟策

---

[1] 本篇又见晁补之《鸡肋集》卷十四，题为《送公为之淮南》，文字略异。

莫比亡羊人。乃翁辛苦到白首,汝今勉强当青春。昔时管鲍以君霸,此两士贾宁非贫。

池上二首

其一

小池新凿会天雨,一部鼓吹从何来。有蟾正碧乱草色,时泅出没东南隈。井干跳梁亦足乐,洞庭鱼龙何有哉。能歌德声莫入月,清池与尔俱忘回。

其二

不作太白梦日边,还同乐天赋池上。池上新年有荷叶,细雨鱼儿喋轻浪。男儿学《易》不应举,幽人一友吾得尚。此池便可当长江,欲榜茅斋来荡漾。

赠仲素寺丞致仕归隐潜山①

潜山隐君七十四,绀瞳绿发方谢事。腹中灵液变丹砂,江上幽居连福地。彭城为我住三日,明月满舟同一醉。丹书细字口传诀,顾我沉迷真弃耳。年来四十发苍苍,始欲求方救憔悴。他年若访潜山居,慎勿逃人改名字。

---

① 本篇又见苏辙《栾城集》卷七,题为《赠致仕王景纯寺丞》,文字略异。

扬州以土物寄少游^①

鲜鲫经年秘醽醁,团脐紫蟹脂填腹。后春莼苗滑于酥,先社姜芽肥胜肉。鸟子累累何足道,饤饾盘飧亦时欲。淮南风俗事瓶罂,方法相传竟旨蓄。且同千里寄鹅毛,何用孜孜饮麋鹿。

再过泗上二首

其一

眼明初见淮南树,十客相逢九吴语。旅程已付夜帆风,客睡不妨背船雨。黄甘紫蟹见江海,红稻白鱼饱儿女。殷勤买酒谢船师,千里劳君勤转橹。

其二

系舟淮北雨折轴,系舟淮南风断桥。客行有期日月疾,岁事欲晚霜雪骄。山根浪头作雷吼,缩手敢试舟师篙。不用然犀照幽怪,要须拔剑斩长蛟。

骊山^②

君门如天深九重,君王如帝坐法宫。人生难处是安稳,何为来此骊山中?复道连云接金阙,楼观隐烟横翠空。林深谷暗迷八骏,朝东暮西劳六龙。六龙西幸峨眉栈,悲风便入华清院。霓裳萧

---

① 本篇又见于秦观《淮海集》卷六,题为《寄莼姜法鱼糟蟹》,文字略异。
② 本篇又见于《宋文鉴》卷十四,以为李廌作,文字略异。

散羽衣空,麋鹿来游猿鹤怨。我上朝元春半老,满地落花无人扫。羯鼓楼高挂夕阳,长生殿古生青草。可怜吴楚两醯鸡,筑台未就已堪悲。长杨五柞汉幸免,江都楼成隋自迷。由来留连多丧国,宴安鸩毒因奢惑。三风十愆古所戒,不必骊山可亡国。

次韵谢子高读《渊明传》①

枯木嵌空微黯淡,古器虽在无古弦。袖中正有《南风》手,谁能听之谁为弹。风流岂落正始后,甲子不数义熙前。一轩黄菊平生事,无酒令人意缺然。

沧洲亭怀古

湘水悠悠天际来,夹江古木抱山回。城中人物若可数,日晏市散多苍苔。九疑巉天古云埋,遥想帝子龙车回。心衰目极何可望,九歌寂寂令人哀。

戏咏子舟画两竹两鹲鸰②

风晴日暖摇双竹,竹间对语双鹲鸰。鹲鸰之肉不可食,人生不才果为福。子舟之笔利如锥,千变万化皆天机。未知笔下鹲鸰语,何似梦中蝴蝶飞。

---

① 本篇又见于《黄庭坚诗集注·外集》卷二,篇题同,文字略异。
② 本篇又见于《黄庭坚诗集注》卷十二,篇题同。

赠山谷子

黄童三尺世无双,笔头衮衮悬秋江。不忧老子难为父,平生崛强今心降。我来喜共阿戎语,应敌纵横如急雨。生子还如孙仲谋,豚犬漫多何足数。黄家小儿名小德,眉如长松眼如漆。只今数岁已动人,老人留眼看他日。笑君老蚌生明珠,自笑此物吾家无。君当置酒我当贺,有儿传业更何须。

昭陵六马,唐文皇战马也。琢石象之,立昭陵前。客有持此石本示予,为赋之

天将划隋乱,帝遣六龙来。森然风云姿,飒爽毛骨开。飙驰不及视,山川俨莫回。长鸣视八表,扰扰万驽骀。秦王龙凤姿,鲁鸟不足摧。腰间大白羽,中物如风雷。区区数竖子,搏取若提孩。手持扫天帚,六合如尘埃。艰难济大业,一一非常才。维时六骥足,绩与英卫陪。功成锵八鸾,玉辂行天街。荒凉昭陵阙,古石埋苍苔。

题卢鸿一《学士堂图》①

昔为太室游,卢岩在东麓。直上登封坛,一夜茧生足。径归不复往,峦壑空在目。安知有十志,舒卷不盈幅。一处一卢生,裘褐荫乔木。方为世外人,行止何烦录。百年入箧笥,犬马同一束。嗟余缚世累,归来有茆屋。江干百亩田,清泉映修竹。尚欲逃世

---

① 本篇又见于苏辙《栾城集》卷十五,题为《卢鸿草堂图》,文字略异。

名,岂须上图轴。

李白谪仙诗

我居青空里,君隐黄埃中。声形不相吊,心事难形容。欲乘明月光,访君开素怀。天杯饮清露,展翼登蓬莱。佳人持玉尺,度君多少才。玉尺不可尽,君才无时休。对面一笑语,共蹑金鳌头。绛宫楼阙百千仞,霞衣谁与云烟浮。

饮酒四首

其一

我观人间世,无如醉中真。虚空为销殒,况乃百忧身。惜哉知此晚,坐令华发新。圣人骤难得,日且致贤人。

其二

左手持蟹螯,举觞瞩云汉。天生此神物,为我洗忧患。山川同恍惚,鱼鸟共萧散。客至壶自倾,欲去不得间。

其三

有客远方来,酌我一杯茗。我醉方不啜,强啜忽复醒。既凿浑沌氏,遂远华胥境。操戈逐儒生,举觞还酩酊。

其四

雷觞淡于水,经年不濡唇。爰有扰龙裔,为造英灵春。英灵韵甚高,蒲萄难与邻。他年血食汝,当配杜康神。

游山呈通判承议写寄参寥师

煌煌世胄余,夫子非碌碌。由来有诗书,所以能绝俗。得官本河朔,瓜期未易促。扁舟下南来,逸驾追鸣鹄。遇胜即徜徉,风餐兼露宿。嗟余偶倾盖,一笑外羁束。杖策每过从,相携访山谷。东风披鲜云,绣错出林麓。松门有时尽,幽景无断续。崖转闻钟声,林疏见华屋。衔山余落景,归迹犹踯躅。谁云邺下欢,往事不可复。吾曹二三子,取乐亦云足。愿公寄新诗,一一能见录。船头行北归,囊橐有美玉。尘埃京洛人,亦与洗心目。

辘轳歌①

新系青丝百尺绳,心在君家辘轳上。我心皎洁君不知,辘轳一转一惆怅。何处春风吹晓幕,江南绿水通珠阁。美人二八颜如花,泣向花前畏花落。临春风,听春鸟,别时多,见时少。愁人一夜不得眠,瑶井玉绳相对晓。

白鹤吟留钟山觉海②

白鹤声可怜,红鹤声可恶。白鹤招不来,红鹤挥不去。长松受秽

---

① 本篇又见于《文苑英华》卷二百三,题为《短歌》,为顾况作,文字略异。
② 本篇又见于《王荆文公诗笺注》卷三,题为《白鹤吟示觉海元公》,为王安石作,文字略异。

死,乃以红鹤故。北山道人曰,美者自美,吾何为而喜? 恶者自恶,吾何为而怒? 去自去耳,吾何阙而追? 来自来耳,吾何妨而拒? 吾岂厌喧而求静,吾岂好丹而非素。汝谓松死吾无依耶,吾方舍阴而坐露。

次韵张甥棠美述志

仲子甘心织屦避万钟,渊明不肯折腰为五斗。一年鸿雁识来往,终日沐猴谁去取。知甥诗意慕两君,读书要在存心久。平生所谈性命奥,长弃不忧金石朽。我今已习鹜子定,犹复晨朝怖头走。刳心先拟射声名,不作羊邹悲岘首。云梯雨矢集无方,我已中灰同墨守。恐甥自是禹门鳞,未可潜逃入吾数。琢磨晚觉孟光贤,畏我放言时被肘。甥能锄我青门瓜,正午时来休老手。

诗集卷五十 古今体诗五十七首

观开西湖次吴左丞韵

伟人谋议不求多,事定纷纷自唯阿。尽放龟鱼还绿浦,肯容萧苇障前坡。一朝美事谁能纪,百尺苍崖尚可磨。天上列星当亦喜,月明时下浴晴波。

戏题巫山县用杜子美韵①

巴俗深留客,吴侬但忆归。直知难共语,不是故相违。东县闻铜臭,江陵换裌衣。丁宁巫峡雨,慎莫暗朝晖。

答晁以道索书

阅世真难记,如公自不忘。其于书太简,正以懒相妨。

陈伯比和回字复次韵②

田里冯生宁屑去,湖海陈侯犹肯来。诗书好在家四壁,蒲柳

---

① 本篇又见于《黄庭坚诗集注》卷十四,篇题同,文字无异。
② 本篇又见于晁补之《鸡肋集》卷十四,题为《次韵陈伯比二首》,此为第一首,文字略异。

翁然城一隈。骑上下山亦疏矣,儵从容出何为哉。市桥十步即尘土,晚雨潇潇殊未回。

与道源游西庄,遇齐道人,同往草堂,为齐书此

桑麻已零落,藻荇复消沉。园宅在人境,岁时伤我心。强穿南埭路,遥望北山岑。欲与道人语,跨鞍聊一寻。

答子勉三首①

其一

君不登郎省,还应上谏坡。才高殊未识,岁晚喜无他。枥马羸难出,邻鸡冻不歌。寒炉余几火,灰里拨阴何。

其二

惊人得佳句,或以傲王公。处士还清节,滑稽安足雄。深沉似康乐,简远到安丰。一点无俗气,相期林下风。

其三

欧倩腰支柳一涡,小梅催拍大梅歌。舞余片片梨花落,奈此当涂风月何。

---

① 此三首,前两首又见于《黄庭坚诗集注》卷十六,为《次韵高子勉十首》之其四、其六;后一首又见于《黄庭坚诗集注·外集》卷十七,为《太平州作二首》之其一,文字稍异。

和子由次王巩韵，"如囊"之句，可为一噱

平生未省为人忙，贫贱安闲气味长。粗免趋时头似葆，稍能忍事腹如囊。简书见迫身今老，尊酒闻呼首一昂。欲挹天河聊自洗，尘埃满面鬓眉黄。

元祐癸酉八月二十七日，于建隆章净馆，书赠王靓

海上东风犯雪来，腊前先折镜湖梅。遥思禁苑青春夜，坐待宫人画诏回。

东园

岑寂东园可散愁，胶胶扰扰梦神州。万竿苦竹旌旗卷，一部鸣蛙鼓吹收。雨后月前天欲冷，身闲心远地偏幽。杜门谢客恐生谤，且作人间鹏鷃游。

藏春坞

朱阁前头露井多，碧桃花下美人过。寒泉未必能胜此，奈有银瓶素绠何。

次韵参寥寄少游①

岩栖木石已皤然,交旧何人慰眼前。素与昼公心印合,每思秦子意珠圆。当年步月来幽谷,拄杖穿云冒夕烟。台阁山林本无异,故应文字不离禅。

赠仲勉子文②

雨昏南浦曾相对,雪满荆州喜再逢。有子才如不羁马,知君心似后凋松。闲看书册应多味,老傍人门想更慵。何日晴轩观笔砚,一杯相属更从容。

讲武台南有感

月明犹在搭衣竿,晓踏台南路屈盘。骑子雨中乘马去,村童烟外倚墙看。鸦啼宰木秋风急,鹭立渔船野水干。花似去年堪折赠,插花人去泪阑干。

移合浦郭功甫见寄

君恩浩荡似阳春,合浦何如在海滨。莫趁明珠弄明月,夜深无数采珠人。

---

① 据《咸淳临安志》卷七八记载,此诗为辩才所作。
② 本篇又见于《黄庭坚诗集注》卷十五,题为《和高仲本喜相见》,文字略异。

题怀素草帖①

人人送酒不曾沽,终日松间挂一壶。草圣欲成狂便发,真堪画作《醉僧图》。

仆年三十九,在润州道上过除夜,作此诗。又二十年,在惠州,追录之以付过,二首

其一

寺官官小未朝参,红日半窗春睡酣。为报邻鸡莫惊觉,更容残梦到江南。

其二

钓艇归时菖叶雨,缲车鸣处楝花风。长江昔日经游地,尽在如今梦寐中。

万州太守高公宿约游岑公洞,而夜雨连明,戏赠二小诗②

其一

肩舆欲到岑公洞,正怯冲泥傍险行。定是岑公闵清境,春江

---

①本篇又见于《全唐诗》卷八〇八,题为《题张僧繇醉僧图》,为怀素所作。
②此二首又见于《黄庭坚诗集注》卷十四,题为《万州太守高仲本宿约游岑公洞,而夜雨连明,戏作二首》,文字略异。

一夜雨连明。

其二

蓬窗高枕雨如绳,恰似糟床压酒声。今日岑公不能饮,吾侪犹健可频倾。

送柳宜归

折脚铛中煨淡粥,曲腰桑下饮离杯。书生不是南迁客,魑魅无情须早回。

谢都事惠米

平生忍欲今忍贫,闭口逢人不少陈。俸薄身清赵都事,也能作意向诗人。

绝句三首

其一

松柏萧森溪水南,道人只作两团庵。市区收罢豚鱼税,来与弥陀共一龛。

其二

此身分付一蒲团,静对萧萧竹数竿。偶为老僧煎茗粥,自携修绠汲清泉。

其三

天风吹月入栏干,乌鹊无声夜向阑。织女明星来枕上,乃知身不在人间。①

睡起②

柿叶铺庭红颗秋,薰炉沉水度衣篝。松风梦与故人遇,同驾飞鸿跨九州。

秋思寄子由③

黄落山川知晚秋,小虫催女献功裘。老松阅世卧云壑,挽著沧江无万牛。

侯滩

江流激激过侯滩,更上山腰看打盘。百岁老人亲击鼓,城中忧乐不相干。

火星岩

火星岩下石崚嶒,殿阁相望止一僧。莫问人间兴废事,门前

---

① 本篇又见于秦观《淮海集》卷十一,题为《四绝》,此为其三,文字略异。
② 本篇又见于《黄庭坚诗集注·外集》卷九,篇题与文字皆相同。
③ 本篇又见于《黄庭坚诗集注》卷一,篇题与文字均同。

流水几前灯。

谢惠猫儿头笋

长沙一日煨鞭笋,鹦鹉洲前人未知。走送烦公助汤饼,猫头突兀想穿篱。

题净因壁①

暝倚蒲团挂钵囊,半窗疏箔度微凉。蕉心不展待时雨,葵叶为谁倾夕阳。

题净因院②

门外黄尘不见山,此中草木亦常闲。履声如渡薄冰过,催粥华鲸吼夜阑。

同景文咏莲塘

塘上钩帘对晚香,不知斜日已侵床。江妃自惜凌波袜,长在高荷扇影凉。

---

① 本篇又见于《黄庭坚诗集注》卷十一,题作《题净因壁二首》,此为其一,文字略异。
② 本篇又见于《黄庭坚诗集注》卷十一,题作《题净因壁二首》,此为其二,文字略异。

竹枝词

自过鬼门关外天，命同人鲊瓮头船。北人堕泪南人笑，青嶂无梯闻杜鹃。

寄欧叔弼

昔葬衣冠今在否？近来消息不须疑。曾闻圮上逢黄石，久矣留侯不见欺。

和黄龙清老三首①

其一

万山不隔中秋月，一雁能传寄远书。深密伽陀枯战笔，真诚相见问何如。

其二

风前橄榄星宿落，月下桄榔羽扇开。静默堂中有相忆，清秋或遣化人来。

其三

骑驴觅驴真可笑，以马喻马亦成痴。一天月色为谁好，二老风流各自知。

---

① 本篇又见于《黄庭坚诗集注》卷二十，题同，文字略异。

过土山寨

南风日日纵篙撑，时喜北风将我行。汤饼一杯银线乱，蒌蒿数箸玉簪横。

跋姜君弼课册

云兴天际，欻若车盖。凝眸未瞬，弥漫霮霳。惊雷出火，乔木麋碎。殷地熬空，万夫皆废。溜绠四坠，日中见昧。移晷而收，野无完块。

惠崇芦雁①

惠崇烟雨芦雁，坐我潇湘洞庭。欲唤扁舟归去，故人云是丹青。

----

① 本篇又见于《黄庭坚诗集注》卷七，题为《题郑防画夹五首》，此为其一，文字略异。

苏轼诗集补遗

和陶《拟古》九首^①

其一

客居远林薄,依墙种杨柳。归期未可必,成阴定非久。邑中有佳士,忠信可与友。相逢话禅寂,落日共杯酒。艰难本何求,缓急肯相负。故人在万里,不复为薄厚。米尽鬻衣裳,时劳问无有。

其二

闭门不复出,兹焉若将终。萧然环堵间,乃复有为戎。我师柱下史,久以雌守雄。金刀虽云利,未闻能斫风。世人欲困我,我已长安穷。穷甚当辟谷,徐观百年中。

其三

萧萧发垂素,晡日迫西隅。道人闵我老,元气时卷舒。岁晚风雨交,何不完子庐。万法灭无余,方寸可久居。将扫道上尘,先拔庭中芜。一净百亦净,物我皆如如。

---

① 此九首又见苏辙《栾城后集》卷二,文字略异。

其四

夜梦披发翁,骑骒下大荒。独行无与游,闯然款我堂。高论何峥嵘,微言何渺茫。我徐听其说,未离翰墨场。平生气如虹,宜不葬北邙。少年慕遗文,奇姿揖昂扬。衰罢百无用,渐以圆斫方。隐约就所安,老退还自伤。

其五

佛法行中原,儒者耻论兹。功施冥冥中,亦何负当时。此方旧杂染,浑浑无名缁。治生守家世,坐使斯人疑。未知酒肉非,能与生死辞。炽哉吴闽间,佛事不可思。生子多颖悟,德报岂吾欺。时俾正法眼,一出照曜之。谁为邑中豪?勤诵我此诗。

其六

忧来感人心,悒悒久未和。呼儿具浊酒,酒酣起长歌。歌罢还独舞,黍麦力诚多。忧长酒易消,脱去如风花。不悟万法空,子如此心何。

其七

杜门人笑我,不知有天游。光明遍十方,咫尺陋九州。此观一日成,衮衮通法流。竿木常自随,何必返故丘。老聃白发年,青牛去西周。不遇关尹喜,履迹谁能求。

其八

粗田种紫芝,有根未堪采。逡巡岁月度,太息毛发改。晨朝玉露下,滴沥投沧海。须芽忽长茂,枝叶行可待。夜烧沉水香,持戒勿中悔。

其九

　　海康杂蛮蜑，礼俗久未完。我居久间阎，愿先化衣冠。衣冠一有耻，其下胡为颜。东邻有一士，读书寄贤关。归来奉亲友，跬步行必端。慨然顾流俗，叹息未敢弹。提提乌鸢中，见此孤翔鸾，渐能衣裘褐，袒裼知恶寒。冯应榴《苏文忠公诗合注》卷四八

次晁无咎韵阎子常携琴入村①

　　士寒饿，古犹今。向来亦有子桑琴，倚楹啸歌非寓淫。伯牙山高水深深，万世二垄一知音。阎君七弦抱幽独，晁子为之《梁父吟》。天寒络纬悲向壁，秋高风露声入林。冷丝枯木拂蛛网，十指巧能写人心。□□击鼓如鸣鼍，□□□□□成螺。岁丰寒士亦把酒，满眼饤饾梨枣多。晁家公子屡经过，笑谈与世殊臼科。文章落落映晁董，诗句往往如阴何。阎夫子，勿谓使人难，使琴抑怨天不和。明光昼开九口肃，不令高才牛下歌。同上

四十年前元夕，与故人夜游，得此句

　　午夜胧胧淡月黄，梦回犹有暗尘香。纵横满地霜槐影，寂寞莲灯半在亡。冯应榴《苏文忠公诗合注》卷四九

────────────

① 本篇又见于《黄庭坚诗集注·外集》卷六。文中缺字的两句，《黄庭坚诗集注》作"村村击鼓如鸣鼍，豆田见角谷成螺"。

题李景元画

闻说神仙郭恕先,醉中狂笔势澜翻。百年寥落何人在,只有华亭李景元。同上

又答毡帐

卧病经旬减带围,青樽忘却故人期。莫嫌雪里闲毡帐,作事犹来未合时。同上

寿阳岸下

街东街西翠幄成,池南池北绿钱生。幽人独来带残酒,偶听黄鹂第一声。同上

春日与闲山居士小饮

一杯连坐两髯棋,数片深红入座飞。十分潋滟君休赤,且看桃花好面皮。同上

刘颉宫苑,退老于庐山石碑庵,颉,陕西人,本进士换武,家有声伎

其一

山西旧将本书生,归老岩间未厌兵。卧闻布水中宵起,错认

边风万马声。

其二

雕弓挂壁耻言勋,笑入渔樵便作群。五马亲来看射虎,不愁醉尉恼将军。

其三

肩舆已弃蹑风骓,旧物犹存杨柳枝。一曲清商近尤好,五陵豪气未全衰。同上

龙山补亡 并引

丙子九日,客有言龙山会,风吹孟嘉帽落,桓温使孙盛为文嘲之。嘉作《解嘲》,辞致超逸,四座惊叹。恨今世不见其文,因戏为补之。

其一

征西天府,重九令节。驾言龙山,宴凯群哲。壶歌雅奏,缓带轻帢。胡为中觞,一笑粲发。梗楠竞秀,榆柳独脱。骥骤交骛,驽塞先蹶。楚狂醉乱,陨帽莫觉。戎服囚首,枯颅苦发。惟明将军,度量豁达。容此下士,颠倒冠袜。宰夫扬觯,兕觥举罚。请歌《相鼠》,以侑此爵。

其二

吾闻君子,蹈常履素。晦明风雨,不改其度。平生丘壑,散发箕裾。坠车天全,颠沛何惧。腰适忘带,足适忘履。不知有我,帽

复奚数。流水莫系,浮云暂寓。飘然随风,非去非取。我冠明月,佩服宝璐。不缨而结,不簪而附。歌诗宁择,请饮《相鼠》。罚此陋人,俾出童羖。<small>同上</small>

牡丹

小槛徘徊日自斜,只愁春尽委泥沙。丹青欲写倾城色,世上今无杨子华。<small>同上</small>

莲①

城中担上卖莲房,未抵西湖泛野航。旋折荷花剥莲子,露为风味月为香。<small>同上</small>

西湖寿星院明远堂

十年不向此凭栏,景象依然一望间。龙鬣吐云天入水,楼台倒影日衔山。僧于僻寺难为隐,人在扁舟未是闲。孤鹤似寻和靖宅,盘空飞去复飞还。<small>同上</small>

牡丹和韵

光风为花好,奕奕弄清温。撩理莺情趣,留连蝶梦魂。饮酣

---

① 本篇又见杨万里《诚斋集》卷十九,为十绝句之一,文字略异。姑存。

浮倒晕,舞倦怯新翻。水竹傍□意①,明红似故园。 <small>同上</small>

慈云四景

甘露泉

阶下有龙潭,一泓寒且碧。不须抚两掌,流出仙人液。

白云居

禅居何所有?户牖白云分。直待谭玄后,相随花雨纷。

娑罗树

谁从五竺国,分得一枝来。秀出重楼外,专除世上埃。

鹦鹉院

古院枫篁里,寥寥隔市喧。仙禽发异响,惊起老僧禅。 <small>同上</small>

过金山寺一首

明月妙高台,盘涡月照开。琳宫龙久住,珠树鹤能来。云雾
空中绕,帆樯槛外回。无言卷石小,江左拟蓬莱。 <small>同上</small>

---

① □:《式古堂书画考》作“边”。

失题二首

其一

足蹑平都古洞天，此身不觉到云间。抬眸四顾乾坤阔，日月星辰任我攀。

其二

平都天下古名山，自信山中岁月闲。午梦任随鸠唤觉，早朝又听鹿催班。_{同上}

雪诗八首

其一

石泉冻合竹无风，夜色沉沉万境空。试向静中闲侧耳，隔窗撩乱扑春虫。_{声。}

其二

闲来披氅学王恭，姑射群仙邂逅逢。只为肌肤酷相似，绕庭无处觅行踪。_{色。}

其三

半夜欺陵范叔袍，更兼风力助威豪。地炉火暖犹无奈，怪得山林酒价高。_{气。}

其四

儿童龟手握轻明,渐碾枪旗入鼎烹。拟欲为之修《水记》,惠山泉冷酿泉清。味。

其五

天工呈瑞足人心,平地今闻一尺深。此为丰年报消息,满田何止万黄金。富。

其六

海风吹浪去无边,倏忽凝为万顷田。五月凉尘渴人肺,不知价值几多钱。贵。

其七

高下横斜薄又浓,破窗疏户苦相攻。莫言造物浑无意,好丑都来失旧容。势。

其八

万石千钧积累成,未应忽此一毫轻。寒松瘦竹元清劲,昨夜分明闻折声。力。同上

失题二首

其一

山行似觉鸟声殊,渐近神仙简寂居。门外长溪容净足,山腰苦笋耿盘蔬。乔松定有藏丹处,大石仍存拜斗余。弟子苍髯年八

十,养生世世授遗书。

其二

浮云有意藏山顶,流水无声入稻田。古木微风时起籁,诸峰落日尽藏烟。<small>同上</small>

无题七绝一首

春风寂寂夜寥寥,一望苍苔雪影遥。何处幽香飞几片,只宜月色带花飘。<small>同上</small>

送冯判官之昌国

斩蛟将军飞上天,十年海水生红烟。惊涛怒浪尽壁立,楼橹万艘屯战船。兰山摇动秀山舞,小白桃花半吞吐。鸱夷不裹壮士尸,白日貔貅雄帅府。长鲸东来驱海鳝,天吴九首龟六眸。锯牙凿齿烂如雪,屠杀小民如有仇。春雷一震海帖伏,龙变海鱼安海族。鱼盐生计稍得苏,职贡重修远岛服。判官家世忠孝门,独松节士之奇孙。经纶手段饱周孔,岂与弓马同等伦。昼穷经史夜兵律,麟角凤毛多异质。直将仁义化笞榜,羞与奸赃竞刀笔。吾闻判官昔佐元戎幕,三军进退出筹度。使移韬略事刑名,坐使剽游归礼乐。凤凰池,麒麟阁,酬德报功殊不薄。九天雨露圣恩深,万里扶摇云外廓。<small>同上</small>

戏答佛印偈

百千灯作一灯光,尽是恒沙妙法王。是故东坡不敢惜,借君四大作禅床。冯应榴《苏文忠公诗合注》卷二四《以玉带施元长老…》注文

过都昌

鄱阳湖上都昌县,灯火楼台一万家。水隔南山人不渡,东风吹老碧桃花。冯应榴《苏文忠公诗合注》卷五〇《失题二首》其一（山行似觉鸟声殊）注文

登庐山

读书庐山中,作郡庐山下。平湖浸山脚,云峰对虚榭。红蕖纷欲落,白鸟时来下。犹思隐居胜,乱石惊湍泻。同上

雨

风师挟帝令,号呼肆徂征。云师畏推逐,蓄意不敢争。雨师旷厥官,所苟朝夕生。帝眷一夕回,旱议旦暮行。翻然沛膏泽,夜半来无声。青秧发广亩,白水涵孤城。《锦绣万花谷·前集》卷一

假山

安石作假山,其中多诡怪。虽然知是假,争奈主人爱。《能改斋

漫录》卷一一

和南都赵少师①

富贵功名已两忘,望高嵩华量包湘。还家傲似蒙庄子,定策忠于汉霍光。远访交亲情益重,共论诗酒兴偏长。园亭继日休车马,却悔多年滞庙堂。《永乐大典》卷九一八引《苏东坡文集》

寄汝阴少师

得时行道善知终,猛退如公世罕逢。掷弃浮名同敝屣,保全高节似寒松。文章千古进谟诰,勋业三朝镂鼎钟。见说新堂频燕会,故时宾客定相容。公尝见约,异时颍上相寻。某亦有意乞麾,以依旧馆。同上

秋日寄友人

柳条风暖会吟时,林下池边屐齿移。别后过从更疏懒,暮蝉嘹乱不胜悲。《永乐大典》卷三〇〇五引《苏东坡集》

雷岩诗

空岩发灵籁,仿佛如风雷。只疑函宝剑,天遣六丁开。《永乐大典》卷九七六三引《宋苏东坡集》

①此篇及下篇,一说为苏颂作品。

治易洞

自昔遥闻太守高,明爻象象日忘劳。洞中陈迹今如扫,斯道何曾损一毛。《永乐大典》卷一三〇七四引《元一统志》

次韵钱穆父还张天觉行县诗卷

君如天马玉花骢,万里须臾不计功。投刃皆虚有余地,运斤不辍自成风。如何十日敲榜外,已复千篇笑语中。只恐学禅余此在,卓锥犹是去年穷。《西楼帖》

失题一首

读书头欲白,相对眼终青。身更万事已头白,相对百年终眼青。看镜白头知我老,平生青眼为君明。故人相见尚青眼,新贵如今多白头。江山万里将头白,骨肉十年终眼青。史容《山谷外集诗注》卷一七《寄忠玉提刑》引《王立之诗话》

绝句一首

濛濛春雨湿邗沟,篷底安眠昼拥裘。知有故人家在此,速将诗卷洗闲愁。《舆地纪胜》卷四三《高邮军》

扇

团扇经秋似败荷,丹青仿佛旧松萝。一时用舍非吾事,举世

炎时奈尔何！《分门纂类唐宋时贤千家诗选》卷一七

僧

一钵即生涯，随缘度岁华。是山皆有寺，何处不为家。笠重吴山雪，鞋香楚地花。他年访禅室，宁惮路歧赊。同上卷二二

马子约送茶，作六言谢之

珍重绣衣直指，远烦白绢斜封。惊破卢仝幽梦，北窗起看云龙。《诗渊》第一册

甘蔗

老境于吾渐不佳，一生拗性旧秋崖。笑人煮簀何时熟，生啖青青竹一排。《诗渊》第六册

谢人送墨

墨月翳云脱太清，海风吹上笔头轻。琐窗冷透芙蓉碧，定有新明到九成。《诗渊》第八册

送竹香炉

枯槁形骸惟见耳，凋残鬓发只留须。平生大节堪为底，今日

灰心始见渠。<small>同上</small>

山村

其一

野水开冰出，山云带雨行。白鸥乘晓泛，黄犊试春耕。地僻民风古，年丰米价平。村居自潇洒，况有读书声。

其二

野老幽居处，成吾一首诗。桑枝碍行路，瓜蔓网疏篱。牧去牛将犊，人来犬护儿。生涯虽朴略，气象自熙熙。<small>《诗渊》第一一册</small>

送玉面狸

北距飞狐信未通，夜来缚到藁街东。千年妖幼谁家妇，一国蒙茸无是公。丘首可怜迷故土，帝羓空用起腥风。长缨俘献埋轮使，未问豺狼问此翁。<small>《诗渊》第一六册</small>

寿叔文

烨烨苍龙宿，腾光射斗杓。嘉时钟间气，□契在丛霄。感会风云际，承恩雨露朝。史才资笔削，使指载歌谣。十载霜威重，连□弊俗消。赐环归画省，鸣玉率英寮。典礼还咨伯，寅□合佐尧。谠言文石陛，正色紫宸朝。共说门阑进，谁云天路遥。一龙今在沼，三凤并仪□。道在须调鼎，谋深鄙□貂。高情真邈邈，逸气更

飘飘。仙果虽迟熟,灵椿信后凋。东山何足羡,会是蹑松乔。《诗渊》第二五册

潮中观月

璃玻千顷照神州,此夕人间别是秋。地与楼台相上下,天随星斗共沉浮。一尘不向山中住,万象都从物外求。醉吸清华游碧落,更于何处觅瀛洲。清乾隆刊《胶州志》卷八

献寿戏作

终须跨个玉麒麟,方丈蓬莱走一巡。敢献些儿长寿物,蟠桃核里有双仁。《侯鲭录》卷八

雨中邀李范庵过天竺寺作

其一

步来禅榻畔,凉气逼团蒲。花雨檐前乱,茶烟竹下孤。乘闲携画卷,习静对香炉。到此忽终日,浮生一事无。

其二

老禅趺坐处,疏竹翠泠泠。秀色分邻舍,清阴覆佛经。萧萧日暮雨,曳履绕方庭。清乾隆刊《吴越所见书画录》卷五

安老亭诗

　　桥下幽亭近水寒，倩谁□字在楣端。市廛得此尤堪隐，老者于今只自安。饭后徐行扶竹杖，倦来稳坐倚蒲团。眼明能展锺王帖，绝胜前人映雪看。同上

题王晋卿画

　　两峰苍苍暗石壁，中有百道飞来泉。人间何处有此景，便欲往买二顷田。《珊瑚网·名画题跋》卷三

题陈公园　　内有二池

　　春池水暖鱼自乐，翠岭竹静鸟知还。莫言叠石小风景，卷帘看尽铜官山。明嘉靖《铜陵县志》卷八

舒啸亭

　　揽胜雷山舒啸亭，诸峰秀拱透云程。啸傲池边红日伴，舒怀岩壑白云迎。满目纵观天际迥，一腔收拾岁寒清。松花香遍银阳地，剩把新诗壮此行。清同治《饶州府志》卷三

宿资福院

　　月明写照寺林幽，最是江湖入念头。衣染炉烟金漏迥，茶烹

石鼎玉蟾留。山星几点躔官舍,僧院百年过客舟。封事未投圣主意,长安此夕亦多愁。清同治《龙泉县志》卷一七

金沙台

雨后东风渐转和,扣门迁客一经过。王孙采地空珪璧,长者芳声动薜萝。正尔谪居怀北阙,聊同笑语说东坡。山林台阁原无异,促席论心酌叵罗。清同治《瑞州府志》卷二二

题双楠轩　慕容晖所居

南轩前头两佳木,先生抚玩常不足。尤爱薰风五月初,白银花开光照屋。清光绪《重刊宜兴县续志》卷一〇

大雨联句

有客高吟拥鼻。《东坡先生全集》卷六八《记里舍联句》条

诗四句

冈陵来势远,幽处更依山。一片湖景内,千家市井间。《永乐大典》卷一五六〇引《苏东坡大全集·题铜陵陈公园双池诗》注文

联

凤凰来仪,嘉禾合穟。明万历重编《东坡先生外集》卷六

联

爱蜀蕲舒嘉代富,新登高棣桂常芳。<small>同上</small>

戏人

有甚意头求富贵,没些巴鼻便奸邪。<small>《后山诗话》</small>

题姜秀郎几间

暗麝著人簪茉莉,红潮登颊醉槟榔。<small>《冷斋夜话》卷一</small>

穷措大

一夕雷轰荐福碑。<small>同上卷二</small>

戏村校书七十买妾

侍者方当而立岁,先生已是古希年。<small>同上卷五</small>

联

人言卢杞是奸邪,我觉魏公真妩媚。<small>《石林诗话》卷上</small>

联

槐花黄，举子忙；促织鸣，懒妇惊。同上

联

山抹微云秦学士，露花倒影柳屯田。《避暑录话》卷下

诗二句

饮非其人茶有语，闭门独啜心有愧。《省斋文稿》卷一六

诗二句

秋英不比春花落，说与诗人子细看。《苕溪渔隐丛话》前集卷三四
引《高斋诗话》

诗二句

叩槛出鱼鼋，诗成一笑粲。《能改斋漫录》卷七

戏书王文甫家

湖上秋风聚萤苑，门前春浪散花洲。同上卷一四

诗二句

枪棋携到齐西境，更试城南金线奇。同上卷一五

诗二句

但令有妇如康子，安问生儿比仲谋。《猗觉寮杂记》卷上

岁除题王文甫家桃符

门大要容千驷入，堂深不觉百男欢。《墨庄漫录》卷八

上联一句

二疏辞汉去。《春渚纪闻》卷七

属辽使者对

四诗风雅颂。《桯史》卷二

诗二句

一炉香对紫宫起，万点雨随青盖归。《瓮牖闲评》卷五

诗二句

密竹不妨呈劲节,早梅何惜认残花。《锦绣万花谷·后集》卷二

诗二句

东家近新富,满地布苔钱。同上卷二三

诗二句

千层高阁侵云汉,双派清流透石岩。同上卷二四

上联一句

衡茅稚子璠玙器。《玉照新志》卷一

诗二句

有客打碑来荐福,无人骑鹤上扬州。同上卷三

续辩才诗二句

天爱禅心圆且洁,故添明月伴清光。《上天竺山志》卷一五

探梅

问信风篁岭下梅。《咸淳临安志》卷二八《风篁岭》

茶诗

白云峰下两枪新。同上卷五八《茶》

诗三句

青山南，白石北，此地嵯峨人不识。《大明一统名胜志·广东名胜志》卷九

词集

词集叙录

北宋词多为集外单行，苏轼也不例外。陈振孙《直斋书录解题》、马端临《文献通考·经籍考》均著录《东坡词》二卷;《宋史·艺文志》著录《苏轼词》一卷，均属集外单行，因原书失传，不知其内容体例。现能略知其情况的只有南宋初曾慥辑的《东坡先生长短句》。曾慥(? —1155)，字端伯，号至游子，泉州晋江(今属福建)人。初为尚书郎，历秘阁修撰，知虔州、荆南、庐州，绍兴二十五年(1155)卒。著述甚富，所辑《东坡先生长短句》二卷、《拾遗》一卷，刊于绍兴二十一年(1151)，按调编纂，不分类。曾慥的《东坡长短句》为明人吴讷忠实钞存于他所编《唐宋名贤百家词》[①]，今人所说曾慥《东坡长短句》，实指吴讷本。吴讷本亦收《东坡词》二卷，《拾遗》一卷，仅有钞本传世。明红格钞本，存天津图书馆;紫芝漫钞本，存国家图书馆。

黄丕烈士礼居旧藏毛晋汲古阁影宋钞本《东坡拾遗词》，后录有曾慥跋语:"《东坡先生长短句》既镂版，复得张宾老所编并载于蜀本者悉收之。江山丽秀之句，樽俎戏剧之词，搜罗几尽矣。传之无穷，想象豪放风流之不可及也。绍兴辛未孟冬，至游居士曾慥题。"从曾跋可知，略早于曾慥，北宋末还有"张宾老所编并载于蜀本"的《东坡词》。张宾老(1056—1109)，名康国，北宋末扬州人。

[①]紫芝漫钞本作《宋元名家词》,《千顷堂书目》作《四朝名贤词》,《中国丛书综录》作《百家词》,实为同书异名。

元丰进士。宋徽宗知其能词章,迁翰林学士。累官知枢密院事,《宋史》卷三五一有传。"载于蜀本"的《东坡词》,因已失传,不可知其详。

早在南宋初年,就开始陆续出现多种苏词注本,多已失传。现存最早的苏词注本为傅幹《注坡词》十二卷,收苏词凡六十七调二百七十二首,其体例是按调名编次,同调者汇编在一起。傅幹,字子立,仙溪(今福建仙游)人。博览强记,有前辈风流,为傅共族子。共为作《注坡词序》,对其《注坡词》称颂备至,谓此书对苏词"敷陈演析,指摘源流,开卷烂然,众美在目。"洪迈《容斋续笔》卷十五云:"绍兴初,又有傅洪(共之误)秀才《注坡词》,镂版钱塘。"显然,洪迈误序作者为笺注者。但这一记载很重要,说明《注坡词》在"绍兴初"已"镂版钱塘"。此书长期只有钞本流传。

南宋还有一种顾禧的苏词注本,亦已失传。陈鹄《耆旧续闻》卷二云:"赵右史家有顾禧景蕃《补注东坡长短句》真迹。"顾禧曾与施元之共著《注东坡先生诗》,为南宋前期人,他的《补注东坡长短句》,"补"谁之注? 是否为补傅幹《注坡词》而作? 已不可知。

元代元好问编有《东坡乐府集选》,是就金人孙镇《东坡乐府注》精选的。孙镇,字安常,绛州(今山西新绛)人。金章宗承安二年(1197)赐第,官陕令。八十四岁卒。"有《注东坡乐府》《历代登科记》行于世"(《中州集》卷七《孙省元镇》)。元好问《东坡乐府集选引》云:"绛人孙安常注坡词,参以汝南文伯起《小雪堂诗话》,删去他人所作'无愁可解'之类五十六首,其所是正亦无虑数十百处,坡词遂为完本,不可谓无功。然尚有可论者……又前人诗文有一句或一二字异同者,盖传写之久,不无讹谬;或是落笔之后,随有改定。而安常一切以别本为是,是亦好奇尚异之蔽也。就孙集录取七十五首,遇语句两出者,择而从之。自余《玉龟山》一篇,予谓非东坡不能作,孙以为古词删去之,当自别有所据,姑存卷末,以候更考。丙申九月朔,书于阳平寓居之东斋,元某引。"(《元好问文编年校注》卷四)《孙镇注东坡乐府》除"删去他人所作"外,似乎收了全部苏词,这是傅幹《注坡词》之后的另一重要苏词注本("坡词遂为完本");清初黄虞稷《千顷堂书目》卷三十二曾著录此书,其后未再见著录。元好问"就孙集录取七十五首",即他选的《东坡乐府集选》,时为丙申即公元1236年。《东坡乐府集选》更以精为特征,可惜二书俱已失传。

元延祐七年庚申(1320)叶曾云间南阜草堂刊刻《东坡乐府》二卷,是今存东坡词集的最早刻本,世称元延祐本或云间本。这是元人对苏词的最大贡献。卷首有叶曾序,序称东坡词"乐而不淫,哀而不伤,真得六义之体";指责"好事者或为之注释,中有穿凿甚多,为识者所消";自称用"家藏善本,再三校正一新,刻梓以永流布"。全书按词调编次,同调汇刻。上卷凡四十一调,收词一百一十五首;下卷共二十七调,收词一百六十六首,总共六十八调,收词二百八十一首。叶曾用作"校正"的"家藏善本",可能包括了傅幹的《注坡词》及曾慥所辑《东坡长短句》,故能兼傅本、曾本之长,而又有所增订。它比傅幹《注坡词》多九首,比曾慥辑本《东坡长短句》多十首。原本辗转流传,钱曾《读书敏求记》曾予著录,先后为顾广圻思适斋、黄丕烈士礼居、汪士钟艺芸精舍、杨绍和海源阁、天津周叔弢等收藏,现存于国家图书馆。

明钞本《东坡乐府》二卷,有些书目著录为"影宋钞本",实非影宋本,而是影钞元延祐刊本《东坡乐府》,其内容、编次、行款、版式、误字、缺字,皆同元刊。此书上卷已佚,仅存下卷,现藏台北

"国家图书馆"。

　　明人所刻苏词,多附于苏集或其他总集、丛书中。明万历年间,茅维编《苏文忠公全集》,收文不收诗①,但却收词(卷七十四、七十五),系改编曾慥辑本而成。共七十三调,三百一十六首。明万历三十四年(1606)的原刊本附有曾慥辑本的跋语,明末陈仁锡阅文盛堂翻刻本,内容与茅维万历原刊本相同,但删去了曾慥的跋语。此本较通行,是明代收集苏词最全的本子。

　　《苏长公二妙集》二十二卷,旧题琅琊焦竑批点,茂苑许自昌等人校订,钱塘徐象橒梓。所谓"二妙"指东坡尺牍与诗余,收《东坡先生尺牍》二十卷,《东坡先生诗余》二卷,刊于明天启元年(1621)徐氏曼山馆,国家图书馆、台北"国家图书馆"皆有原刊本。明末毛晋编东坡词依据的"金陵本子"即此本。《全宋词》(修订本)在1964年的《订补附记》中说:"本书所引汲古阁本《东坡词》,实出自《苏长公二妙集》中之《东坡先生诗余》,仅毛晋误补之数首除外"。

　　明崇祯三年(1630),毛晋汲古阁《宋六十名家词》,中收《东坡词》一卷,按词调编排,字数少的词调在前,字数多的词调在后,体例较严密,编排较合理,并曾用多种版本参互校正。凡七十二调,三百二十八首词。其自跋云:"东坡诗文,不啻千亿刻,独长短句罕见。近有金陵本子(指焦竑《二妙集》本),人争喜其详备,多混入欧、黄、秦、柳之作,今悉删去。至其词品之工拙,则鲁直、文潜、端叔辈自有定评。"这是清初以来流传最广、影响颇大的本子。有明毛晋崇祯三年汲古阁家塾刊《宋名家词》本,又有明末毛氏汲古阁刻《宋名家词》本,二书皆存国家图书馆。

————————————

①因茅维曾改编刊行王十朋纂集的《东坡先生诗集注》,故此书不再收诗。

《东坡小词》二卷,明海阳黄嘉惠校刊本,与山谷词合刊,题《苏黄小品》,书前有陈继儒序。上卷五十三首,下卷亦五十三首,共收词一百零六首。各首词有黄氏评语,词题多数同毛本,正文出自茅维《苏文忠公全集》本,按调编次,可能刊行于崇祯三年(1630)毛本之后不久。现存台北"国家图书馆"。

清人不重视傅幹的《注坡词》,只看重元延祐刊本《东坡乐府》。《四库全书》所收为沿于元延祐本的明毛晋刻本,光绪十四年(1888)王鹏运辑四印斋刻本《东坡乐府》二卷亦为元延祐刻本。清光绪十四年戊子(1888),钱塘汪氏重刻毛晋汲古阁《宋六十名家词》,《东坡词》亦在其中,此本较通行。清代注苏诗成风,但却没有人注苏词。直至清末宣统二年(1910),始有朱祖谋的《东坡乐府》三卷,前两卷为编年,末卷未编年,仍依元刻本分调编纂。此书底本为明毛晋编《宋六十名家词》所收《东坡词》和王鹏运四印斋所刻本《东坡乐府》,并经过订讹补阙和编年("以年为经,而纬以词")、笺注。但此书重点不在笺注,而在编年,这是苏词最早的编年本。

民国以来出了大量苏词白文本或校点本,但影响最大的还应算唐圭璋《全宋词》所收的《苏轼词》。唐先生于1931年开始编纂《全宋词》,1937年完成初稿,1940年由商务印书馆出版。1957年中华书局约请编者进行改编增补,1959年完成。书局根据唐先生的建议,指定王国维次子王仲闻先生对全书进行增订复核,1965年出版新版。1991年1月中华书局出版简体横排增补本《全宋词》,才改署"唐圭璋编,王仲闻参订,孔凡礼补辑"。《全宋词》第一册收《苏轼词》三百六十余首。在按调名编次的各种东坡词籍中,此本收苏词最多,是目前校订认真,并注明出处的苏词刊本,互见与可疑作品加案说明,还附录有存目词,亦注明出处,对苏词的去伪存真、拾遗补缺极为有用。

傅斡《注坡词》长期以钞本流传,得见者甚少,直至1936年商务印书馆出版龙榆生《东坡乐府笺》,才有了广为流传的苏词注本。该书编年所据为朱祖谋《东坡乐府》三卷,笺注则主要采自傅斡《注坡词》,此书的价值既不在编年,也不在笺注,而在于把一般人还见不到的傅斡《注坡词》公诸于世,虽非傅注原貌,但在苏词无其他注本时,聊胜于无,故流传颇广。

在龙榆生《东坡乐府笺》之后数十年,香港出版了曹树铭校注的《苏东坡词》,台湾出版了郑向恒的《东坡乐府校订笺证》,1990年华东师范大学出版社出版了石声淮、唐玲玲的《东坡乐府编年笺注》,1993年巴蜀书社出版了刘尚荣的《傅斡注坡词》,1998年9月三秦出版社出版了西北大学薛瑞生的《东坡词编年笺注》,2002年中华书局出版了邹同庆、王宗堂的《苏轼词编年校注》。后几种在整理苏词旧注和新注方面分别取得了突出成绩。

综观历代苏词版本,不外编年和按词调编排两种系统。编年虽好,但待补待酌者尚多。故本书仍以《全宋词》中的《苏轼词》为底本,编排则按词牌略作调整,文字则参考刘尚荣的《傅斡注坡词》(简称傅本)的校勘成果,择善径改,重要异文酌情出校。刘尚荣的《傅斡注坡词》,曾校元延祐庚申云间南阜草堂叶曾序刊本《东坡乐府》二卷(简称元本)、明吴讷《唐宋名贤百家词》本(简称吴本)、明万历焦竑《苏长公二妙集》(简称二妙集本)、明崇祯毛晋汲古阁《宋六十名家词》(简称毛本)、朱祖谋《彊村丛书·东坡乐府》(简称朱本)、龙榆生《东坡乐府笺》(简称龙本)等重要版本,是目前苏词校本中比较重要的版本。

词集卷一

水龙吟

古来云海茫茫,道山绛阙知何处。人间自有,赤城居士,龙蟠凤举。清净无为,坐忘遗照,八篇奇语。向玉霄东望,蓬莱晻霭,有云驾、骖风驭。 行尽九州四海,笑纷纷、落花飞絮。临江一见,谪仙风采,无言心许。八表神游,浩然相对,酒酣箕踞。待垂天赋就,骑鲸路稳,约相将去。

水龙吟 咏笛材 公旧序云:时太守闾丘公显已致仕,居姑苏。后房懿卿者,甚有才色,因赋此词。
一云"赠赵晦之侍儿"

楚山修竹如云,异材秀出千林表。龙须半剪,凤膺微涨,玉肌匀绕。木落淮南,雨晴云梦,月明风袅。自中郎不见,桓伊去后,知孤负、秋多少。 闻道岭南太守,后堂深、绿珠娇小。绮窗学弄,《梁州》初遍,《霓裳》未了。嚼徵含宫,泛商流羽,一声云杪。为使君洗尽,蛮风瘴雨,作《霜天晓》。

水龙吟 次韵章质夫杨花词

似花还似非花,也无人惜从教坠。抛家傍路,思量却是,无情有思。萦损柔肠,困酣娇眼,欲开还闭。梦随风万里,寻郎去处,又还被、莺呼起。　不恨此花飞尽,恨西园、落红难缀。晓来雨过,遗踪何在,一池萍碎。春色三分,二分尘土,一分流水。细看来,不是杨花,点点是离人泪。

水龙吟

公旧注云:间丘大夫孝直公显尝守黄州,作栖霞楼,为郡中胜绝。元丰五年,余谪居于黄。正月十七日,梦扁舟渡江,中流回望,楼中歌乐杂作。舟中人言:公显方会客也。觉而异之,乃作此词。公显时已致仕在苏州

小舟横截春江,卧看翠壁红楼起。云间笑语,使君高会,佳人半醉。危柱哀弦,艳歌余响,绕云萦水。念故人老大,风流未减,独回首、烟波里。　推枕惘然不见,但空江、月明千里。五湖闻道,扁舟归去,仍携西子。云梦南州,武昌南岸,昔游应记。料多情梦里,端来见我,也参差是。

水龙吟

小沟东接长江,柳堤苇岸连云际。烟村潇洒,人间一哄,渔樵早市。永昼端居,寸阴虚度,了成何事。但丝莼玉藕,珠粳锦鲤,相留恋,又经岁。　因念浮丘旧侣,惯瑶池、羽觞沉醉。青鸾歌舞,铢衣摇曳,壶中天地。飘堕人间,步虚声断,露寒风细。抱素琴,独向银蟾影里,此怀难寄。

水龙吟

露寒烟冷兼葭老，天外征鸿寥唳。银河秋晚，长门灯悄，一声初至。应念潇湘，岸遥人静，水多菰米。□望极平田，徘徊欲下，依前被、风惊起。　　须信衡阳万里。有谁家、锦书遥寄。万重云外，斜行横阵，才疏又缀。仙掌月明，石头城下，影摇寒水。念征衣未捣，佳人拂杵，有盈盈泪。

满庭芳 公旧序云：元丰七年四月一日，余将去黄移汝，留别雪堂邻里二三君子。会李仲览自江东来别，遂书以遗之

归去来兮，吾归何处，万里家在岷峨。百年强半，来日苦无多。坐见黄州再闰，儿童尽、楚语吴歌。山中友，鸡豚社酒，相劝老东坡。　　云何。当此去，人生底事，来往如梭。待闲看，秋风洛水清波。好在堂前细柳，应念我、莫翦柔柯。仍传语，江南父老，时与晒渔蓑。

满庭芳

香叆雕盘，寒生冰箸，画堂别是风光。主人情重，开宴出红妆。腻玉圆搓素颈，藕丝嫩、新织仙裳。双歌罢，虚檐转月，余韵尚悠飏。　　人间，何处有，司空见惯，应谓寻常。坐中有狂客，恼乱愁肠。报道金钗坠也，十指露、春笋纤长。亲曾见，全胜宋玉，想像赋《高唐》。

满庭芳

蜗角虚名，蝇头微利，算来著甚干忙。事皆前定，谁弱又谁强。且趁闲身未老，尽放我、些子疏狂。百年里，浑教是醉，三万六千场。　　思量。能几许，忧愁风雨，一半相妨。又何须，抵死说短论长。幸对清风皓月，苔茵展、云幕高张。江南好，千钟美酒，一曲《满庭芳》。

满庭芳　公旧序云：有王长官者，弃官三十三年，黄人谓之王先生。因送陈慥来过余，因赋此

三十三年，今谁存者，算只君与长江。凛然苍桧，霜干苦难双。闻道司州古县，云溪上、竹坞松窗。江南岸，不因送子，宁肯过吾邦。　　拟拟。疏雨过，风林舞破，烟盖云幢。愿持此邀君，一饮空缸。居士先生老矣，真梦里、相对残釭。歌舞断，行人未起，船鼓已逄逄。

满庭芳　杨绘《时贤本事曲子集》云：子瞻始与刘仲达往来于眉山，后相逢于泗上，久留郡中。游南山话旧而作

三十三年，飘流江海，万里烟浪云帆。故人惊怪，憔悴老青衫。我自疏狂异趣，君何事、奔走尘凡。流年尽，穷途坐守，船尾冻相衔。　　巉巉。淮浦外，层楼翠壁，古寺空岩。步携手林间，笑挽攦攦。莫上孤峰尽处，萦望眼、云海相搀。家何在，因君问我，归

梦绕松杉。

满庭芳　余谪居黄州五年，将赴临汝，作《满庭芳》
一篇别黄人。既至南都，蒙恩放归阳羡，复作一篇

　　归去来兮，清溪无底，上有千仞嵯峨。画楼东畔，天远夕阳多。老去君恩未报，空回首、弹铗悲歌。船头转，长风万里，归马驻平坡。　　无何。何处有，银潢尽处，天女停梭。问何事人间，久戏风波。顾谓同来稚子，应烂汝、腰下长柯。青衫破，群仙笑我，千缕挂烟蓑。

词集卷二

水调歌头 快哉亭作

　　落日绣帘卷,亭下水连空。知君为我,新作窗户湿青红。长记平山堂上,欹枕江南烟雨,渺渺没孤鸿。认得醉翁语,山色有无中。　　一千顷,都镜净,倒碧峰。忽然浪起,掀舞一叶白头翁。堪笑兰台公子,未解庄生天籁,刚道有雌雄。一点浩然气,千里快哉风。

水调歌头 公旧序云:余去岁在东武,作《水调歌头》以寄子由。今年,子由相从彭门百余日,过中秋而去,作此曲以别余。以其语过悲,乃为和之。其意以不早退为戒,以退而相从之乐为慰云耳

　　安石在东海,从事鬓惊秋。中年亲友难别,丝竹缓离愁。一旦功成名遂,准拟东还海道,扶病入西州。雅志困轩冕,遗恨寄沧洲。　　岁云暮,须早计,要褐裘。故乡归去千里,佳处辄迟留。我醉歌时君和,醉倒须君扶我,惟酒可忘忧。一任刘玄德,相对卧高楼。

水调歌头　公旧序云:丙辰中秋,欢饮达旦,大醉。作此篇,兼怀子由

明月几时有,把酒问青天。不知天上宫阙,今夕是何年。我欲乘风归去,又恐琼楼玉宇,高处不胜寒。起舞弄清影,何似在人间。　转朱阁,低绮户,照无眠。不应有恨,何事长向别时圆。人有悲欢离合,月有阴晴圆缺。此事古难全。但愿人长久,千里共婵娟。

水调歌头　公旧序云:欧阳文忠公尝问余:琴诗何者最善?答以退之《听颖师琴》诗最善。公曰:"此诗最奇丽,然非听琴,乃听琵琶也。"余深然之。建安章质夫家善琵琶者,乞为歌词。余久不作,特取退之词,稍加檃括,使就声律,以遗之云

昵昵儿女语,灯火夜微明。恩怨尔汝来去,弹指泪和声。忽变轩昂勇士,一鼓填然作气,千里不留行。回首暮云远,飞絮搅青冥。　众禽里,真彩凤,独不鸣。跻攀寸步千险,一落百寻轻。烦子指间风雨,置我肠中冰炭,起坐不能平。推手从归去,无泪与君倾。

满江红　杨元素《本事曲集》:董毅夫名钺,自梓漕得罪归鄱阳,遇东坡于齐安,怪其丰暇自得。曰:"吾再娶柳氏,三日而去官。吾固不戚戚,而忧柳氏不能忘怀于进退也。已而欣然同忧患,如处富贵,吾是以益安焉。"乃令家僮歌其所作《满江红》。东坡嗟叹之,次其韵

忧喜相寻,风雨过、一江春绿。巫峡梦、至今空有,乱山屏簇。

何似伯鸾携德耀,箪瓢未足清欢足。渐粲然、光彩照阶庭,生兰玉。　　幽梦里,传心曲。肠断处,凭他续。文君婿知否,笑君卑辱。君不见《周南》歌《汉广》,天教夫子休乔木。便相将、左手抱琴书,云间宿。

满江红

江汉西来,高楼下、蒲萄深碧。犹自带、岷峨云浪,锦江春色。君是南山遗爱守,我为剑外思归客。对此间、风物岂无情,殷勤说。　　《江表传》,君休读。狂处士,真堪惜。空洲对鹦鹉,苇花萧瑟。不独笑书生争底事,曹公黄祖俱飘忽。愿使君、还赋谪仙诗,追黄鹤。

满江红　东武会流杯亭

东武南城,新堤固、涟漪初溢。隐隐遍、长林高阜,卧红堆碧。枝上残花吹尽也,与君更向江头觅。问向前、犹有几多春,三之一。　　官里事,何时毕。风雨外,无多日。相将泛曲水,满城争出。君不见兰亭修禊事,当时坐上皆豪逸。到如今、修竹满山阴,空陈迹。

满江红　怀子由作

清颍东流,愁目断、孤帆明灭。宦游处、青山白浪,万重千叠。孤负当年林下意,对床夜雨听萧瑟。恨此生、长向别离中,添华发。　　一尊酒,黄河侧。无限事,从头说。相看恍如昨,许多年月。衣上旧痕余苦泪,眉间喜气添黄色。便与君、池上觅残春,花如雪。

满江红　正月十三日送文安国还朝

天岂无情,天也解、多情留客。春向暖、朝来底事,尚飘轻雪。君过春来纤组绶,我应归去耽泉石。恐异时、杯酒忽相思,云山隔。　　浮世事,俱难必。人纵健,头应白。何辞更一醉,此欢难觅。欲向佳人诉离恨,泪珠先已凝双睫。但莫遣、新燕却来时,音书绝。

归朝欢　公尝有诗与苏伯固,其序曰:昔在九江,与苏伯固唱和,其略曰:"我梦扁舟浮震泽。雪浪横江千顷白。觉来满眼是庐山,倚天无数开青壁。"盖实梦也。然公诗复云:"扁舟震泽定何时,满眼庐山觉又非。"

我梦扁舟浮震泽。雪浪摇空千顷白。觉来满眼是庐山,倚天无数开青壁。此生长接淅。与君同是江南客。梦中游,觉来清赏,同作飞梭掷。　　明日西风还挂席。唱我新词泪沾臆。灵均去后楚山空,澧阳兰芷无颜色。君才如梦得。武陵更在西南极。《竹枝词》,莫摇新唱,谁谓古今隔。

词集卷三

念奴娇　赤壁怀古

大江东去,浪淘尽、千古风流人物。故垒西边人道是,三国周郎赤壁。乱石穿空①,惊涛拍岸②,卷起千堆雪。江山如画,一时多少豪杰。　　遥想公瑾当年,小乔初嫁了,雄姿英发。羽扇纶巾谈笑间,强虏灰飞烟灭③。故国神游,多情应笑,我早生华发。人间如梦,一尊还酹江月。

念奴娇　中秋

凭高眺远,见长空万里,云无留迹。桂魄飞来光射处,冷浸一天秋碧。玉宇琼楼,乘鸾来去,人在清凉国。江山如画,望中烟树历历。　　我醉拍手狂歌,举杯邀月,对影成三客。起舞徘徊风露下,今夕不知何夕。便欲乘风,翻然归去,何用骑鹏翼。水晶宫里,一声吹断横笛。

---

①穿空:一本作"崩云"。
②拍:一本作"裂"。
③强虏:一本作"樯橹"。

雨中花

今岁花时深院，尽日东风，荡飏茶烟。但有绿苔芳草，柳絮榆钱。闻道城西，长廊古寺，甲第名园。有国艳带酒，天香染袂，为我留连。　　清明过了，残红无处，对此泪洒尊前。秋向晚，一枝何事，向我依然。高会聊追短景，清商不暇余妍。不如留取，十分春态，付与明年。

雨中花慢

邃院重帘何处，惹得多情，愁对风光。睡起酒阑花谢，蝶乱蜂忙。今夜何人，吹笙北岭，待月西厢。空怅望处，一株红杏，斜倚低墙。　　羞颜易变，傍人先觉，到处被著猜防。谁信道，些儿恩爱，无限凄凉。好事若无间阻，幽欢却是寻常。一般滋味，就中香美，除是偷尝。

雨中花慢

嫩脸羞蛾，因甚化作行云，却返巫阳。但有寒灯孤枕，皓月空床。长记当初，乍谐云雨，便学鸾凰。又岂料、正好三春桃李，一夜风霜。　　丹青□画，无言无笑，看了漫结愁肠。襟袖上，犹存残黛，渐减余香。一自醉中忘了，奈何酒后思量。算应负你，枕前珠泪，万点千行。

沁园春　　赴密州,早行,马上寄子由

孤馆灯青,野店鸡号,旅枕梦残。渐月华收练,晨霜耿耿,云山摛锦,朝露洃洃。世路无穷,劳生有限,似此区区长鲜欢。微吟罢,凭征鞍无语,往事千端。　　当时共客长安。似二陆初来俱少年。有笔头千字,胸中万卷,致君尧舜,此事何难。用舍由时,行藏在我,袖手何妨闲处看。身长健,但优游卒岁,且斗尊前。

劝金船　　和元素韵,自撰腔命名

无情流水多情客。劝我如曾识。杯行到手休辞却。这公道难得。曲水池上,小字更书年月。还对茂林修竹,似永和节。　　纤纤素手如霜雪。笑把秋花插。尊前莫怪歌声咽。又还是轻别。此去翱翔,遍赏玉堂金阙。欲问再来何岁,应有华发。

一丛花

今年春浅腊侵年。冰雪破春妍。东风有信无人见,露微意、柳际花边。寒夜纵长,孤衾易暖,钟鼓渐清圆。　　朝来初日半含山。楼阁淡疏烟。游人便作寻芳计,小桃杏、应已争先。衰病少情,疏慵自放,惟爱日高眠。

木兰花令

霜余已失长淮阔。空听潺潺清颍咽。佳人犹唱醉翁词,四十

三年如电抹。　草头秋露流珠滑。三五盈盈还二八。与余同是识翁人,惟有西湖波底月。

木兰花令　次马中玉韵

知君仙骨无寒暑。千载相逢犹旦暮。故将别语恼佳人,要看梨花枝上雨。　落花已逐回风去。花本无心莺自诉。明朝归路下塘西,不见莺啼花落处。

木兰花令　宿造口闻夜雨,寄子由、才叔

梧桐叶上三更雨。惊破梦魂无觅处。夜凉枕簟已知秋,更听寒蛩促机杼。　梦中历历来时路。犹在江亭醉歌舞。尊前必有问君人,为道别来心与绪。

木兰花令

元宵似是欢游好。何况公庭民讼少。万家游赏上春台,十里神仙迷海岛。　平原不似高阳傲。促席雍容陪语笑。坐中有客最多情,不惜玉山拼醉倒。

木兰花令

经旬未识东君信。一夕薰风来解愠。红绡衣薄麦秋寒,绿绮韵低梅雨润。　瓜头绿染山光嫩。弄色金桃新傅粉。日高慵卷

水晶帘,犹带春醪红玉困。

木兰花令

高平四面开雄垒。三月风光初觉媚。园中桃李使君家,城上亭台游客醉。　　歌翻杨柳金尊沸。饮散凭阑无限意。云深不见玉关遥,草细山重残照里。

西江月　真觉赏瑞香三首

其一

公子眼花乱发,老夫鼻观先通。领巾飘下瑞香风。惊起谪仙春梦。　　后土祠中玉蕊,蓬莱殿后鞓红。此花清绝更纤秾。把酒何人心动。

其二　坐客见和,复次韵

小院朱阑几曲,重城画鼓三通。更看微月转光风。归去香云入梦。　　翠袖争浮大白,皂罗半插斜红。灯花零落酒花秾。妙语一时飞动。

其三　再用前韵戏曹子方

怪此花枝怨泣,托君诗句名通。凭将草木记吴风。继取相如云梦。　　点笔袖沾醉墨,谤花面有惭红。知君却是为情秾。怕见此花撩动。

西江月

闻道双衔凤带，不妨单著鲛绡。夜香知与阿谁烧。怅望水沉烟袅。　　云鬟风前绿卷，玉颜醉里红潮。莫教空度可怜宵。月与佳人共僚。

西江月　重九

点点楼头细雨。重重江外平湖。当年戏马会东徐。今日凄凉南浦。　　莫恨黄花未吐。且教红粉相扶。酒阑不必看茱萸。俯仰人间今古。

西江月　茶词

龙焙今年绝品，谷帘自古珍泉。雪芽双井散神仙。苗裔来从北苑。　　汤发云腴酽白，盏浮花乳轻圆。人间谁敢更争妍。斗取红窗粉面。

西江月

别梦已随流水，泪巾犹裹香泉。相如依旧是臞仙。人在瑶台阆苑。　　花雾萦风缥缈，歌珠滴水清圆。蛾眉新作十分妍。走马归来便面。

西江月

世事一场大梦，人生几度秋凉。夜来风叶已鸣廊。看取眉头鬓上。　　酒贱常愁客少，月明多被云妨。中秋谁与共孤光。把盏凄然北望。

西江月　送钱待制

莫叹平原落落，且应去鲁迟迟。与君各记少年时。须信人生如寄。　　白发千茎相送，深杯百罚休辞。拍浮何用酒为池。我已为君德醉。

词集卷四

西江月 梅花

玉骨那愁瘴雾，冰姿自有仙风。海仙时遣探芳丛。倒挂绿毛
么凤。 素面翻嫌粉涴，洗妆不褪唇红。高情已逐晓云空。不
与梨花同梦。

西江月 公自序云：春夜蕲水中过酒家饮。酒醉，
乘月至一溪桥上，解鞍曲肱少休。及觉，已晓。乱
山葱茏，不谓尘世也。书此词桥柱

照野弥弥浅浪，横空暧暧微霄。障泥未解玉骢骄。我欲醉眠
芳草。 可惜一溪明月，莫教踏破琼瑶。解鞍欹枕绿杨桥。杜
宇一声春晓。

西江月 平山堂

三过平山堂下，半生弹指声中。十年不见老仙翁。壁上龙蛇
飞动。 欲吊文章太守，仍歌杨柳春风。休言万事转头空。未
转头时皆梦。

西江月 送别

昨夜扁舟京口，今朝马首长安。旧官何物与新官。只有湖山公案。　　此景百年几变，个中下语千难。使君才气卷波澜。与把新诗判断。

西江月 咏梅

马趁香微路远，沙笼月淡烟斜。渡波清彻映妍华。倒绿枝寒凤挂。　　挂凤寒枝绿倒，华妍映彻清波。渡斜烟淡月笼沙。远路微香趁马。

西江月 佳人

碧雾轻笼两凤，寒烟淡拂双鸦。为谁流睇不归家。错认门前过马。　　有意偷回笑眼，无言强整衣纱。刘郎一见武陵花。从此春心荡也。①

临江仙 龙丘子自洛之蜀，载二侍女，戎装骏马。
至溪山佳处，辄留，见者以为异人。后十年，筑室黄冈之北，号静安居士。作此记之

细马远驮双侍女，青巾玉带红靴。溪山好处便为家。谁知巴

---

① 按，此首疑非苏东坡作。

峡路,却见洛城花。　　面旋落英飞玉蕊,人间春日初斜。十年不见紫云车。龙丘新洞府,铅鼎养丹砂。

临江仙　赠送

诗句端来磨我钝,钝锥不解生铓。欢颜为我解冰霜。酒阑清梦觉,春草满池塘。　　应念雪堂坡下老,昔年共采芸香。功成名遂早还乡。回车来过我,乔木拥千章。

临江仙　辛未离杭至润,别张弼秉道

我劝髯张归去好,从来自己忘情。尘心消尽道心平。江南与塞北,何处不堪行。　　俎豆庚桑真过矣,凭君说与南荣。愿闻吴越报丰登。君王如有问,结袜赖王生。

临江仙　冬日即事

自古相从休务日,何妨低唱微吟。天垂云重作春阴。坐中人半醉,帘外雪将深。　　闻道分司狂御史,紫云无路追寻。凄风寒雨是骎骎。问囚长损气,见鹤忽惊心。

临江仙　送王缄

忘却成都来十载,因君未免思量。凭将清泪洒江阳。故山知好在,孤客自悲凉。　　坐上别愁君未见,归来欲断无肠。殷勤且更尽离觞。此身如传舍,何处是吾乡。

临江仙

尊酒何人怀李白,草堂遥指江东。珠帘十里卷香风。花开又花谢,离恨几千重。　　轻舸渡江连夜到,一时惊笑衰容。语音犹自带吴侬。夜阑对酒处,依旧梦魂中。

临江仙

九十日春都过了,贪忙何处追游。三分春色一分愁。雨翻榆荚阵,风转柳花球。　　阆苑先生须自责,蟠桃动是千秋。不知人世苦厌求。东皇不拘束,肯为使君留。

临江仙　风水洞作

四大从来都遍满,此间风水何疑。故应为我发新诗。幽花香涧谷,寒藻舞沦漪。　　借与玉川生两腋,天仙未必相思。还凭流水送人归。层巅余落日,草露已沾衣。

临江仙

一别都门三改火,天涯踏尽红尘。依然一笑作春温。无波真古井,有节是秋筠。　　惆怅孤帆连夜发,送行淡月微云。尊前不用翠眉颦。人生如逆旅,我亦是行人。

临江仙　疾愈登望湖楼,赠项长官

多病休文都瘦损,不堪金带垂腰。望湖楼上暗香飘。和风春弄袖,明月夜闻箫。　　酒醒梦回清漏永,隐床无限更潮。佳人不见董娇娆。徘徊花上月,空度可怜宵。

临江仙

夜饮东坡醒复醉,归来仿佛三更。家童鼻息已雷鸣。敲门都不应,倚杖听江声。　　长恨此身非我有,何时忘却营营。夜阑风静縠纹平。小舟从此逝,江海寄余生。

临江仙

冬夜夜寒冰合井,画堂明月侵帏。青缸明灭照悲啼。青缸挑欲尽,粉泪裛还垂。　　未尽一尊先掩泪,歌声半带清悲。情声两尽莫相违。欲知肠断处,梁上暗尘飞。

临江仙　赠王友道

谁道东阳都瘦损,凝然点漆精神。瑶林终自隔风尘。试看披鹤氅,仍是谪仙人。　　省可清言挥玉麈,真须保器全真。风流何似道家纯。不应同蜀客,惟爱卓文君。

临江仙

昨夜渡江何处宿，望中疑是秦淮。月明谁起笛中哀。多情王谢女，相逐过江来。　　云雨未成还又散，思量好事难谐。凭陵急桨两相催。想伊归去后，应似我情怀。

渔家傲　金陵赏心亭送王胜之龙图。王守金陵，视事一日移南郡

千古龙蟠并虎踞。从公一吊兴亡处。渺渺斜风吹细雨。芳草渡。江南父老留公住。　　公驾飞车凌彩雾。红鸾骖乘青鸾驭。却讶此洲名白鹭。非吾侣。翩然欲下还飞去。

渔家傲　送吉守江郎中

送客归来灯火尽。西楼淡月凉生晕。明日潮来无定准。潮来稳。舟横渡口重城近。　　江水似知孤客恨。南风为解佳人愠。莫学时流轻久困。频寄问。钱塘江上须忠信。

渔家傲　七夕

皎皎牵牛河汉女。盈盈临水无由语。望断碧云空日暮。无寻处。梦回芳草生春浦。　　鸟散余花纷似雨。汀洲蘋老香风度。明月多情来照户。但揽取。清光长送人归去。

渔家傲　送张元康省亲秦川

一曲阳关情几许。知君欲向秦川去。白马皂貂留不住。回首处。孤城不见天霖雾。　　到日长安花似雨。故关杨柳初飞絮。渐见靴刀迎夹路。谁得似。风流膝上王文度。

渔家傲　赠曹光州

些小白须何用染。几人得见星星点。作郡浮光虽似箭。君莫厌。也应胜我三年贬。　　我欲自嗟还不敢。向来三郡宁非忝。婚嫁事稀年冉冉。知有渐。千钧重担从头减。

渔家傲

临水纵横回晚鞚。归来转觉情怀动。梅笛烟中闻几弄。秋阴重。西山雪淡云凝冻。　　美酒一杯谁与共。尊前舞雪狂歌送。腰跨金鱼旌旆拥。将何用。只堪妆点浮生梦。

鹧鸪天　东坡谪黄州时作此词，真本藏林子敬家

林断山明竹隐墙。乱蝉衰草小池塘。翻空白鸟时时见，照水红蕖细细香。　　村舍外，古城旁。杖藜徐步转斜阳。殷勤昨夜三更雨，又得浮生一日凉。

鹧鸪天 公自序云：陈公密出侍儿素娘，歌紫玉箫曲，劝老人酒。老人饮尽，因为赋此词

笑捻红梅亸翠翘。扬州十里最妖饶。夜来绮席亲曾见，撮得精神滴滴娇。　　娇后眼，舞时腰。刘郎几度欲魂消。明朝酒醒知何处，肠断云间紫玉箫。

鹧鸪天 佳人

罗带双垂画不成。殢人娇态最轻盈。酥胸斜抱天边月，玉手轻弹水面冰。　　无限事，许多情。四弦丝竹苦丁宁。饶君拨尽相思调，待听梧桐叶落声。①

少年游 端午赠黄守徐君猷

银塘朱槛曲尘波。圆绿卷新荷。兰条荐浴，菖花酿酒，天气尚清和。　　好将沉醉酬佳节，十分酒、一分歌。狱草烟深，讼庭人悄，无吝宴游过。

少年游 润州作

去年相送，余杭门外，飞雪似杨花。今年春尽，杨花似雪，犹不见还家。　　对酒卷帘邀明月，风露透窗纱。恰似姮娥怜双燕，

---

① 按，此首疑非苏东坡作。

分明照、画梁斜。

少年游　黄之侨人郭氏，每岁正月迎紫姑神，以箕
为腹，箸为口，画灰盘中，为诗敏捷，立成。余往观
之。神请余作《少年游》，乃以此戏之

玉肌铅粉傲秋霜。准拟凤呼凰。伶伦不见，清香未吐，且糠
粃吹扬。　　到处成双君独只，空无数、烂文章。一点香檀，谁能
借箸，无复似张良。

定风波　十月九日，孟亨之置酒秋香亭，有拒霜独
向君猷而开。坐客喜笑，以为非使君莫可当此花，
故作是词

两两轻红半晕腮。依依独为使君回。若道使君无此意。何
为。双花不向别人开。　　但看低昂烟雨里。不已。劝君休诉十
分杯。更问尊前狂副使。来岁。花开时节与谁来。

词集卷五

定风波 公旧序云：三月七日，沙湖道中遇雨。雨具先去，同行皆狼狈，余独不觉。已而遂晴，故作此词

莫听穿林打叶声。何妨吟啸且徐行。竹杖芒鞋轻胜马。谁怕。一蓑烟雨任平生。　　料峭春风吹酒醒。微冷。山头斜照却相迎。回首向来潇洒处①。归去。也无风雨也无晴。

定风波 重阳

与客携壶上翠微。江涵秋影雁初飞。尘世难逢开口笑。年少。菊花须插满头归。　　酩酊但酬佳节了。云峤。登临不用怨斜晖。古往今来谁不老。多少。牛山何必更沾衣。

定风波 感旧

莫怪鸳鸯绣带长。腰轻不胜舞衣裳。薄幸只贪游冶去。何处。垂杨系马恣轻狂。　　花谢絮飞春又尽。堪恨。断弦尘管伴啼妆。不信归来但自看。怕见。为郎憔悴却羞郎。

---

① 潇洒：元本作"潇瑟"。

定风波　送元素

千古风流阮步兵。平生游宦爱东平。千里远来还不住。归去。空留风韵照人清。　　红粉尊前深懊恼。休道。怎生留得许多情。记得明年花絮乱。须看。泛西湖是断肠声。

定风波　元丰五年七月六日，王文甫家饮酿白酒，大醉。集古句作墨竹词

雨洗娟娟嫩叶光。风吹细细绿筠香。秀色乱侵书帙晚。帘卷。清阴微过酒尊凉。　　人画竹身肥拥肿。何用。先生落笔胜萧郎。记得小轩岑寂夜。廊下。月和疏影上东墙。

定风波　咏红梅

好睡慵开莫厌迟。自怜冰脸不时宜。偶作小红桃杏色，闲雅，尚余孤瘦雪霜姿。　　休把闲心随物态，何事，酒生微晕沁瑶肌。诗老不知梅格在，吟咏，更看绿叶与青枝。

定风波　公自序云：余昔与张子野、刘孝叔、李公择、陈令举、杨元素会于吴兴。时子野作六客词，其卒章云："见说贤人聚吴分。试问。也应旁有老人星。"凡十五年，再过吴兴，而五人者皆已亡矣。时张仲谋与曹子方、刘景文、苏伯固、张秉道为坐客，仲谋请作后六客词

月满苕溪照夜堂。五星一老斗光芒。十五年间真梦里。何

事。长庚对月独凄凉。　　绿鬓苍颜同一醉。还是。六人吟笑水云乡。宾主谈锋谁得似。看取。曹刘今对两苏张。

定风波　南海归,赠王定国侍人寓娘

常羡人间琢玉郎。天应乞与点酥娘。尽道清歌传皓齿。风起。雪飞炎海变清凉。　　万里归来颜愈少。微笑。笑时犹带岭梅香。试问岭南应不好。却道。此心安处是吾乡。

南乡子　春情

晚景落琼杯。照眼云山翠作堆。认得岷峨春雪浪,初来。万顷蒲萄涨渌醅。　　暮雨暗阳台。乱洒高楼湿粉腮。一阵东风来卷地,吹回。落照江天一半开。

南乡子　梅花词和杨元素

寒雀满疏篱。争抱寒柯看玉蕤。忽见客来花下坐,惊飞。蹋散芳英落酒卮。　　痛饮又能诗。坐客无毡醉不知。花尽酒阑春到也,离离。一点微酸已著枝。

南乡子　席上劝李公择酒

不到谢公台。明月清风好在哉。旧日髯孙何处去,重来。短李风流更上才。　　秋色渐摧颓。满院黄英映酒杯。看取桃花春二月，争开。尽是刘郎去后栽。

南乡子　重九涵辉楼呈徐君猷

霜降水痕收。浅碧鳞鳞露远洲。酒力渐消风力软，飕飕。破帽多情却恋头。　　佳节若为酬。但把清尊断送秋。万事到头都是梦，休休。明日黄花蝶也愁。

南乡子　送述古

回首乱山横。不见居人只见城。谁似临平山上塔，亭亭。迎客西来送客行。　　归路晚风清。一枕初寒梦不成。今夜残灯斜照处，荧荧。秋雨晴时泪不晴。

南乡子　有感

冰雪透香肌。姑射仙人不似伊。濯锦江头新样锦，非宜。故著寻常淡薄衣。　　暖日下重帏。春睡香凝索起迟。曼倩风流缘底事，当时。爱被西真唤作儿。

南乡子　和杨元素

东武望余杭。云海天涯两杳茫。何日功成名遂了，还乡。醉笑陪公三万场。　　不用诉离觞。痛饮从来别有肠。今夜送归灯火冷，河塘。堕泪羊公却姓杨。

南乡子　自述

凉簟碧纱厨。一枕清风昼睡余。睡听晚衙无一事,徐徐。读尽床头几卷书。　搔首赋归欤。自觉功名懒更疏。若问使君才与术,何如。占得人间一味愚。

南乡子　公旧序云:沈强辅雯上出犀丽玉作胡琴,送元素还朝,同子野各赋一首

裙带石榴红。却水殷勤解赠侬。应许逐鸡鸡莫怕,相逢。一点灵犀必暗通。　何处遇良工。琢刻天真半欲空。愿作龙香双凤拨,轻拢。长在环儿白雪胸。

南乡子　赠行

旌旆满江湖。诏发楼船万舳舻。投笔将军因笑我,迂儒。帕首腰刀是丈夫。　粉泪怨离居。喜子垂窗报捷书。试问伏波三万语,何如。一斛明珠换绿珠。

南乡子　双荔支

天与化工知。赐得衣裳总是绯。每向华堂深处见,怜伊。两个心肠一片儿。　自小便相随。绮席歌筵不暂离。苦恨人人分拆破,东西。怎得成双似旧时。

南乡子 集句

寒玉细凝肤_{吴融}。清歌一曲倒金壶_{郑谷}。冶叶倡条遍相识_{李商隐}，争如。豆蔻花梢二月初_{杜牧}。　　年少即须臾_{白居易}。芳时偷得醉工夫_{白居易}。罗帐细垂银烛背_{韩偓}，欢娱。豁得平生俊气无_{杜牧}。

南乡子 集句

怅望送春杯_{杜牧}。渐老逢春能几回_{杜甫}。花满楚城愁远别_{许浑}，伤怀。何况清丝急管催_{刘禹锡}。　　吟断望乡台_{李商隐}。万里归心独上来_{许浑}。景物登临闲始见_{杜牧}，徘徊。一寸相思一寸灰_{李商隐}。

南乡子 集句

何处倚阑干_{杜牧}。弦管高楼月正圆_{杜牧}。胡蝶梦中家万里_{崔涂}，依然。老去愁来强自宽_{杜甫}。　　明镜借红颜_{李商隐}。须著人间比梦间_{韩愈}。蜡烛半笼金翡翠_{李商隐}，更阑。绣被焚香独自眠_{李商隐}。

南乡子 用韵和道辅

未倦长卿游。漫舞夭歌烂不收。不是使君能矫世，谁留。教有琼梳脱麝油。　　香粉镂金球。花艳红笺笔欲流。从此丹唇并皓齿,清柔。唱遍山东一百州。

南乡子　用前韵赠田叔通家舞鬟

绣鞅玉镮游。灯晃帘疏笑却收。久立香车催欲上,还留。更且檀唇点杏油。　　花遍六么球。面旋回风带雪流。春入腰肢金缕细,轻柔。种柳应须柳柳州。

南乡子　宿州上元

千骑试春游。小雨如酥落便收。能使江东归老客,迟留。白酒无声滑泻油。　　飞火乱星球。浅黛横波翠欲流。不似白云乡外冷,温柔。此去淮南第一州。

南歌子　游赏

山与歌眉敛,波同醉眼流。游人都上十三楼。不羡竹西歌吹、古扬州。　　菰黍连昌歜,琼彝倒玉舟。谁家水调唱歌头。声绕碧山飞去、晚云留。

南歌子　湖景

古岸开青葑,新渠走碧流。会看光满万家楼。记取他年扶路、入西州。　　佳节连梅雨,余生寄叶舟。只将菱角与鸡头。更有月明千顷、一时留。

南歌子　寓意

雨暗初疑夜,风回忽报晴。淡云斜照著山明。细草软沙溪路、马蹄轻。　　卯酒醒还困,仙村梦不成。蓝桥何处觅云英。只有多情流水、伴人行。

南歌子　和前韵

日出西山雨,无晴又有晴。乱山深处过清明。不见彩绳花板、细腰轻。　　尽日行桑野,无人与目成。且将新句琢琼英。我是世间闲客、此闲行。

南歌子　再用前韵

带酒冲山雨,和衣睡晚晴。不知钟鼓报天明。梦里栩然蝴蝶、一身轻。　　老去才都尽,归来计未成。求田问舍笑豪英。自爱湖边沙路、免泥行。

南歌子　晚春

日薄花房绽,风和麦浪轻。夜来微雨洗郊坰。正是一年春好、近清明。　　已改煎茶火,犹调入粥饧。使君高会有余清。此乐无声无味、最难名。

南歌子　八月十八日观潮

海上乘槎侣，仙人萼绿华。飞升元不用丹砂。住在潮头来处、渺天涯。　　雷辊夫差国，云翻海若家。坐中安得弄琴牙。写取余声归向、水仙夸。

南歌子　再用前韵

苒苒中秋过，萧萧两鬓华。寓身化世一尘沙。笑看潮来潮去、了生涯。　　方士三山路，渔人一叶家。早知身世两聱牙。好伴骑鲸公子、赋雄夸。

南歌子　《冷斋夜话》云："东坡守钱塘，无日不在西湖。尝携妓谒大通禅师，大通愠形于色。东坡作长短句，令妓歌之

师唱谁家曲，宗风嗣阿谁。借君拍板与门槌。我也逢场作戏、莫相疑。　　溪女方偷眼，山僧莫眨眉。却愁弥勒下生迟。不见老婆三五、少年时。

南歌子　别润守许仲涂

欲执河梁手，还升月旦堂。酒阑人散月侵廊。北客明朝归去、雁南翔。　　窈窕高明玉，风流郑季庄。一时分散水云乡。惟有落花芳草、断人肠。

南歌子　湖州作

山雨潇潇过,溪桥浏浏清。小园幽榭枕蘋汀。门外月华如水、彩舟横。　　茗岸霜花尽,江湖雪阵平。两山遥指海门青。回首水云何处、觅孤城。

南歌子　暮春

紫陌寻春去,红尘拂面来。无人不道看花回。惟见石榴新蕊、一枝开。　　冰簟堆云髻,金尊潋玉醅。绿阴青子莫相催。留取红巾千点、照池台。

南歌子　黄州腊八日饮怀民小阁

卫霍元勋后,韦平外族贤。吹笙只合在缑山。闲驾彩鸾归去、趁新年。　　烘暖烧香阁,轻寒浴佛天。他时一醉画堂前。莫忘故人憔悴、老江边。

南歌子　有感

笑怕蔷薇罥,行忧宝瑟僵。美人依约在西厢。只恐暗中迷路、认余香。　　午夜风翻幔,三更月到床。簟纹如水玉肌凉。何物与侬归去、有残妆。

南歌子 感旧

寸恨谁云短，绵绵岂易裁。半年眉绿未曾开。明月好风闲处、是人猜。　　春雨消残冻，温风到冷灰。尊前一曲为谁哉。留取曲终一拍、待君来。

南歌子 楚守周豫出舞鬟，因作二首赠之

绀绾双蟠髻，云敧小偃巾。轻盈红脸小腰身。叠鼓忽催花拍、斗精神。　　空阔轻红歇，风和约柳春。蓬山才调最清新。胜似缠头千锦、共藏珍。

南歌子 同前

琥珀装腰佩，龙香入领巾。只应飞燕是前身。共看剥葱纤手、舞凝神。　　柳絮风前转，梅花雪里春。鸳鸯翡翠两争新。但得周郎一顾、胜珠珍。

南歌子

见说东园好，能消北客愁。虽非吾土且登楼。行尽江南南岸、此淹留。　　短日明枫缬，清霜暗菊球。流年回首付东流。凭仗挽回潘鬓、莫教秋。

南歌子

云鬟裁新绿,霞衣曳晓红。待歌凝立翠筵中。一朵彩云何事、下巫峰。　　趁拍鸾飞镜,回身燕漾空。莫翻红袖过帘栊。怕被杨花勾引、嫁东风。

好事近　送君猷

红粉莫悲啼,俯仰半年离别。看取雪堂坡下,老农夫凄切。　　明年春水漾桃花,柳岸隘舟楫。从此满城歌吹,看黄州阗咽。

好事近　湖上

湖上雨晴时,秋水半篙初没。朱槛俯窥寒鉴,照衰颜华发。　　醉中吹堕白纶巾,溪风漾流月。独棹小舟归去,任烟波飘兀。

好事近

烟外倚危楼,初见远灯明灭。却跨玉虹归去、看洞天星月。　　当时张范风流在,况一尊浮雪。莫问世间何事、与剑头微映。

鹊桥仙　七夕

缑山仙子,高情云渺,不学痴牛騃女。凤箫声断月明中,举手谢、时人欲去。　　客槎曾犯,银河微浪,尚带天风海雨。相逢一醉是前缘，风雨散、飘然何处。

鹊桥仙 七夕和苏坚韵

乘槎归去，成都何在，万里江沱汉漾。与君各赋一篇诗，留织女、鸳鸯机上。 还将旧曲，重赓新韵，须信吾侪天放。人生何处不儿嬉，看乞巧、朱楼彩舫。

望江南 暮春

春已老，春服几时成。曲水浪低蕉叶稳，舞雩风软纻罗轻。酣咏乐升平。 微雨过，何处不催耕。百舌无言桃李尽，柘林深处鹁鸪鸣。春色属芜菁。

望江南 暮春①

春未老，风细柳斜斜。试上超然台上看，半壕春水一城花。烟雨暗千家。 寒食后，酒醒却咨嗟。休对故人思故国，且将新火试新茶。诗酒趁年华。

———

① 傅本词题作《超然台作》。

词集卷六

卜算子 感旧

蜀客到江南，长忆吴山好。吴蜀风流自古同，归去应须早。　　还与去年人，共藉西湖草。莫惜尊前仔细看，应是容颜老。

卜算子 黄鲁直跋云："东坡道人在黄州时作。语意高妙，似非吃烟火食人语。非胸中有万卷书，笔下无一点尘俗气，孰能至是！"

缺月挂疏桐，漏断人初静。时见幽人独往来，缥缈孤鸿影。　　惊起却回头，有恨无人省。拣尽寒枝不肯栖，枫落吴江冷。

瑞鹧鸪 观潮

碧山影里小红旗。侬是江南踏浪儿。拍手欲嘲山简醉，齐声争唱浪婆词。　　西兴渡口帆初落、渔浦山头日未欹。侬欲送潮歌底曲，尊前还唱使君诗。

瑞鹧鸪

城头月落尚啼乌。朱舰红船早满湖。鼓吹未容迎五马，水云先已漾双凫。　　映山黄帽螭头舫,夹岸青烟鹊尾炉。老病逢春只思睡,独求僧榻寄须臾。

十拍子　暮秋

白酒新开九酝,黄花已过重阳。身外傥来都似梦,醉里无何即是乡。东坡日月长。　　玉粉旋烹茶乳,金齑新捣橙香。强染霜髭扶翠袖,莫道狂夫不解狂。狂夫老更狂。

清平乐　秋词

清淮浊汴。更在江西岸。红旆到时黄叶乱。霜入梁王故苑。　　秋原何处携壶。停骖访古踟蹰。双庙遗风尚在,漆园傲吏应无。

昭君怨　送别

谁作桓伊三弄。惊破绿窗幽梦。新月与愁烟。满江天。　　欲去又还不去。明日落花飞絮。飞絮送行舟。水东流。

戚氏

玉龟山。东皇灵媲统群仙。绛阙岩峣,翠房深迥,倚霏烟。幽闲。志萧然。金城千里锁婵娟。当时穆满巡狩,翠华曾到海西边。风露明霁,鲸波极目,势浮舆盖方圆。正迢迢丽日,玄圃清寂,琼草芊绵。　　争解绣勒香鞯。鸾辂驻跸,八马戏芝田。瑶池近、画楼隐隐,翠鸟翩翩。肆华筵。间作脆管鸣弦。宛若帝所钧天。稚颜皓齿,绿发方瞳,圆极恬淡高妍。　　尽倒琼壶酒,献金鼎药,固大椿年。缥缈飞琼妙舞,命双成、奏曲醉留连。云璈韵响泻寒泉。浩歌畅饮,斜月低河汉。渐渐绮霞、天际红深浅。动归思、回首尘寰。烂漫游、玉辇东还。杏花风、数里响鸣鞭。望长安路,依稀柳色,翠点春妍。

醉蓬莱　重九上君猷

笑劳生一梦,羁旅三年,又还重九。华发萧萧,对荒园搔首。赖有多情,好饮无事,似古人贤守。岁岁登高,年年落帽,物华依旧。　　此会应须烂醉,仍把紫菊茱萸,细看重嗅。摇落霜风,有手栽双柳。来岁今朝,为我西顾,酹羽觞江口。会与州人,饮公遗爱,一江醇酎。

贺新郎　夏景

乳燕飞华屋。悄无人、桐阴转午,晚凉新浴。手弄生绡白团扇,扇手一时似玉。渐困倚、孤眠清熟。帘外谁来推绣户,枉教人、梦断瑶台曲。又却是,风敲竹。　　石榴半吐红巾蹙。待浮花、浪蕊都尽,伴君幽独。秾艳一枝细看取,芳心千重似束。又恐被、秋风惊绿。若待得君来向此,花前对酒不忍触。共粉泪,两簌簌。

词集卷七

洞仙歌 咏柳

江南腊尽,早梅花开后。分付新春与垂柳。细腰肢、自有入格风流,仍更是、骨体清英雅秀。　　永丰坊那畔,尽日无人,惟见金丝弄晴昼。断肠是,飞絮时,绿叶成阴,无个事、一成消瘦。又莫是、东风逐君来,便吹散眉间,一点春皱。

洞仙歌 公自序云:仆七岁时见眉山老尼,姓朱,忘其名,年九十余,自言:尝随其师入蜀主孟昶宫中。一日大热,蜀主与花蕊夫人夜起避暑摩诃池上,作一词。朱具能记之。今四十年,朱已死,人无知此词者。但记其首两句,暇日寻味,岂《洞仙歌令》乎? 乃为足之

冰肌玉骨,自清凉无汗。水殿风来暗香满。绣帘开、一点明月窥人,人未寝、欹枕钗横鬓乱。　　起来携素手,庭户无声,时见疏星渡河汉。试问夜如何,夜已三更,金波淡、玉绳低转。但屈指、西风几时来,又不道、流年暗中偷换。

八声甘州　寄参寥子

有情风、万里卷潮来，无情送潮归。问钱塘江上，西兴浦口，几度斜晖。不用思量今古，俯仰昔人非。谁似东坡老，白首忘机。　　记取西湖西畔，正暮山好处，空翠烟霏。算诗人相得，如我与君稀。约他年、东还海道，愿谢公，雅志莫相违。西州路，不应回首，为我沾衣。

三部乐　情景

美人如月。乍见掩暮云，更增妍绝。算应无恨，安用阴晴圆缺。娇甚空只成愁，待下床又懒，未语先咽。数日不来，落尽一庭红叶。　　今朝置酒强起，问为谁减动，一分香雪。何事散花却病，维摩无疾。却低眉、惨然不答。唱金缕、一声怨切。堪折便折。且惜取、少年花发。

阮郎归　初夏

绿槐高柳咽新蝉。薰风初入弦。碧纱窗下水沉烟。棋声惊昼眠。　　微雨过，小荷翻。榴花开欲然。玉盆纤手弄清泉。琼珠碎却圆。

阮郎归　梅词

暗香浮动月黄昏。堂前一树春。东风何事入西邻。儿家常闭门。　　　雪肌冷，玉容真。香腮粉未匀。折花欲寄岭头人。江南日暮云。

阮郎归 苏州席上作

一年三度过苏台。清尊长是开。佳人相问苦相猜。这回来不来。　　　情未尽，老先催。人生真可咍。他年桃李阿谁栽。刘郎双鬓衰。

阮郎归

歌停檀板舞停鸾。高阳饮兴阑。兽烟喷尽玉壶乾。香分小凤团。　　　雪浪浅，露珠圆。捧瓯春笋寒。绛纱笼下跃金鞍。归时人倚栏。[①]

江神子 公旧注云：陶渊明以正月五日游斜川，临流班坐，顾瞻南阜，爱曾城之独秀，乃作斜川诗，至今使人想见其处。元丰壬戌之春，余躬耕于东坡，筑雪堂居之。南挹四望亭之后丘，西控北山之微泉，慨然而叹，此亦斜川之游也

梦中了了醉中醒。只渊明。是前生。走遍人间，依旧却躬耕。昨夜东坡春雨足，乌鹊喜，报新晴。　　　雪堂西畔暗泉鸣。北

---

① 按，此首别作黄庭坚词，见《豫章先生词》。

山倾。小溪横。南望亭丘,孤秀耸曾城。都是斜川当日境,吾老矣,寄余龄。

江神子　孤山竹阁送述古

翠蛾羞黛怯人看。掩霜纨。泪偷弹。且尽一尊,收泪唱阳关。漫道帝城天样远,天易见,见君难。　　画堂新构近孤山。曲阑干。为谁安。飞絮落花,春色属明年。欲棹小舟寻旧事,无处问,水连天。

江神子　江景①

凤凰山下雨初晴。水风清。晚霞明。一朵芙蕖,开过尚盈盈。何处飞来双白鹭,如有意,慕娉婷。　　忽闻江上弄哀筝。苦含情。遣谁听。烟敛云收,依约是湘灵。欲待曲终寻问取,人不见,数峰青。

江神子　猎词②

老夫聊发少年狂。左牵黄。右擎苍。锦帽貂裘,千骑卷平冈。为报倾城随太守,亲射虎,看孙郎。　　酒酣胸胆尚开张。鬓微霜。又何妨。持节云中,何日遣冯唐。会挽雕弓如满月,西北

①傅本词题作《湖上与张先同赋,时闻弹筝》,元本、二妙集本、毛本作《湖上与张先同赋》。
②按,此篇,通行本词牌名为《江城子》,词题为《密州出猎》。

望,射天狼。

江神子 恨别

天涯流落思无穷。既相逢。却匆匆。携手佳人,和泪折残红。为问东风余几许,春纵在,与谁同。　　隋堤三月水溶溶。背归鸿。去吴中。回首彭城,清泗与淮通。寄我相思千点泪,流不到,楚江东。

江神子 冬景

相逢不觉又初寒。对尊前。惜流年。风紧离亭,冰结泪珠圆。雪意留君君不住,从此去,少清欢。　　转头山下转头看。路漫漫。玉花翻。银海光宽,何处是超然。知道故人相念否,携翠袖,倚朱阑。

江神子 公旧序云:大雪有怀朱康叔使君,亦知使君之念我也,作《江神子》以寄之

黄昏犹是雨纤纤。晓开帘。欲平檐。江阔天低,无处认青帘。孤坐冻吟谁伴我,揩病目,捻衰髯。　　使君留客醉厌厌。水晶盐。为谁甜。手把梅花,东望忆陶潜。雪似故人人似雪,虽可爱,有人嫌。

江神子　公自序云：陈直方妾嵇，钱塘人也。丐新
词，为作此。钱塘人好唱《陌上花缓缓曲》，余尝作
数绝以纪其事矣

玉人家在凤凰山。水云间。掩门关。门外行人，立马看弓弯。十里春风谁指似，斜日映，绣帘斑。　　多情好事与君还。闵新鳊。拭余潸。明月空江，香雾著云鬟。陌上花开春尽也，闻旧曲，破朱颜。

词集卷八

江神子　乙卯正月二十日夜记梦①

十年生死两茫茫。不思量。自难忘。千里孤坟,无处话凄凉。纵使相逢应不识,尘满面,鬓如霜。　　夜来幽梦忽还乡。小轩窗。正梳妆。相顾无言,惟有泪千行。料得年年断肠处,明月夜,短松冈。

蝶恋花　春景

花褪残红青杏小。燕子飞时,绿水人家绕。枝上柳绵吹又少。天涯何处无芳草。　　墙里秋千墙外道。墙外行人,墙里佳人笑。笑渐不闻声渐悄。多情却被无情恼。

蝶恋花　佳人

一颗樱桃樊素口。不爱黄金,只爱人长久。学画鸦儿犹未就。眉尖已作伤春皱。　　扑蝶西园随伴走。花落花开,渐解相思瘦。破镜重圆人在否。章台折尽青青柳。

---

①《全宋词》无词题,据曹树铭《苏东坡词》补。

蝶恋花　送春

雨后春容清更丽。只有离人，幽恨终难洗。北固山前三面水。碧琼梳拥青螺髻。　　一纸乡书来万里。问我何年，真个成归计。白首送春拼一醉。东风吹破千行泪。

蝶恋花　暮春

簌簌无风花自䕞。寂寞园林，柳老樱桃过。落日多情还照坐。山青一点横云破。　　路尽河回千转柁。系缆渔村，月暗孤灯火。凭仗飞魂招楚些。我思君处君思我。

蝶恋花　密州上元

灯火钱塘三五夜，明月如霜，照见人如画。帐底吹笙香吐麝。此般风味应无价[①]。　　寂寞山城人老也。击鼓吹箫，乍入农桑社。火冷灯稀霜露下。昏昏雪意云垂野。

蝶恋花　密州冬夜文安国席上作

帘外东风交雨霰。帘里佳人，笑语如莺燕。深惜今年正月暖。灯光酒色摇金盏。　　掺鼓渔阳挝未遍。舞褪琼钗，汗湿香罗软。今夜何人吟古怨。清诗未就冰生砚。

---

① 傅本此句作"更无一点尘随马"。

蝶恋花　过涟水军赠赵晦之

自古涟漪佳绝地。绕郭荷花，欲把吴兴比。倦客尘埃何处洗。真君堂下寒泉水。　　左海门前酤酒市。夜半潮来，月下孤舟起。倾盖相逢拼一醉。双凫飞去人千里。

蝶恋花　述怀

云水萦回溪上路。叠叠青山，环绕溪东注。月白沙汀翘宿鹭。更无一点尘来处。　　溪叟相看私自语。底事区区，苦要为官去。尊酒不空田百亩。归来分得闲中趣。

蝶恋花　送潘大临

别酒劝君君一醉。清润潘郎，又是何郎婿。记取钗头新利市。莫将分付东邻子。　　回首长安佳丽地。三十年前，我是风流帅。为向青楼寻旧事。花枝缺处余名字。

蝶恋花　同安生日放鱼，取《金光明经》救鱼事

泛泛东风初破五。江柳微黄，万万千千缕。佳气郁葱来绣户。当年江上生奇女。　　一盏寿觞谁与举。三个明珠，膝上王文度。放尽穷鳞看圉圉。天公为下曼陀雨。

蝶恋花

春事阑珊芳草歇。客里风光，又过清明节。小院黄昏人忆别。落红处处闻啼鴃。　　咫尺江山分楚越。目断魂销，应是音尘绝。梦破五更心欲折。角声吹落梅花月。

蝶恋花

记得画屏初会遇。好梦惊回，望断高唐路。燕子双飞来又去。纱窗几度春光暮。　　那日绣帘相见处。低眼佯行，笑整香云缕。敛尽春山羞不语。人前深意难轻诉。

蝶恋花

昨夜秋风来万里。月上屏帏，冷透人衣袂。有客抱衾愁不寐。那堪玉漏长如岁。　　羁舍留连归计未。梦断魂销，一枕相思泪。衣带渐宽无别意。新书报我添憔悴。

蝶恋花

雨霰疏疏经泼火。巷陌秋千，犹未清明过。杏子梢头香蕾破。淡红褪白胭脂涴。　　苦被多情相折挫。病绪厌厌，浑似年时个。绕遍回廊还独坐。月笼云暗重门锁。

蝶恋花

蝶懒莺慵春过半。花落狂风,小院残红满。午醉未醒红日晚。黄昏帘幕无人卷。　　云鬟蓬松眉黛浅。总是愁媒,欲诉谁消遣。未信此情难系绊。杨花犹有东风管。

采桑子　润州多景楼与孙巨源相遇

多情多感仍多病,多景楼中。尊酒相逢。乐事回头一笑空。　　停杯且听琵琶语,细捻轻拢。醉脸春融。斜照江天一抹红。

千秋岁　湖州暂来徐州,重阳作

浅霜侵绿。发少仍新沐。冠直缝,巾横幅。美人怜我老,玉手簪黄菊。秋露重,真珠落袖沾余馥。　　坐上人如玉。花映花奴肉。蜂蝶乱,飞相逐。明年人纵健,此会应难复。须细看,晚来月上和银烛。

千秋岁　次韵少游

岛边天外。未老身先退。珠泪溅,丹衷碎。声摇苍玉佩。色重黄金带。一万里。斜阳正与长安对。　　道远谁云会。罪大天能盖。君命重,臣节在。新恩犹可觊。旧学终难改。吾已矣。乘桴且恁浮于海。

苏幕遮　咏选仙图

暑笼晴,风解愠。雨后余清,暗袭衣裾润。一局选仙逃暑困。笑指尊前、谁向青霄近。　　整金盆,轮玉笋。凤驾鸾车,谁敢争先进。重五休言升最紧。纵有碧油,到了输堂印。

永遇乐　寄孙巨源

长忆别时,景疏楼上,明月如水。美酒清歌,留连不住,月随人千里。别来三度,孤光又满,冷落共谁同醉。卷珠帘,凄然顾影,共伊到明无寐。　　今朝有客,来从淮上,能道使君深意。凭仗清淮,分明到海,中有相思泪。而今何在,西垣清禁,夜永露华侵被。此时看,回廊晓月,也应暗记。

永遇乐　公旧注云:夜宿燕子楼,梦盼盼,因作此词。一云:徐州梦觉此,登燕子楼作

明月如霜,好风如水,清景无限。曲港跳鱼,圆荷泻露,寂寞无人见。统如三鼓,铿然一叶,黯黯梦云惊断。夜茫茫,重寻无处,觉来小园行遍。　　天涯倦客,山中归路,望断故园心眼。燕子楼空,佳人何在,空锁楼中燕。古今如梦,何曾梦觉,但有旧欢新怨。异时对,黄楼夜景,为余浩叹。

行香子　茶词

绮席才终。欢意犹浓。酒阑时、高兴无穷。共夸君赐,初拆臣

封。看分香饼,黄金缕,密云龙。 斗赢一水,功敌千钟。觉凉生、两腋清风。暂留红袖,少却纱笼。放笙歌散,庭馆静,略从容。

行香子 寓意

三入承明。四至九卿。问书生、何辱何荣?金张七叶,纨绮貂缨。无汗马事,不献赋,不明经。 成都卜肆,寂寞君平。郑子真、岩谷躬耕。寒灰炙手,人重人轻。除竺乾学,得无念,得无名。

行香子 述怀

清夜无尘。月色如银。酒斟时、须满十分。浮名浮利,虚苦劳神。叹隙中驹,石中火,梦中身。 虽抱文章,开口谁亲。且陶陶、乐尽天真。几时归去,作个闲人。对一张琴,一壶酒,一溪云。

行香子 秋兴

昨夜霜风。先入梧桐。浑无处、回避衰容。问公何事,不语书空。但一回醉,一回病,一回慵。 朝来庭下,光阴如箭,似无言、有意伤侬。都将万事,付与千钟。任酒花白,眼花乱,烛花红。

行香子 冬思

携手江村。梅雪飘裙。情何限、处处消魂。故人不见,旧曲重闻。向望湖楼,孤山寺,涌金门。 寻常行处,题诗千首,绣罗衫、与拂红尘。别来相忆,知是何人。有湖中月,江边柳,陇头云。

行香子　过七里滩

一叶舟轻。双桨鸿惊。水天清、影湛波平。鱼翻藻鉴,鹭点烟汀。过沙溪急,霜溪冷,月溪明。　　重重似画,曲曲如屏。算当年、虚老严陵。君臣一梦,今古虚名。但远山长,云山乱,晓山青。

行香子　与泗守过南山,晚归作

北望平川。野水荒湾。共寻春、飞步屛颜。和风弄袖,香雾萦鬟。正酒酣时,人语笑,白云间。　　飞鸿落照,相将归去,澹娟娟、玉宇清闲。何人无事,宴坐空山。望长桥上,灯火乱,使君还。

词集卷九

菩萨蛮 <small>歌妓</small>

绣帘高卷倾城出。灯前潋滟横波溢。皓齿发清歌。春愁入翠蛾。　　凄音休怨乱。我已先肠断。遗响下清虚。累累一串珠。

菩萨蛮

碧纱微露纤纤玉。朱唇渐暖参差竹。越调变新声。龙吟彻骨清。　　夜来残酒醒。惟觉霜袍冷。不见敛眉人。胭脂觅旧痕。

菩萨蛮 <small>西湖</small>

秋风湖上萧萧雨。使君欲去还留住。今日漫留君。明朝愁杀人。　　佳人千点泪。洒向长河水。不用敛双蛾。路人啼更多。

菩萨蛮 <small>杭妓往苏迓新守</small>

玉童西迓浮丘伯。洞天冷落秋萧瑟。不用许飞琼。瑶台空月明。　　清香凝夜宴。借与韦郎看。莫便向姑苏。扁舟下五湖。

菩萨蛮

天怜豪俊腰金晚。故教月向松江满。清景为淹留。从君都占秋。　身闲惟有酒。试问清游首。帝梦已遥思。匆匆归去时。

菩萨蛮　述古席上

娟娟缺月西南落。相思拨断琵琶索。枕泪梦魂中。觉来眉晕重。　华堂堆烛泪。长笛吹新水。醉客各西东。应思陈孟公。

菩萨蛮　感旧

玉笙不受朱唇暖。离声凄咽胸填满。遗恨几千秋。恩留人不留。　他年京国酒。泫泪攀枯柳。莫唱短因缘。长安远似天。

菩萨蛮　新月

画檐初挂弯弯月。孤光未满先忧缺。遥认玉帘钩。天孙梳洗楼。　佳人言语好。不愿求新巧。此恨固应知。愿人无别离。

菩萨蛮　七夕

风回仙驭云开扇。更阑月堕星河转。枕上梦魂惊。晓檐疏雨零。　相逢虽草草。长共天难老。终不羡人间。人间日似年。

菩萨蛮 有寄

城隅静女何人见。先生日夜歌彤管。谁识蔡姬贤。江南顾彦先。　　先生那久困。汤沐须名郡。惟有谢夫人。从来见拟伦。

菩萨蛮

买田阳羡吾将老。从来只为溪山好。来往一虚舟。聊随物外游。　　有书仍懒著。水调歌归去。筋力不辞诗。要须风雨时。

菩萨蛮 回文

落花闲院春衫薄。薄衫春院闲花落。迟日恨依依。依依恨日迟。　　梦回莺舌弄。弄舌莺回梦。邮便问人羞。羞人问便邮。

菩萨蛮 夏景回文

火云凝汗挥珠颗。颗珠挥汗凝云火。琼暖碧纱轻。轻纱碧暖琼。　　晕腮嫌枕印。印枕嫌腮晕。闲照晚妆残。残妆晚照闲。

菩萨蛮 回文

峤南江浅红梅小。小梅红浅江南峤。窥我向疏篱。篱疏向我窥。　　老人行即到。到即行人老。离别惜残枝。枝残惜别离。

菩萨蛮　回文春闺怨

翠鬟斜幔云垂耳。耳垂云幔斜鬟翠。春晚睡昏昏。昏昏睡晚春。　细花梨雪坠。坠雪梨花细。颦浅念谁人。人谁念浅颦。

菩萨蛮　回文夏闺怨

柳庭风静人眠昼。昼眠人静风庭柳。香汗薄衫凉。凉衫薄汗香。　手红冰碗藕。藕碗冰红手。郎笑藕丝长。长丝藕笑郎。

菩萨蛮　回文秋闺怨

井桐双照新妆冷。冷妆新照双桐井。羞对井花愁。愁花井对羞。　影孤怜夜永。永夜怜孤影。楼上不宜秋。秋宜不上楼。

菩萨蛮　回文冬闺怨

雪花飞暖融香颊。颊香融暖飞花雪。欺雪任单衣。衣单任雪欺。　别时梅子结。结子梅时别。归不恨开迟。迟开恨不归。

菩萨蛮

娟娟侵鬓妆痕浅。双颦相媚弯如剪。一瞬百般宜。无论笑与啼。　　酒阑思翠被。特故腾腾地。生怕促归轮。微波先注人。[1]

菩萨蛮 　咏足

涂香莫惜莲承步。长愁罗袜凌波去。只见舞回风。都无行处踪。　　偷穿宫样稳。并立双趺困。纤妙说应难。须从掌上看。

菩萨蛮

玉镮坠耳黄金饰。轻衫罩体香罗碧。缓步困春醪。春融脸上桃。　　花钿从委地。谁与郎为意。长爱月华清。此时憎月明。

菩萨蛮

湿云不动溪桥冷。嫩寒初透东风影。桥下水声长。一枝和月香。　　人怜花似旧。花比人应瘦。莫凭小栏干。夜深花正寒。

生查子 　诉别

三度别君来,此别真迟暮。白尽老髭须,明日淮南去。　　酒罢月随人,泪湿花如雾。后月逐君还,梦绕湖边路。

---

①按,此首又别作谢绛词。

翻香令

　　金炉犹暖麝煤残。惜香更把宝钗翻。重闻处,余熏在,这一番、气味胜从前。　　背人偷盖小蓬山。更将沉水暗同然。且图得,氤氲久,为情深、嫌怕断头烟。

乌夜啼　寄远

　　莫怪归心甚速,西湖自有蛾眉。若见故人须细说,白发倍当时。　　小郑非常强记,二南依旧能诗。更有鲈鱼堪切脍,儿辈莫教知。

虞美人　琵琶

　　定场贺老今何在。几度新声改。怨声坐使旧声阑。俗耳只知繁手、不须弹。　　断弦试问谁能晓。七岁文姬小。试教弹作辊雷声。应有开元遗老、泪纵横。

虞美人　述怀

　　归心正似三春草。试著莱衣小。橘怀几日向翁开。怀祖已瞋文度、不归来。　　禅心已断人间爱。只有平交在。笑论瓜葛一枰同。看取灵光新赋、有家风。

虞美人　《本事集》云：陈述古守杭，已及瓜代。未
交前数日，宴僚佐于有美堂，因请贰车苏子瞻赋
词，子瞻即席而就，寄《摊破虞美人》①

湖山信是东南美。一望弥千里。使君能得几回来。便使尊前醉倒、且徘徊。　　沙河塘里灯初上。水调谁家唱。夜阑风静欲归时。惟有一江明月、碧琉璃。

虞美人　《冷斋夜话》云：东坡与秦少游维扬饮别，
作此词。世传贺方回所作，非也。山谷亦云。大
观中，于金陵见其亲笔，实东坡词也

波声拍枕长淮晓。隙月窥人小。无情汴水自东流。只载一船离恨、向西州。　　竹溪花浦曾同醉。酒味多于泪。谁教风鉴在尘埃。酝造一场烦恼、送人来。

虞美人

持杯遥劝天边月。愿月圆无缺。持杯复更劝花枝。且愿花枝长在、莫离披。　　持杯月下花前醉。休问荣枯事。此欢能有几人知。对酒逢花不饮、待何时。

---

① 傅本词题作《为杭守陈述古作》。

虞美人

冰肌自是生来瘦。那更分飞后。日长帘幕望黄昏。及至黄昏时候、转销魂。　　君还知道相思苦。怎忍抛奴去。不辞迢递过关山。只恐别郎容易、见郎难。

虞美人

深深庭院清明过。桃李初红破。柳丝搭在玉阑干。帘外潇潇微雨、做轻寒。　　晚晴台榭增明媚。已拼花前醉。更阑人静月侵廊。独自行来行去、好思量。①

河满子　湖州作

见说岷峨凄怆，旋闻江汉澄清。但觉秋来归梦好，西南自有长城。东府三人最少，西山八国初平。　　莫负花溪纵赏，何妨药市微行。试问当垆人在否，空教是处闻名。唱著子渊新曲，应须分外含情。

---

① 按，此首《乐府雅词拾遗》卷下不著撰人姓名，疑非苏东坡作。

哨遍

公旧序云：陶渊明赋《归去来》，有其词而无其声。余治东坡，筑雪堂于上，人俱笑其陋。独鄱阳董毅夫过而悦之，有卜邻之意。乃取《归去来》词，稍加檃括，使就声律，以遗毅夫。使家僮歌之，时相从于东坡，释耒而和之，扣牛角而为之节，不亦乐乎

为米折腰，因酒弃家，口体交相累。归去来，谁不遣君归。觉从前皆非今是。露未晞。征夫指予归路，门前笑语喧童稚。嗟旧菊都荒，新松暗老，吾年今已如此。但小窗容膝闭柴扉。策杖看孤云暮鸿飞。云出无心，鸟倦知还，本非有意。　　噫。归去来兮。我今忘我兼忘世。亲戚无浪语，琴书中有真味。步翠麓崎岖，泛溪窈窕，涓涓暗谷流春水。观草木欣荣，幽人自感，吾生行且休矣。念寓形宇内复几时，不自觉皇皇欲何之。委吾心、去留谁计。神仙知在何处，富贵非吾志。但知临水登山啸咏，自引壶觞自醉。此生天命更何疑。且乘流、遇坎还止。

哨遍　春词

睡起画堂，银蒜押帘，珠幕云垂地。初雨歇，洗出碧罗天，正溶溶养花天气。一霎暖风回芳草，荣光浮动，掩皱银塘水。方杏靥匀酥，花须吐绣，园林排比红翠。见乳燕捎蝶过繁枝。忽一线炉香逐游丝。昼永人闲，独立斜阳，晚来情味。　　便乘兴携将佳丽。深入芳菲里。拨胡琴语，轻拢慢捻总抝利。看紧约罗裙，急趣檀板，霓裳入破惊鸿起。颦月临眉，醉霞横脸，歌声悠扬云际。任满

头红雨落花飞。渐鹈鹕楼西玉蟾低。尚徘徊、未尽欢意。君看今古悠悠,浮宦人间世。这些百岁,光阴几日,三万六千而已。醉乡路稳不妨行,但人生、要适情耳。

点绛唇　己巳重九和苏坚

我辈情钟,古来谁似龙山宴。而今楚甸。戏马余飞观。　顾谓佳人,不觉秋强半。筝声远。鬓云吹乱。愁入参差雁。

点绛唇　庚午重九再用前韵

不用悲秋,今年身健还高宴。江村海甸。总作空花观。　尚想横汾,兰菊纷相半。楼船远。白云飞乱。空有年年雁。

点绛唇　再和送钱公永

莫唱阳关,风流公子方终宴。秦山禹甸。缥缈真奇观。　北望平原,落日山衔半。孤帆远。我歌君乱。一送西飞雁。

点绛唇

醉漾轻舟,信流引到花深处。尘缘相误。无计花间住。　烟水茫茫,千里斜阳暮。山无数。乱红如雨。不记来时路。

点绛唇　离恨

月转乌啼,画堂宫徵生离恨。美人愁闷。不管罗衣褪。　　清泪斑斑,挥断柔肠寸。嗔人问。背灯偷揾。拭尽残妆粉。

点绛唇

闲倚胡床,庾公楼外峰千朵。与谁同坐。明月清风我。　　别乘一来,有唱应须和。还知么。自从添个。风月平分破。

点绛唇

红杏飘香,柳含烟翠拖轻缕。水边朱户。尽卷黄昏雨。　　烛影摇风,一枕伤春绪。归不去。凤楼何处。芳草迷归路。

殢人娇　王都尉席上赠侍人

满院桃花,尽是刘郎未见。于中更、一枝纤软。仙家日月,笑人间春晚。浓睡起,惊飞乱红千片。　　密意难传,羞容易变。平白地、为伊肠断。问君终日,怎安排心眼。须信道,司空自来见惯。

词集卷十

殢人娇　赠朝云

白发苍颜，正是维摩境界。空方丈、散花何碍。朱唇箸点，更髻鬟生彩。这些个，千生万生只在。　　好事心肠，著人情态。闲窗下、敛云凝黛。明朝端午，待学纫兰为佩。寻一首好诗，要书裙带。

殢人娇　戏邦直

别驾来时，灯火荧煌无数。向青琐、隙中偷觑。元来便是，共彩鸾仙侣。方见了，管须低声说与。　　百子流苏，千枝宝炬。人间有、洞房烟雾。春来何事，故抛人别处。坐望断，楼中远山归路。

诉衷情　送述古迓元素

钱塘风景古来奇。太守例能诗。先驱负弩何在，心已誓江西。　　花尽后，叶飞时。雨凄凄。若为情绪，更问新官，向旧官啼。

诉衷情　海棠

海棠珠缀一重重。清晓近帘栊。胭脂谁与匀淡，偏向脸边浓。　看叶嫩,惜花红。意无穷。如花似叶,岁岁年年,共占春风。①

诉衷情　琵琶女

小莲初上琵琶弦。弹破碧云天。分明绣阁幽恨,都向曲中传。　肤莹玉,鬓梳蝉。绮窗前。素娥今夜,故故随人,似斗婵娟。

更漏子　送孙巨源

水涵空,山照市。西汉二疏乡里。新白发,旧黄金。故人恩义深。　海东头,山尽处。自古客槎来去。槎有信,赴秋期。使君行不归。

华清引　感旧

平时十月幸兰汤。玉甃琼梁。五家车马如水,珠玑满路旁。　翠华一去掩方床。独留烟树苍苍。至今清夜月,依前过缭墙。

桃源忆故人　暮春

华胥梦断人何处。听得莺啼红树。几点蔷薇香雨。寂寞闲庭户。　暖风不解留花住。片片著人无数。楼上望春归去。芳草迷归路。

---

①按,此首又见晏殊《珠玉词》。

醉落魄　述怀

醉醒醒醉。凭君会取这滋味。浓斟琥珀香浮蚁。一到愁肠，别有阳春意。　　须将幕席为天地。歌前起舞花前睡。从他落魄陶陶里。犹胜醒醒，惹得闲憔悴。①

醉落魄　席上呈元素

分携如昨。人生到处萍飘泊。偶然相聚还离索。多病多愁，须信从来错。　　尊前一笑休辞却。天涯同是伤沦落。故山犹负平生约。西望峨嵋，长羡归飞鹤。

醉落魄　忆别②

苍颜华发。故山归计何时决。旧交新贵音书绝。惟有佳人，犹作殷勤别。　　离亭欲去歌声咽。潇潇细雨凉吹颊。泪珠不用罗巾裛。弹在罗衣，图得见时说。

醉落魄　述怀

轻云微月。二更酒醒船初发。孤城回望苍烟合。公子佳人，不记归时节。　　巾偏扇坠藤床滑。觉来幽梦无人说。此生飘荡何时歇。家在西南，长作东南别。

①按，黄庭坚《醉落魄》词序云：疑是王仲甫作。
②按，此首别见黄庭坚《豫章黄先生词》。

谒金门 秋夜

秋帷里。长漏伴人无寐。低玉枕凉轻绣被。一番秋气味。　晓色又侵窗纸。窗外鸡声初起。声断几声还到耳。已明声未已。

谒金门 秋兴

秋池阁。风傍晓庭帘幕。霜叶未衰吹未落。半惊鸦喜鹊。　自笑浮名情薄。似与世人疏略。一片懒心双懒脚。好教闲处著。

谒金门 秋感

今夜雨。断送一年残暑。坐听潮声来别浦。明朝何处去。　孤负金尊绿醑。来岁今宵圆否。酒醒梦回愁几许。夜阑还独语。

如梦令

元丰七年十二月十八日,浴泗州雍熙塔下,戏作《如梦令》阕。此曲本唐庄宗制,名《忆仙姿》。嫌其名不雅,故改为《如梦令》。盖庄宗作此词,卒章云:"如梦如梦。和泪出门相送。"因取以为名云

水垢何曾相受。细看两俱无有。寄语揩背人,尽日劳君挥肘。轻手。轻手。居士本来无垢。

如梦令　同前

自净方能净彼。我自汗流呀气。寄语澡浴人,且共肉身游戏。但洗。但洗。俯为人间一切。

如梦令　有寄

为向东坡传语。人在玉堂深处。别后有谁来,雪压小桥无路。归去。归去。江上一犁春雨。

如梦令　春思

手种堂前桃李。无限绿阴青子。帘外百舌儿,惊起五更春睡。居士。居士。莫忘小桥流水。

如梦令　题淮山楼

城上层楼叠巘。城下清淮古汴。举手揖吴云,人与暮天俱远。魂断。魂断。后夜松江月满。

阳关曲　中秋作　本名小秦王,入腔即阳关曲

暮云收尽溢清寒。银汉无声转玉盘。此生此夜不长好,明月明年何处看。

阳关曲 军中

受降城下紫髯郎。戏马台南旧战场。恨君不取契丹首，金甲牙旗归故乡。

阳关曲 李公择

济南春好雪初晴。才到龙山马足轻。使君莫忘雪溪女，还作阳关肠断声。

减字木兰花 赠润守许仲涂，且以"郑容落籍、高莹从良"为句首

郑庄好客。容我尊前先堕帻。落笔生风。籍籍声名不负公。 高山白早。莹骨冰肌那解老。从此南徐。良夜清风月满湖。

减字木兰花 寓意

云鬟倾倒。醉倚阑干风月好。凭仗相扶。误入仙家碧玉壶。 连天衰草。下走湖南西去道。一舸姑苏。便逐鸱夷去得无。

减字木兰花 荔支

闽溪珍献。过海云帆来似箭。玉座金盘。不贡奇葩四百年。 轻红酿白。雅称佳人纤手擘。骨细肌香。恰是当年十八娘。

减字木兰花　送东武令赵晦之

贤哉令尹。三仕已之无喜愠。我独何人。犹把虚名玷搢绅。　　不如归去。二顷良田无觅处。归去来兮。待有良田是几时。

减字木兰花　送别

玉觞无味。中有佳人千点泪。学道忘忧。一念还成不自由。　　如今未见。归去东园花似霰。一语相开。匹似当初本不来。

减字木兰花　送赵令

春光亭下。流水如今何在也。岁月如梭。白首相看拟奈何。　　故人重见。世事年来千万变。官况阑珊。惭愧青松守岁寒。

减字木兰花　过吴兴，李公择生子，三日会客，作此词戏之

惟熊佳梦。释氏老君亲抱送。壮气横秋。未满三朝已食牛。　　犀钱玉果。利市平分沾四坐。多谢无功。此事如何到得侬。

减字木兰花　得书

晓来风细。不会鹊声来报喜。却羡寒梅。先觉春风一夜来。　　香笺一纸。写尽回文机上意。欲卷重开。读遍千回与万回。

减字木兰花　送别

天台旧路。应恨刘郎来又去。别酒频倾。忍听阳关第四声。　　刘郎未老。怀恋仙乡重得到。只恐因循。不见如今劝酒人。

减字木兰花　《本事集》云：钱塘西湖，有诗僧清顺居其上，自名藏春坞。门前有二古松，各有凌霄花络其上，顺常昼卧其下。子瞻为郡，一日屏骑从过之，松风骚然。顺指落花觅句，子瞻为赋此词

双龙对起。白甲苍髯烟雨里。疏影微香。下有幽人昼梦长。　　湖风清软。双鹊飞来争噪晚。翠飐红轻。时下凌霄百尺英。

减字木兰花　赠小鬟琵琶

琵琶绝艺。年纪都来十一二。拨弄么弦。未解将心指下传。　　主人瞋小。欲向东风先醉倒。已属君家。且更从容等待他。

减字木兰花　立春①

春牛春杖。无限春风来海上。便与春工。染得桃红似肉红。　　春幡春胜。一阵春风吹酒醒。不似天涯。卷起杨花似雪花。

---

① 傅本词题作《己卯儋耳春词》。

减字木兰花　雪词

云容皓白。破晓玉英纷似织。风力无端。欲学杨花更耐寒。　　相如未老。梁苑犹能陪俊少。莫惹闲愁。且折江梅上小楼。

减字木兰花　花

玉房金蕊。宜在玉人纤手里。淡月朦胧。更有微微弄袖风。　　温香熟美。醉慢云鬟垂两耳。多谢春工。不是花红是玉红。

减字木兰花　春月

春庭月午。摇荡香醪光欲舞。步转回廊。半落梅花婉娩香。　　轻云薄雾。总是少年行乐处。不似秋光。只与离人照断肠。

减字木兰花　赠胜之

天然宅院。赛了千千并万万。说与贤知。表德元来是胜之。　　今来十四。海里猴儿奴子是。要赌休痴。六只骰儿六点儿。

减字木兰花　琴

神闲意定。万籁收声天地静。玉指冰弦。未动宫商意已传。　　悲风流水。写出寥寥千古意。归去无眠。一夜余音在耳边。

减字木兰花

银筝旋品。不用缠头千尺锦。妙思如泉。一洗闲愁十五年。　为公少止。起舞属公公莫起。风里银山。摆撼鱼龙我自闲。

减字木兰花 赠君猷家姬

柔和性气。雅称佳名呼懿懿。解舞能讴。绝妙年中有品流。　眉长眼细。淡淡梳妆新绾髻。懊恼风情。春著花枝百态生。

减字木兰花

莺初解语。最是一年春好处。微雨如酥。草色遥看近却无。　休辞醉倒。花不看开人易老。莫待春回。颠倒红英间绿苔。

减字木兰花

江南游女。问我何年归得去。雨细风微。两足如霜挽纻衣。　江亭夜语。喜见京华新样舞。莲步轻飞。迁客今朝始是归。

减字木兰花 赠徐君猷三侍人　妩卿

娇多媚暖。体柳轻盈千万态。殢主尤宾。敛黛含嚬喜又嗔。　徐君乐饮。笑谑从伊情意恁。脸嫩敷红。花倚朱阑裹住风。

减字木兰花　胜之

双鬟绿坠。娇眼横波眉黛翠。妙舞蹁跹。掌上身轻意态妍。　　曲穷力困。笑倚人旁香喘喷。老大逢欢。昏眼犹能仔细看。

减字木兰花　庆姬

天真雅丽。容态温柔心性慧。响亮歌喉。遏住行云翠不收。　　妙词佳曲。啭出新声能断续。重客多情。满劝金卮玉手擎。

减字木兰花

空床响琢。花上春禽冰上雹。醉梦尊前。惊起湖风入坐寒。　　转关镬索。春水流弦霜入拨。月堕更阑。更请宫高奏独弹。

减字木兰花　五月二十四日，会于无咎之随斋。主人汲泉置大盆中，渍白芙蓉，坐客翛然，无复有病暑意

回风落景。散乱东墙疏竹影。满坐清微。入袖寒泉不湿衣。　　梦回酒醒。百尺飞澜鸣碧井。雪洒冰麾。散落佳人白玉肌。

减字木兰花　以大琉璃杯劝王仲翁

海南奇宝。铸出团团如栲栳。曾到昆仑。乞得山头玉女

盆。　　绛州王老。百岁痴顽推不倒。海口如门。一派黄流已电奔。

减字木兰花

凭谁妙笔。横扫素缣三百尺。天下应无。此是钱塘湖上图^苏
^轼。　　一般奇绝。云淡天高秋夜月。费尽丹青。只这些儿画不
成仲殊。①

---

①按,此首见于《苕溪渔隐丛话》后集卷三十七引《古今词话》。同卷另引《复斋
漫录》云上半阕乃刘泾所作,并以《古今词话》为非。

词集卷十一

浣溪沙 新秋

风卷珠帘自上钩。萧萧乱叶报新秋。独携纤手上高楼。　　缺月向人舒窈窕，三星当户照绸缪。香生雾縠见纤柔。

浣溪沙 游蕲水清泉寺。寺临兰溪，溪水西流

山下兰芽短浸溪。松间沙路净无泥。萧萧暮雨子规啼。　　谁道人生无再少，门前流水尚能西。休将白发唱黄鸡。

浣溪沙 渔父①

西塞山边白鹭飞。散花洲外片帆微。桃花流水鳜鱼肥。　　自庇一身青箬笠，相随到处绿蓑衣。斜风细雨不须归。

---

① 毛本词题作《玄真子〈渔父〉云：'西塞山前白露飞，桃花流水鳜鱼肥。青箬笠，绿蓑衣，斜风细雨不须归。'此语妙绝，恨莫能歌者。故增数语，令以〈浣溪沙〉歌之》。

浣溪沙
十二月二日，雨后微雪，太守徐君猷携酒见过，坐上作《浣溪沙》三首。明日酒醒，雪大作，又作二首

覆块青青麦未苏。江南云叶暗随车。临皋烟景世间无。雨脚半收檐断线，雪林初下瓦疏珠。归来冰颗乱黏须。

浣溪沙 前韵

醉梦醺醺晓未苏。门前辘辘使君车。扶头一盏怎生无。废圃寒蔬挑翠羽，小槽春酒冻真珠。清香细细嚼梅须。

浣溪沙 前韵

雪里餐毡例姓苏。使君载酒为回车。天寒酒色转头无。荐士已闻飞鹗表，报恩应不用蛇珠。醉中还许揽桓须。

浣溪沙 再和前韵

半夜银山上积苏。朝来九陌带随车。涛江烟渚一时无。空腹有诗衣有结，湿薪如桂米如珠。冻吟谁伴捻髭须。

浣溪沙 前韵

万顷风涛不记苏。雪晴江上麦千车。但令人饱我愁无。翠袖倚风萦柳絮，绛唇得酒烂樱珠。尊前呵手镊霜须。

浣溪沙 九月九日二首

珠桧丝杉冷欲霜。山城歌舞助凄凉。且餐山色饮湖光。　共挽朱辇留半日,强揉青蕊作重阳。不知明日为谁黄。

浣溪沙 和前韵

霜鬓真堪插拒霜。哀弦危柱作伊凉。暂时流转为风光。　未遣清尊空北海,莫因长笛赋山阳。金钗玉腕泻鹅黄。

浣溪沙 有感

傅粉郎君又粉奴。莫教施粉与施朱。自然冰玉照香酥。　有客能为神女赋,凭君送与雪儿书。梦魂东去觅桑榆。

浣溪沙 咏橘

菊暗荷枯一夜霜。新苞绿叶照林光。竹篱茅舍出青黄。　香雾噀人惊半破,清泉流齿怯初尝。吴姬三日手犹香。

浣溪沙 公守湖。辛未上元日,作会于伽蓝中,时长老法惠在坐。时有献蕲伽花彩甚奇,谓有初春之兴。因作二首,寄袁公济

雪颔霜髯不自惊。更将剪彩发春荣。羞颜未醉已先赪。　莫

唱黄鸡并白发,且呼张丈唤殷兄。有人归去欲卿卿。

浣溪沙　前韵

料峭东风翠幕惊。云何不饮对公荣。水晶盘莹玉鳞赪。　花影莫孤三夜月,朱颜未称五年兄。翰林子墨主人卿。

浣溪沙　徐门石潭谢雨,道上作五首

其一

照日深红暖见鱼。连溪绿暗晚藏乌。黄童白叟聚睢盱。　麋鹿逢人虽未惯,猿猱闻鼓不须呼。归家说与采桑姑。

其二

旋抹红妆看使君。三三五五棘篱门。相挨踏破茜罗裙。　老幼扶携收麦社,乌鸢翔舞赛神村。道逢醉叟卧黄昏。

其三

麻叶层层苘叶光。谁家煮茧一村香。隔篱娇语络丝娘。　垂白杖藜抬醉眼,捋青捣䴵软饥肠。问言豆叶几时黄。

其四

簌簌衣巾落枣花。村南村北响缫车。牛衣古柳卖黄瓜。　酒困路长惟欲睡,日高人渴漫思茶。敲门试问野人家。

其五

软草平莎过雨新。轻沙走马路无尘。何时收拾耦耕身。　日暖桑麻光似泼，风来蒿艾气如薰。使君元是此中人。

浣溪沙　春情

道字娇讹苦未成。未应春阁梦多情。朝来何事绿鬟倾。　彩索身轻长趁燕，红窗睡重不闻莺。困人天气近清明。

浣溪沙　菊节

缥缈危楼紫翠间。良辰乐事古难全。感时怀旧独凄然。　璧月琼枝空夜夜，菊花人貌自年年。不知来岁与谁看。

浣溪沙　春情

桃李溪边驻画轮。鹧鸪声里倒清尊。夕阳虽好近黄昏。　香在衣裳妆在臂，水连芳草月连云。几时归去不销魂。

浣溪沙　荷花

四面垂杨十里荷。问云何处最花多。画楼南畔夕阳和。　天气乍凉人寂寞，光阴须得酒消磨。且来花里听笙歌。

浣溪沙 赠闾丘朝议,时还徐州

一别姑苏已四年。秋风南浦送归船。画帘重见水中仙。　霜鬓不须催我老,杏花依旧驻君颜。夜阑相对梦魂间。

浣溪沙 有赠

惟见眉间一点黄。诏书催发羽书忙。从教娇泪洗红妆。　上殿云霄生羽翼,论兵齿颊带风霜。归来衫袖有天香。

浣溪沙 忆旧

长记鸣琴子贱堂。朱颜绿发映垂杨。如今秋鬓数茎霜。　聚散交游如梦寐,升沉闲事莫思量。仲卿终不避桐乡。

浣溪沙 春情

风压轻云贴水飞。乍晴池馆燕争泥。沈郎多病不胜衣。　沙上不闻鸿雁信,竹间时听鹧鸪啼。此情惟有落花知。

浣溪沙 公旧序云:绍圣元年十月二十三日,与程乡令侯晋叔、归善簿谭汲同游大云寺。野饮松下,设松黄汤,作此阕

罗袜空飞洛浦尘。锦袍不见谪仙人。携壶藉草亦天真。　玉

粉轻黄千岁药，雪花浮动万家春。醉归江路野梅新。

浣溪沙 重九旧韵

白雪清词出坐间。爱君才器两俱全。异乡风景却依然。　可恨相逢能几日，不知重会是何年。茱萸仔细更重看。

浣溪沙 元丰七年十二月二十四日，从泗州刘倩叔游南山

细雨斜风作晓寒。淡烟疏柳媚晴滩。入淮清洛渐漫漫。　雪沫乳花浮午盏，蓼茸蒿笋试春盘。人间有味是清欢。

浣溪沙 送梅庭老赴潞州学官

门外东风雪洒裾。山头回首望三吴。不应弹铗为无鱼。　上党从来天下脊，先生元是古之儒。时平不用鲁连书。

浣溪沙 徐州藏春阁园中

惭愧今年二麦丰。千畦细浪舞晴空。化工余力染夭红。　归去山公应倒载，阑街拍手笑儿童。甚时名作锦薰笼。

浣溪沙 同上

芍药樱桃两斗新。名园高会送芳辰。洛阳初夏广陵春。　红

玉半开菩萨面,丹砂浓点柳枝唇。尊前还有个中人。

浣溪沙　赠楚守田待制小鬟

学画鸦儿正妙年。阳城下蔡困嫣然。凭君莫唱短因缘。　雾帐吹笙香袅袅,霜庭按舞月娟娟。曲终红袖落双缠。

浣溪沙　和前韵

一梦江湖费五年。归来风物故依然。相逢一醉是前缘。　迁客不应常眊矂,使君为出小婵娟。翠鬟聊著小诗缠。

浣溪沙　端午

轻汗微微透碧纨。明朝端午浴芳兰。流香涨腻满晴川。　彩线轻缠红玉臂,小符斜挂绿云鬟。佳人相见一千年。

浣溪沙　感旧

徐邈能中酒圣贤。刘伶席地幕青天。潘郎白璧为谁连。　无可奈何新白发,不如归去旧青山。恨无人借买山钱。

浣溪沙　自适

倾盖相逢胜白头。故山空复梦松楸。此心安处是菟裘。　卖剑买牛吾欲老,乞浆得酒更何求。愿为辞社宴春秋。

浣溪沙 寓意

炙手无人傍屋头。萧萧晚雨脱梧楸。谁怜委子敝貂裘。　顾我已无当世望,似君须向古人求。岁寒松柏肯惊秋。

浣溪沙 即事

画隼横江喜再游。老鱼跳槛识清讴。流年未肯付东流。　黄菊篱边无怅望,白云乡里有温柔。挽回霜鬓莫教休。

浣溪沙 端午

入袂轻风不破尘。玉簪犀璧醉佳辰。一番红粉为谁新。　团扇只堪题往事,新丝那解系行人。酒阑滋味似残春。

浣溪沙

几共查梨到雪霜。一经题品便生光。木奴何处避雌黄。　北客有来初未识,南金无价喜新尝。含滋嚼句齿牙香。

浣溪沙

山色横侵蘸晕霞。湘川风静吐寒花。远林屋散尚啼鸦。　梦到故园多少路,酒醒南望隔天涯。月明千里照平沙。

浣溪沙

缥缈红妆照浅溪。薄云疏雨不成泥。送君何处古台西。 废沼夜来秋水满,茂林深处晚莺啼。行人肠断草凄迷。

浣溪沙 送叶淳老

阳羡姑苏已买田。相逢谁信是前缘。莫教便唱水如天。 我作洞霄君作守,白头相对故依然。西湖知有几同年。

浣溪沙 方响

花满银塘水漫流。犀槌玉板奏凉州。顺风环佩过秦楼。 远汉碧云轻漠漠,今宵人在鹊桥头。一声敲彻绛河秋。

词集卷十二

双荷叶 *即秦楼月*

双溪月。清光偏照双荷叶。双荷叶。红心未偶,绿衣偷结。　　背风迎雨流珠滑。轻舟短棹先秋折。先秋折。烟鬟未上,玉杯微缺。

皂罗特髻 *采菱拾翠*

采菱拾翠,算似此佳名,阿谁消得。采菱拾翠,称使君知客。千金买、采菱拾翠,更罗裙、满把珍珠结。采菱拾翠,正髻鬟初合。　　真个、采菱拾翠,但深怜轻拍。一双手、采菱拾翠,绣衾下、抱著俱香滑。采菱拾翠,待到京寻觅。

调笑令

渔父。渔父。江上微风细雨。青蓑黄蒻裳衣。红酒白鱼暮归。归暮。归暮。长笛一声何处。

调笑令

归雁。归雁。饮啄江南南岸。将飞却下盘桓,塞外春来苦寒。寒苦。寒苦。藻荇欲生且住。[①]

荷华媚 荷花

霞苞电荷碧。天然地、别是风流标格。重重青盖下,千娇照水,好红红白白。　每怅望、明月清风夜,甚低迷不语,妖邪无力。终须放、船儿去,清香深处住,看伊颜色。

青玉案 和贺方回韵,送伯固归吴中故居

三年枕上吴中路。遣黄耳、随君去。若到松江呼小渡。莫惊鸥鹭,四桥尽是,老子经行处。　辋川图上看春暮。常记高人右丞句。作个归期天已许。春衫犹是,小蛮针线,曾湿西湖雨。[②]

江城子

前瞻马耳九仙山。碧连天。晚云闲。城上高台,真个是超然。莫使匆匆云雨散,今夜里,月婵娟。　小溪鸥鹭静联拳。去翩翩。点轻烟。人事凄凉,回首便他年。莫忘使君歌笑处,垂柳

---

①按,以上《调笑令》二首别见苏辙《栾城集》卷十三。
②按,此首别作蒋璨词,见《乐府雅词拾遗》卷上。《苕溪渔隐丛话前集》卷五十九引《桐江诗话》谓姚进道作,《阳春白雪》卷五作姚志道词。

下,矮槐前。

江城子

墨云拖雨过西楼。水东流。晚烟收。柳外残阳,回照动帘钩。今夜巫山真个好,花未落,酒新篘。　　美人微笑转星眸。月华羞。捧金瓯。歌扇萦风,吹散一春愁。试问江南诸伴侣,谁似我,醉扬州。

江城子

腻红匀脸衬檀唇。晚妆新。暗伤春。手捻花枝,谁会两眉颦。连理带头双□□,留待与、个中人。　　淡烟笼月绣帘阴。画堂深。夜沉沉。谁道□□,□系得人心。一自绿窗偷见后,便憔悴、到如今。

一斛珠

洛城春晚。垂杨乱掩红楼半。小池轻浪纹如篆。烛下花前,曾醉离歌宴。　　自惜风流云雨散。关山有限情无限。待君重见寻芳伴。为说相思,目断西楼燕。

天仙子

走马探花花发未。人与化工俱不易。千回来绕百回看,蜂作婢。莺为使。谷雨清明空屈指。　　白发卢郎情未已。一夜翦刀收玉蕊。尊前还对断肠红,人有泪。花无意。明日酒醒应满地。

画堂春　寄子由

柳花飞处麦摇波。晚湖净鉴新磨。小舟飞棹去如梭。齐唱采菱歌。　　平野水云溶漾,小楼风日晴和。济南何在暮云多。归去奈愁何。

占春芳

红杏了,夭桃尽,独自占春芳。不比人间兰麝,自然透骨生香。　　对酒莫相忘。似佳人、兼合明光。只忧长笛吹花落,除是宁王。

浪淘沙

昨日出东城。试探春情。墙头红杏暗如倾。槛内群芳芽未吐,早已回春。　　绮陌敛香尘。雪霁前村。东君用意不辞辛。料想春光先到处,吹绽梅英。

祝英台近

挂轻帆,飞急桨,还过钓台路。酒病无聊,欹枕听鸣橹。断肠簇簇云山,重重烟树,回首望、孤城何处。　　间离阻。谁念萦损襄王,何曾梦云雨。旧恨前欢,心事两无据。要知欲见无由,痴心犹自,倩人道、一声传语。

渔父

渔父饮,谁家去。鱼蟹一时分付。酒无多少醉为期,彼此不论钱数。

渔父

渔父醉,蓑衣舞。醉里却寻归路。轻舟短棹任斜横,醒后不知何处。

渔父

渔父醒,春江午。梦断落花飞絮。酒醒还醉醉还醒,一笑人间今古。

渔父

渔父笑,轻鸥举。漠漠一江风雨。江边骑马是官人,借我孤舟南渡。

醉翁操

琅琊幽谷，山水奇丽，泉鸣空涧，若中音会。醉翁喜之，把酒临听，辄欣然忘归。既去十余年，而好奇之士沈遵闻之往游，以琴写其声，曰《醉翁操》，节奏疏宕，而音指华畅，知琴者以为绝伦。然有其声而无其辞。翁虽为作歌，而与琴声不合。又依楚词作《醉翁引》，好事者亦倚其辞以制曲。虽粗合韵度，而琴声为词所绳约，非天成也。后三十余年，翁既捐馆舍，遵亦没久矣。有庐山玉涧道人崔闲，特妙于琴。恨此曲之无词，乃谱其声，而请于东坡居士以补之云

琅然。清圜。谁弹。响空山。无言。惟翁醉中知其天。月明风露娟娟。人未眠。荷蒉过山前。曰有心也哉此贤。　醉翁啸咏，声和流泉。醉翁去后，空有朝吟夜怨。山有时而童巅。水有时而回川。思翁无岁年。翁今为飞仙。此意在人间。试听徽外三两弦。

瑶池燕

飞花成阵。春心困。寸寸。别肠多少愁闷。无人问。偷啼自搵。残妆粉。　抱瑶琴、寻出新韵。玉纤趁。南风来解幽愠。低云鬟、眉峰敛晕。娇和恨。[①]

---

① 按，此首别又作廖正一词，见《乐府雅词拾遗》卷上。

踏青游

　　□火初晴，绿遍禁池芳草。斗锦绣、火城驰道。踏青游，拾翠惜，袜罗弓小。莲步袅。腰支佩兰轻妙。行过上林春好。　　今困天涯，何限旧情相恼。念摇落、玉京寒早。任刘郎、目断蓬山难到。仙梦杳。良宵又过了。楼台万家清晓。

踏莎行

　　山秀芙蓉，溪明罨画。真游洞穴沧波下。临风慨想斩蛟灵，长桥千载犹横跨。　　解珮投簪，求田问舍。黄鸡白酒渔樵社。元龙非复少时豪，耳根洗尽功名话。[①]

踏莎行

　　这个秃奴，修行忒煞。云山顶上空持戒。一从迷恋玉楼人，鹑衣百结浑无奈。　　毒手伤人，花容粉碎。空空色色今何在。臂间刺道苦相思，这回还了相思债。[②]

清平调引

　　陌上花开蝴蝶飞。江山犹是昔人非。遗民几度垂垂老，游女

---

① 按，此首别又作贺铸词，见《东山词》卷上。
② 按，此首出自《事林广记》癸集卷十三。然《事林广记》所载多出附会或虚构，此首未必为苏东坡作。

还歌缓缓归。

清平调引

　　陌上山花无数开。路人争看翠轺来。若为留得堂堂去，且更从教缓缓回。

清平调引

　　生前富贵草头露，身后风流陌上花。已作迟迟君去鲁，更歌缓缓妾回家。